COMMENT SURVIVRE À NOËL AVEC SON EX ?

Image de couverture : © Shutterstock
Conception graphique : Ariane Galateau
Mise en page : Nord Compo

Collection « Hugo Poche® » dirigée par Arthur de Saint Vincent
Direction d'ouvrage : Lea Mariani

Département de Hugo Publishing
34-36, rue La Pérouse
75116 Paris
www.hugopublishing.fr

ISBN : 9782755664706
Dépôt légal : octobre 2023
Imprimé en Espagne par Liberdúplex

LUDO DE BOER

COMMENT SURVIVRE À NOËL AVEC SON EX ?

Hugo Poche

NEW ROMANCE®

PROLOGUE

JULIEN

Cinq mois plus tôt

– Attends deux secondes, me lance mon meilleur ami.

J’entends des discussions en bruit de fond et quelques portes qui s’ouvrent et se referment. Je suppose qu’il s’isole pour pouvoir m’entendre pleurnicher en paix. J’en profite pour boire une nouvelle gorgée de ma bière et me rencogner plus profondément dans mon canapé.

– Je te jure, dis-je dès qu’il est de retour, tout me fait penser à elle, sans arrêt. Je ne sais plus quoi faire pour réussir à passer à autre chose.

Il y a un moment de silence et je regarde mon portable pour vérifier que la liaison ne s’est pas coupée, mais non, de toute évidence, mon ami est toujours en ligne.

– Mec, finit-il par dire, ça fait un an maintenant. Il faut vraiment que tu tournes la page, là.

– Comme si je ne le savais pas !

Il m'énerve. Ils m'énervent tous. C'est si facile quand on n'est pas concerné par un sujet de lâcher un « Oh, c'est bon, c'est de l'histoire ancienne. Tu te fais du mal ». Je résiste à grand-peine à lui raccrocher au nez, j'avais besoin qu'il me comprenne et me soutienne, pas qu'il me sorte ce genre de banalités.

– Très bien, alors il est temps de te bouger, me lance-t-il d'un ton blasé. Fais ce qu'il faut pour lui faire comprendre qu'il ne s'est rien passé, une bonne fois pour toutes !

Cette fois je ricane.

– Elle n'a pas répondu à la lettre que tu lui as fait parvenir pour moi à Noël dernier, a bloqué mon numéro et en a fait autant sur tous les réseaux sociaux. Je crois que…

Je me passe une main sur le visage. Je n'ai pas la force de terminer ma phrase, ça me rend fou d'être séparé d'elle alors que je n'ai pas fait ce qu'elle croit.

– Je pense qu'elle est bornée, me lance mon ami. Je ne sais toujours pas ce que tu lui trouves, soit dit en passant. Mais elle ne t'écoutera que si tu provoques un peu la chance. Dis-moi si je me trompe, mais vous n'en avez jamais parlé de vive voix.

Je ne fais pas attention à la pique qu'il lance à Manon, qui ne m'étonne pas plus que ça, et réfléchis une minute à ce qu'il vient de dire. C'est vrai que finalement nous n'avons jamais eu de conversation sérieuse face à face suite à ce quiproquo.

Mais ça ne peut pas changer la donne, si ?

– Mais…

– Je sais pas moi, me coupe-t-il, t'as qu'à profiter de Noël, cette fête la rend dingue… Enfin, encore plus que d'habitude, je veux dire.

Il a lancé ça d'un ton détaché – et je sens bien que je commence à l'ennuyer –, mais je me concentre sur ses paroles, même si elles n'étaient pas totalement sérieuses, et mon cœur fait un bond dans ma poitrine alors que l'espoir recommence à se répandre en moi. Ça va être un supplice d'attendre, mais j'espère que mon ami a raison et que ça peut fonctionner ! J'ai six mois pour préparer un plan.

CHAPITRE 1

MANON

13 décembre

Je m'installe à peine dans mon grand canapé bleu – qui constitue la pièce maîtresse du salon et qui est aussi confortable qu'usé –, bien décidée à me relaxer après cette longue journée, lorsque mon portable bourdonne et m'annonce l'arrivée d'un texto de ma mère :

Tu viens accompagnée cette année ? :)

Mais c'est pas vrai ! Elle ne changera donc jamais ?

Dans la vie, il y a deux catégories de personnes : celles qui aiment la période de Noël de manière inconditionnelle et celles qui la détestent cordialement. Il n'y a pas de juste milieu, c'est soit l'un, soit l'autre, et quand on est dans un de ces groupes, il est rare qu'on change d'avis.

Pourtant, dans mon cas, je suis sur le point de basculer du mauvais côté de la force.

J'ai toujours aimé Noël, parce que je n'ai pas vraiment eu le choix, chaque membre de ma famille étant un fan inconditionnel de cette fête. J'ai eu droit chaque année à tous les clichés et toutes les traditions possibles et imaginables, allant des incontournables douceurs sorties de la biscuiterie de mes parents aux dîners dantesques cuisinés par ma mère. Non, il n'y a pas moyen d'y échapper, chez nous, Noël est une institution.

Mais ce n'est pas ça qui me crispe à mesure que cette période approche. J'ai moi-même pris goût aux comédies qui passent à la télévision, aux sucreries, aux pulls les plus moches possibles ainsi qu'aux décorations toutes plus lumineuses les unes que les autres, le meilleur étant, pour moi, cette ambiance impalpable, difficilement descriptible, pourtant bien présente : ce mélange de sérénité, d'impression que l'humanité s'apaise et qu'elle se laisse gagner par l'optimisme et la magie… C'est ça, Noël.

Non, ce qui me fait me sentir mal chaque année, c'est l'irrépressible envie qu'ont mes parents de me trouver un homme. À croire que pour eux, nous ne pouvons pas être heureux en étant célibataires. Alors, les rares fois où je peux me permettre de les rejoindre, trop prise par mon métier d'attachée de presse le reste du temps, c'est le même refrain : « Quand vas-tu enfin te ranger ? », « Quand vas-tu nous ramener quelqu'un ? », « On vieillit, il est temps de nous faire des petits-enfants ! » Je pensais que ça passerait, mais non. Que ce soit pendant mes études, lorsque j'étais à l'internat, où maintenant que je suis adulte et indépendante, la rengaine n'a jamais varié quand je m'apprêtais à quitter Paris pour rejoindre le bercail. Je crois que comme mes parents se sont rencontrés jeunes, ils ont l'impression que c'est comme cela que ça doit se passer. Pour eux, je suis en retard sur le programme, en fait. Vous comprenez aisément mon ras-le-bol à présent.

J'hésite à lui répondre – ce n'est pas l'envie d'être directe qui me manque, mais dans ce cas j'aurais droit à une leçon sur la façon de s'adresser à ses parents – lorsque ma colocataire et meilleure amie, Antonina, pénètre dans notre salon. J'étais tellement plongée dans mes pensées que je n'ai pas entendu la porte d'entrée s'ouvrir.

Nous nous sommes rencontrées à la fac, plus précisément à l'internat. Je n'étais pas enchantée de devoir m'y rendre, j'aurais préféré avoir un logement à moi, mais mes parents étaient bien trop flippés de me laisser partir loin de la maison sans avoir un cadre après la vie dans un petit village de montagne. Avec le recul, ça a eu du bon, notamment Antonina. Nous partagions la même chambre, et il n'a pas fallu longtemps pour que nous devenions de vraies amies. Nous ne nous sommes plus quittées depuis, comme si le destin nous avait réunies, même si notre colocation actuelle est due à un coup du sort. Elle est russe et est arrivée en France quelques semaines à peine avant notre premier cours commun. J'ai été étonnée qu'elle parle déjà parfaitement le français, qu'elle avait appris avant d'arriver, sans aide, à la force et la volonté. Ces deux mots sont sans aucun doute ceux qui la décrivent le mieux.

Son mètre soixante et onze, ses yeux gris, ses cheveux blonds et ses formes généreuses ne passent pas inaperçus et ne laissent personne indifférent. Elle a toujours plu, et autant vous dire qu'à la fac, je n'avais aucune chance si elle était dans les parages. Je serais sans doute jalouse d'elle si je ne l'aimais pas autant.

– Comment s'est passée ta journée ? demandé-je en essayant de faire fi de ma contrariété.

Elle travaille dans un bar, ce qui ne me rassure pas toujours. Même si elle essaye, elle n'arrivera sans doute jamais à me convaincre totalement que ce travail lui convient, car elle évoque plus souvent ses expériences négatives que toute autre chose. Et encore, je ne vous parle même pas des services du soir. Ce sont les plus difficiles avec leurs lots de bagarres et de mecs lourdingues.

– Oh, tu sais, la routine, répond-elle en retirant sa veste, quelques disputes, plus de gens bourrés que sobres et… Tu en fais une tête ! s'exclame-t-elle quand elle voit enfin mon visage.

Je ne prends même pas la peine de lui répondre, ni de la détromper, et me contente de lui montrer l'écran de mon portable. On se connaît assez pour qu'elle comprenne le problème sans que j'aie à lui fournir d'explications supplémentaires. Elle secoue la tête, l'air dépité, en signe de soutien.

– Elle y tient, à te voir en couple, dit-elle en s'asseyant, l'air mi-désolé mi-amusé.

– Ça n'a rien de drôle ! la rabroué-je avec une gentille tape sur le bras. Je vais à nouveau passer une semaine en enfer, à devoir esquiver toutes leurs questions !

Et Dieu sait qu'ils ont de l'imagination quand il s'agit de ce sujet.

– Tu ne restes que pour Noël au final ?

– Évidemment ! Sept jours, c'est une peine assez longue comme ça, je compte bien revenir fêter la nouvelle année avec toi et les autres.

Antonina est celle dont je suis restée la plus proche, mais nous sommes un petit groupe d'amis à être toujours en contact depuis la fac. On ne se voit pas souvent, tous trop pris par nos métiers et la vie quotidienne, alors, forcément, nous profitons du nouvel an ou de toute autre occasion comme un anniversaire pour nous retrouver autour d'un verre. Vivre loin de chez soi pour les études ou pour travailler, ça resserre les liens !

Elle ne se retient plus de montrer son amusement cette fois, mais je ne lui en tiens pas rigueur, il se peut que j'exagère un peu dans le choix de mes mots. Tout de même, comment profiter totalement des fêtes quand les autres n'ont qu'une préoccupation en tête ? J'ai parfois l'impression d'avoir une étiquette

« célibataire » sur le front quand ma mère – la plus attachée à mon statut amoureux – me regarde.

J'expire un filet d'air et reprends mon portable dans le but de réfléchir à la réponse la diplomate possible lorsqu'Antonina m'interrompt :

– Bien sûr, ce n'est pas comme si je ne t'avais pas déjà donné une solution…

Elle dit ça innocemment et arbore une moue angélique, cependant contredite par un sourire carnassier qui semble vouloir dire qu'elle ne lâchera pas le morceau. Je lève les yeux au ciel, ce n'est pas comme si nous n'avions pas déjà abordé le sujet des dizaines de fois ces dernières semaines.

Je ne suis pas sûre d'être prête à avoir un nouveau petit ami, même fictif. Je ne suis pas encore remise de ma dernière rupture avec Julien il y a un an et demi. Je sais que je devrais passer à autre chose, mais je reste convaincue qu'il était l'homme de ma vie et je n'arrive pas à m'en détacher, à l'oublier. Il n'a pas été facile de se remettre de son horrible trahison, mais le temps a fait son œuvre ; par contre, faire le deuil d'un amour puissant, de toute évidence, ça demande un délai bien plus long… Julien était mon ami d'enfance, mon voisin, mon confident… On a tout vécu tous les deux. Et le pire, c'est qu'on avait décidé de cacher notre relation à nos parents les premiers temps (qui ont duré, du coup !), par pudeur je pense, parce qu'il était bizarre pour nous de passer de meilleurs amis à amoureux à leurs yeux tout d'un coup. Je suis proche de mes parents, je les adore, même s'ils sont épuisants… et je ne me suis pas sentie de leur raconter tout ça après coup. Je ne voulais pas voir de peine, ou pire, de pitié, dans leurs yeux. Et comme ils sont un peu… extrêmes, dirons-nous, hors de question de les entendre ressasser le sujet pendant des années. Ils allaient en parler avec les parents de Julien, qui sont leurs amis… Je me sentais suffisamment mal comme ça. Résultat : je me suis sentie très seule. Heureusement qu'Antonina était là !

Je souffle longuement comme une âme en peine et suis sur le point de lui répondre la même chose que d'habitude : « Pas question. » Pourtant, je me ravise et me surprends, pour la première fois, à réfléchir sérieusement à l'idée.

Après tout, qu'est-ce que j'ai à perdre en engageant un homme pour m'accompagner ?

Oh rien, juste récolter une montagne d'ennuis !

Je secoue la tête comme pour faire fuir les deux petites voix qui se disputent en moi et faire cesser ce débat intérieur. C'est insensé, je sais, mais… Je regarde à nouveau le texto reçu et me questionne sur ma capacité à supporter encore et encore ces questions. Après tout, ce n'est que pour une semaine : je le paie, il m'accompagne, personne ne sait la vérité, ni vu ni connu. Ça se passe toujours très bien dans les films, non ? Bon, en général ils tombent amoureux, ils s'embrassent, il se met à neiger, et ils finissent avec plein d'enfants, donc rien qui risque de m'arriver. Non, je le paie, il vient, mes parents sont contents et puis *ciao* !

– Eh oh ! me relance Antonina. Je te jure, tu fais flipper quand tu te figes à réfléchir comme ça, je te l'ai toujours dit.

On peut compter sur ses amis pour mettre le doigt sur nos défauts. D'après elle, le mien est que je suis tout à fait immobile quand je cogite, une vraie statue. Une sale manie qui m'a déjà coûté cher, notamment en entretien d'embauche : se figer deux minutes sans piper mot parce que vous cherchez la réponse idéale, alors que vous postulez pour être attachée de presse… De quoi faire penser au responsable que vous n'êtes psychologiquement pas très équilibrée et loin d'être faite pour le poste.

– C'est quoi déjà, le nom du site ? la questionné-je sans tenir compte de sa remarque.

– Aaaaaaah, je savais que tu finirais par craquer ! s'excite-t-elle comme une enfant. Undatepournoel.com ! Allez vas-y, on va choisir ton copain ensemble !

Je tape l'adresse du site pendant qu'elle s'installe plus confortablement dans le canapé et pose ses pieds sur la table basse (chose que je déteste), comme si elle s'apprêtait à regarder une comédie romantique à la télévision.

Marre d'être seul·e pour les fêtes ?
Ce site est fait pour vous !
Cette période est bien trop importante
pour la passer en solo, alors profitez de la
compagnie d'un·e de nos accompagnant·e·s
pour un moment de légèreté et de magie !

Le site est assez élégant, tout de rouge vêtu, le texte est blanc et les onglets, argentés. Des menus vert foncé et quelques branches de gui le décorent ici et là. L'habituelle flèche de la souris a été remplacée par un très mignon flocon de neige : ils ont tout misé sur l'esprit de Noël, mais de toute façon, vu leur concept, je doute qu'ils aient beaucoup de visites en juillet !

Ça promet ! Je me lève et vais dans notre petite cuisine – qui ne fait qu'un avec le salon – pour me servir un verre de vin, sur lequel je compte pour me donner un peu de courage, quand une question me vient. Je ne sais pas s'il est logique de penser à ce genre de détail maintenant, mais je me demande ce que fait tout ce beau monde le reste de l'année. J'emporte quelques chocolats au passage et questionne mon amie une fois rassise. Je ne dois pas être claire parce qu'elle me regarde comme si des cornes avaient poussé sur ma tête.

– Je veux dire, le site évolue-t-il au fur et à mesure des périodes ? Ou est-ce un travail saisonnier, comme cueilleur de fraises ?

– Ça a une importance ?

Elle arbore une moue qui semble vouloir dire : « Nan, mais sérieux ? » Il faut bien que je me change les idées, je suis sur le point de faire une grosse connerie, alors…

– Pas vraiment, mais ça va me rester en tête pour le reste de la journée maintenant. C'est la question de l'œuf ou la poule. On s'en fout, au final, mais une fois qu'on y pense, on peut faire ce qu'on veut, on est fichu !

Je laisse vagabonder mon esprit sur ce mystère, comme si je pouvais le résoudre en cinq minutes alors que tout le monde s'y casse les dents depuis des siècles, lorsque je reçois un coup dans les côtes.

– Aïeeu ! me plains-je en fusillant mon amie du regard.

– Tu refaisais la statue, me lance-t-elle sans aucune gêne. Allez, t'attends quoi ? Créons ton profil ! lance-t-elle, enjouée.

Son enthousiasme me fait rire, on pourrait presque croire que c'est pour elle que nous allons nous mettre à la recherche de l'homme idéal. Nous nous attelons à la tâche et il nous faut un bon quart d'heure pour entrer les données nécessaires. Tout y passe : du physique au caractère sans oublier nos attentes, nos goûts alimentaires, et même ce que nous aimons à la période des fêtes. À croire que ce sont eux qui décideront de l'homme qu'il me faut précisément.

Il ne manquerait plus que ça, tiens !

– Ah ah, les choses sérieuses commencent ! s'exclame-t-elle en se frottant les mains au moment où je clique sur l'onglet des hommes proposés.

On se croirait au supermarché, je ne saurais pas comment le décrire autrement. Ils sont là, mis à disposition, et il y en a pour tous les goûts : petit, grand, brun, blond, roux, yeux bleus, verts, marron ou gris, organisés en liste, pour qu'on puisse éliminer une caractéristique qui serait rédhibitoire. Je choisis de tous les voir, je ne voudrais pas passer à côté d'une bonne surprise. Il n'y a plus qu'à choisir !

Je clique sur le premier profil :

– Trop Schwarzenegger, lance sans attendre Anto.

Je suis d'accord et zappe.

Le suivant est attirant si on aime… les minets. Il est majeur pour de vrai, lui ? Je zappe, ce n'est pas du tout fait pour moi. Antonina craque sur un jeune Noir aux cheveux coupés ras, genre Shemar Moore, mais il a un faux air de Baptiste, le type de l'étage du dessus, qui me drague lourdement à chaque fois que je le croise et que je déteste : je zappe. Je cherche s'il n'y aurait pas par hasard un mec ténébreux, avec une quelconque ressemblance avec Tom Hardy ou Henry Cavill, mais ç'aurait été trop beau, il n'y a rien dans ce genre, de près ou de loin. Je mets ma déception de côté et continue ma quête de l'homme idéal.

– Trop vieux, on dirait Michael Douglas.

– Trop grand.

– Trop petit.

– C'est une coloration ça ! Ce n'est pas possible.

Non, non, non et non.

– Tu fais ta difficile, là ! me gronde mon amie. Si tu n'es pas décidée, arrête, mais tu as rejeté de fameux beaux gosses ! Ooooooh ! réagit-elle devant Guillaume, un beau brun presque sosie de Theo James. Lui, je suis sûre qu'au lit…

– C’est juste un « accompagnant », dis-je en mimant des guillemets, pas besoin de compétences au lit, Anto…

– Oui, mais quand même, sur un malentendu, peut-être que…

Je rabaisse l’écran de l’ordinateur, je sens qu’il est temps de mettre fin à ce petit jeu parce que, je la connais, on y passera la nuit. Elle adore débattre de tout et de rien, y compris quand il n’y a pas sujet à discussion.

– Tu n’as pas un manuscrit à avancer par hasard ?

Elle gémit.

– Tu ne vas pas me faire ça ! Je t’ai donné l’idée ! Je t’ai même fourni le site ! Je mérite au moins de t’aider à choisir ton…

– Tatatata, au travail ! la coupé-je avec un peu trop de plaisir, je le reconnais.

Elle ronchonne, mais finit par se relever et se diriger vers sa chambre d’un pas lourd, telle une condamnée à mort. Elle s’arrête devant sa porte, que je vois tout juste de là où je me trouve, se retourne avec un regard suppliant dans une dernière tentative de me faire craquer, mais je reste inflexible et elle finit par se retirer, sans manquer d’ajouter un « tu le paieras », et je ne peux m’empêcher de sourire.

Elle rêve de devenir autrice et d’être publiée. Elle s’en donne les moyens et y travaille dès qu’elle n’est pas au bar, mais ce n’est pas facile tous les jours, d’autant qu’écrire dans une autre langue que celle de sa naissance n’aide pas. Le français n’est déjà pas la langue la plus facile du monde, alors pour une Russe, n'en parlons pas. Les doutes l'assaillent sans relâche et je tâche de la soutenir du mieux que je peux.

Je reviens à mon site de… comment appelle-t-on tous ces mecs ? Des *escorts* ? Beurk, non, je vais plutôt dire *amis*. Voilà ce sont des amis ! C'est parfait, ça, des amis.

Seule, je fais défiler le reste des « candidats » bien plus vite et décide rapidement si oui ou non ils me plaisent. J'arrête enfin mon choix après une petite demi-heure de recherches et pose mon portable… Un blond, après tout, c'est aussi bien qu'un ténébreux, non ?

Je suis sûre que ça sera très bien comme ça. Oui, très très bien, à n'en pas douter. C'est certain.

Non, pas du tout, je n'essaie pas de me convaincre. Je le suis déjà. Parfaitement.

Hum...

Puisse le sort m'être favorable face à ces longues journées qui m'attendent !

CHAPITRE 2

MANON

20 décembre

Ça y est, c'est officiel : je déteste Noël. Enfin non, pas vraiment, pas de manière définitive en tout cas… Je déteste ce Noël-ci ! J'avais réussi à m'enthousiasmer à l'idée d'avoir un *ami* qui m'accompagne, je m'étais imaginé la sérénité que j'aurais eue et je voyais à l'avance la tête de mes parents quand je leur aurais présenté Gabriel : un mètre soixante-dix-huit, blond, une allure de gendre idéal, musclé là où il faut. J'aurais fanfaronné, ils n'auraient rien eu à redire et j'aurais pu dormir tranquillement, sans ressasser les sempiternelles questions sur mon célibat ! Mais non, il a fallu que le sort s'acharne.

Je regarde autour de moi et observe les gens qui se bousculent dans le hall de gare dans lequel je patiente. Le genre de station que seules les grandes villes telles que Paris possèdent : un plafond si haut qu'un Hagrid pourrait se rendre à la voie 9 3/4 sans souci, des allées si larges qu'il vous faut un temps infini pour aller aux toilettes, et des magasins si nombreux que vous pourriez vous croire dans un centre commercial. Sans oublier tout ce qu'il faut pour se sustenter !

Ça me calme de regarder le va-et-vient de la foule. Oui, je sais, ça peut paraître contradictoire, mais observez autour de vous. Pendant les vacances de Noël, la magie est partout ! Vous ne voyez que des gens pressés qui s'énervent ? Peut-être, mais ce n'est pas la même colère que d'habitude ! Pendant les fêtes, nous ne sommes pas fâchés parce que la journée a été rude, qu'un train est annulé ou qu'il nous reste un peu de ménage à faire quand on rentre, non, c'est parce qu'on veut faire au mieux. On souhaite que tout soit parfait pour notre famille, on désire trouver le cadeau qui fera mouche, on est pressé de retrouver nos proches, d'embrasser ceux qu'on aime et qu'on n'a parfois plus vus depuis longtemps.

Je gigote sur ma chaise et regarde l'heure pour la énième fois depuis mon arrivée. Le temps semble s'écouler de plus en plus lentement. Quelle idée j'ai eue de venir avec une heure d'avance ! Ça semblait pourtant logique au départ : rencontrer Gabriel, apprendre à se connaître et échanger un minimum avant de prendre la route… Mais j'ai raté le mail reçu tôt ce matin. Ce n'est peut-être pas plus mal, j'aurais été bien moins légère et guillerette en me préparant ce matin.

Je sors mon portable pour le relire, comme si je ne le connaissais déjà pas sur le bout des doigts :

Chère madame Porek,

Je suis désolée de devoir vous annoncer à la dernière minute cette mauvaise nouvelle, mais je suis au regret de vous dire que Gabriel, l'accompagnant que vous avez choisi, est tombé malade hier soir, en conséquence de quoi il se retrouve dans l'incapacité de remplir sa mission. J'aurais aimé pouvoir vous proposer une solution de repli, mais vous comprendrez qu'en cette période tous nos accompagnant·e·s soient déjà pris·e·s…

Bien sûr, nous ne vous ferons pas payer les frais d'inscription et vous trouverez un bon de réduction pour l'année prochaine en pièce jointe !

Je vous souhaite de passer, malgré tout, d'excellentes fêtes de fin d'année.

Veuillez croire en nos sentiments les plus distingués et en nos sincères excuses.

Ludivine Debrasier

Sincères excuses, sincères excuses… Elle en a de bonnes, elle ! Est-ce une façon de gérer ses affaires ? J'ai maintenant une idée de ce que ressentent les mariés abandonnés par le traiteur à la veille du mariage ! D'accord, la comparaison est peut-être excessive, mais tout de même ! Adieu les vacances insouciantes, bonjour questions lourdes et longues conversations.

Ah vraiment, il n'y a pas à dire, elles commencent bien, ces fêtes !

Je range l'appareil porteur de mauvaises nouvelles dans ma poche, il n'y a rien à répondre de toute manière et ce n'est pas maintenant qu'on pourra changer quoi que ce soit à la situation. Je me lève, sans retenir un bâillement à l'idée d'aller chercher un café, lorsque je crois entendre mon prénom. Je me retourne et me demande d'où cela peut venir, mais ne distingue aucun visage connu dans cette foule et continue donc mon chemin. Je ne suis sans doute pas la seule Manon présente ici, me dis-je lorsque j'arrive devant le Starbucks. J'hésite un petit moment devant les nombreuses possibilités offertes et finis par commander un *latte* supplément crème fouettée, sans résister, au passage, à un brownie qui semble succulent. Après tout, on n'a que le bien que l'on se donne !

Je me rends sur le quai d'où devrait partir mon train et m'installe aussi confortablement que possible. *Ils pourraient mettre des sièges plus agréables que ça !* Je déballe avec gourmandise le petit sachet qui renferme le brownie et en prends une généreuse bouchée. Je ressens du plaisir tout de suite, on n'a encore rien inventé de meilleur que le chocolat, c'est une certitude. C'est alors que je bois la première gorgée de mon café – réconfort absolu pour tout amateur – que surgit devant moi un homme. Je lève la tête dans l'idée de lui dire qu'il y a suffisamment d'espace pour qu'il se mette ailleurs, mais je n'ai pas le temps de prononcer un mot qu'il me parle :

– Alors, on m'ignore ? On peut quand même se dire bonjour !

J'avais donc bien entendu mon prénom et quand je vois de qui il s'agit, j'aurais préféré me tromper ! Je suis si surprise de le voir là que j'en laisse tomber mon brownie, non sans laisser échapper un « bordel » avant de rester à le fixer un long moment. Julien, mon ex, qui m'a fait souffrir comme aucun autre il y a un an et demi. L'homme que j'espérais ne plus jamais revoir. Non, mais j'ai dû faire une sacrée connerie dans une autre vie pour enchaîner les mauvaises nouvelles comme cela, ce n'est pas possible autrement. Dieu m'en veut et a choisi Noël pour me punir. Il a le sens de l'à-propos !

La colère que Julien m'inspire depuis notre rupture succède à la stupéfaction. J'ouvre la bouche, mais reste comme une carpe, sans prononcer un mot, tant ça bout à l'intérieur de moi. Je n'arrive pas à aligner deux pensées cohérentes, si ce n'est une bordée d'injures.

Qu'est-ce qu'il fout là ?

– Je t'ai connue bien plus loquace que ça, me lance-t-il, goguenard. Je m'attendais à plein de choses, des insultes pourquoi pas, mais pas à ce silence !

Il a les mains dans les poches de sa veste dont il écarte les pans, un large sourire sur les lèvres, comme si c'était une bonne surprise que l'on se retrouve ici. De l'extérieur, on pourrait croire à deux amis qui se revoient, mais c'est loin de ce que je ressens, très loin.

– Je… Tu… Nous…

– Il, tu l'as oublié.

– Hein ? dis-je, interloquée.

– Je vois que tu révises ta conjugaison. Eh bien, entre le « tu » et le « nous », il y a « il ».

– Imbécile !

C'est sorti tout seul, je n'ai pas pu m'en empêcher. Je ne suis pas de nature à m'emporter, en temps normal, mais là, devant lui… J'ai souvent imaginé des moments où on serait à nouveau ensemble, je n'arrive pas à passer à autre chose, mais rien à faire, l'avoir devant moi réveille mon côté sombre. Je me suis toujours transformée en dragonne quand je pensais à lui, et de toute évidence, le temps n'a rien changé à cela…

– Ah ! ben voilà, je te retrouve enfin ! s'exclame-t-il, alors qu'il s'installe à côté de moi comme si nous ne nous étions jamais quittés.

– Mais qu'est-ce que tu fais ? m'indigné-je.

– Eh bien, je m'assieds pour attendre le train.

Il le dit comme s'il s'adressait à une simple d'esprit et ça m'énerve encore un peu plus.

Sans blague ?

– Tu… Tu… Tu…

Je suis si exaspérée que j'en bafouille. Il est venu pour me torturer, c'est la seule explication possible. Et c'est qu'il est doué, en plus ! Je serre les poings, crispée. La seule chose qui me retienne est mon éducation, mes parents ont horreur de la violence, ils me l'ont assez répété lorsque j'étais petite. J'aimerais autant éviter que mes vacances commencent par une nuit en garde à vue, au passage.

– Ça fait un moment que je n'ai pas vu mes parents, il est temps de rentrer au bercail, continue-t-il sans prêter la moindre attention à mon état.

Évidemment, j'aurais dû le comprendre de moi-même. Lui et moi sommes voisins. Enfin, nous l'étions, adolescents. Nos parents le sont toujours et de toute évidence nous avons la même destination : les Pyrénées. *Achevez-moi !* Il y avait combien de chances qu'on prenne le même train, le même jour, à la même heure ? Et même dans ces circonstances, comment peut-on se croiser dans cette foule ?

– Eh bien, reste loin de moi ! lancé-je, sur un ton qui, je l'espère, ne laisse aucune place à une quelconque réplique.

Je m'attends à ce qu'il réponde, mais il se contente d'acquiescer, comme pour me narguer. Non seulement il reste là où il est, mais en plus il se rencogne un peu plus sur son siège. Quelque chose me dit que le voyage va être long, très long…

CHAPITRE 3

MANON

Treize ans plus tôt

– Ils arrivent quand, maman ? demandé-je, impatiente.

– Ils ne devraient pas tarder ma chérie, répond-elle alors qu'elle regarde sa montre.

Elle se baisse pour rajuster mon bonnet et resserrer mon écharpe, même si je lui ai déjà dit au moins mille fois que je sais le faire toute seule, mais elle ne m'écoute pas. J'hésite à le lui répéter, mais elle me prend pour un bébé de toute façon. Je suis en sixième pourtant ! Je continue à me concentrer sur la route. Je ne tiens plus en place. De nouveaux voisins arrivent aujourd'hui ! Quand on habite un petit village comme Froidieu, ce n'est pas tous les jours qu'il y a du changement. La plupart des maisons sont habitées à l'année par des gens d'ici, et quand ce n'est pas le cas, elles sont souvent transformées en gîte pour les touristes.

Mes parents m'ont expliqué que M. Etcheverry, notre voisin d'en face, est maintenant trop vieux pour travailler, alors il a dû abandonner son travail de bûcheron et a vendu la petite entreprise qu'il a créée et sa maison. Il ne se voyait pas rester dans la neige et le froid pour ses vieux jours, alors il est parti il y a un mois environ pour aller vivre au soleil. J'adorais M. Etcheverry et j'étais toute triste, mais depuis qu'on sait que des nouveaux voisins arrivent, j'ai hâte de les voir.

Ils ont l'âge de mes parents et ont un fils, de trois ans de plus que moi. Peut-être qu'on pourra quand même jouer ensemble ? Mes parents m'ont dit qu'il avait l'air gentil. Lorsqu'ils sont venus, j'étais à l'école. M. Etcheverry a demandé à mes parents de présenter les environs à la famille Jospal et de répondre à leurs questions si besoin. Ce n'est pas facile d'arriver dans un village où tout le monde se connaît. Papa et maman ont bien sûr accepté de les aider.

– Ah, je crois bien que ce sont eux, réagit mon père lorsqu'une voiture rouge pétant arrive au début de notre rue.

Je glousse lorsque je remarque qu'elle avance tout doucement. Il n'y a vraiment que ceux qui ne sont pas d'ici pour prendre autant de précautions à cause de la neige. Mes parents roulent beaucoup plus vite ! Je le fais remarquer à mon papa.

– C’est sans doute aussi parce qu’ils hésitent sur le chemin, ma chérie. Ils ne peuvent pas rouler vite et être prudents à la fois, surtout en cherchant leur maison. N’oublie pas qu’ils ne sont venus qu’une fois ou deux.

Pas faux, ça aussi c’est curieux pour moi, que quelqu’un achète quelque chose d’aussi important qu’une maison, comme ça, sans la voir avant. Elle était déjà à eux quand ils sont venus, m’a dit papa ! Apparemment, ils étaient pressés de déménager, ils ont toujours rêvé de vivre à la montagne et le papa a toujours voulu faire un métier manuel. Je n’ai pas tout compris pour être honnête. Les parents voient des choses que je ne remarque jamais. Peut-être devrais-je leur montrer le chemin ? Je me mets à lever le bras et à leur faire signe, mais mon père m’arrête parce que « ce n’est pas le moment de les déconcentrer ». Ça fait au moins quatre heures que j’attends, c’est pas drôle !

La voiture fait encore quelques mètres et finit enfin par s’engager dans l’allée. J’ai envie d’aller les voir tout de suite, mais ma mère me retient par l’épaule, parce que ce n’est pas poli de « leur sauter dessus », elle me demande donc d’être encore un peu patiente. Je les vois sortir de la voiture, admirer la maison et de là où je suis, ils ont l’air contents. J’entends d’ici la maman dire : « Il n’y a aucun doute, on a fait le bon choix. »

Je ne sais pas trop ce qui les a décidés – il y a une règle qui dit combien de temps on doit attendre avant de pouvoir dire bonjour aux nouveaux voisins ? – mais papa et maman s'avancent enfin pour traverser la route et je les suis – non sans être obligée de leur tenir la main –, pleine d'espoir, j'espère que je m'entendrai bien avec leur fils. Je n'attends pas et m'approche de lui, il a le sourire et l'air aussi gentil que mes parents me l'ont dit.

– Bonjour, tu t'appelles comment ? me questionne-t-il après avoir salué mes parents.

– Manon.

– Moi, c'est Julien.

– Je sais, mon père me l'a déjà dit.

Il hoche la tête. Il est plus grand que ce que je pensais et je ne suis pas sûr de l'aimer, du coup. Mais il sourit, alors ça va. Il est très beau, je suis toute rouge je crois.

Est-ce que bien qu'il soit grand il aime les mêmes jeux que moi ?

Peut-être qu'il fait déjà des choses ennuyeuses comme les parents ?

– Tu veux jouer avec moi ? tenté-je. Il y a des jeux dans mon jardin. Il faudra dégager la neige, mais on va bien s'amuser !

Il a l'air d'hésiter, mais finit par me dire « d'accord ». Nous allons partir quand mon père me rappelle à l'ordre. J'ai oublié de saluer les parents de Julien – Marie et Mathieu – et nous n'avons pas demandé l'autorisation de nous éclipser.

Vraiment, ces adultes, toujours à en faire des tonnes.

CHAPITRE 4

JULIEN

20 décembre

La tête qu'elle a faite quand elle m'a vu ! Pour un peu j'en aurais ri, mais quelque chose me dit que je n'avais pas intérêt à pousser le bouchon jusque-là. Non seulement parce qu'elle a son caractère – croyez-moi, c'est le genre que l'on n'oublie pas – et qu'il vaut donc mieux ne pas la provoquer, mais surtout parce que je ne dois pas perdre mon objectif de vue. Pas la peine de me mettre des bâtons dans les roues, ce sera assez compliqué comme ça.

Je ne sais pas ce qu'elle a ressenti, mais ça me trouble de la revoir. Cela fait plus d'un an que nous n'avons pas échangé un mot et pourtant mes sentiments n'ont pas changé d'un iota : je suis toujours aussi heureux de sa présence et ressens immédiatement l'attirance que j'ai toujours eue pour elle. Je sais que je devrais peut-être lui laisser de l'espace, mais j'ai un peu plus d'une semaine – si elle a gardé son habitude de rester chez ses parents du 20 au 29 décembre – pour lui faire savoir que je ne suis pas le salaud qu'elle s'imagine. Peut-être pourrons-nous échanger quelques mots pendant le voyage ? En tout cas, j'ai imaginé ces vacances de Noël en boucle ces derniers mois et j'espère que ça va bien se passer. Ce qui est sûr, c'est que la chance me sourit : elle a gardé sa tradition de rejoindre ses parents le 20 décembre, c'était un pari de prendre mon billet aujourd'hui, et en plus, je l'ai retrouvée parmi la foule qui arpente la gare. Je décide que c'est le signe que tout va bien se passer.

Cependant, elle n'a pas réagi aussi bien que je l'aurais voulu lorsque je n'ai pas pu m'empêcher de la taquiner – nous avons toujours aimé nous chamailler un peu – mais vu les circonstances, je suppose que c'est normal. J'espère juste qu'on retrouvera un jour le lien que nous avions.

Je profite des dernières minutes d'attente avant l'arrivée du train en gare pour la regarder plus en détail. Ça fait tellement longtemps. Elle est toujours aussi belle, y compris lorsqu'elle est en colère. Ses grands yeux bleus font penser à un lagon, même si actuellement ils lancent des éclairs. Il me semble qu'elle a laissé pousser ses cheveux bruns, bien qu'attachés en un chignon lâche. En prévision de notre destination, elle a bien sûr enfilé une grosse veste bien chaude mais son jean laisse deviner ses longues jambes. Elle ne peut laisser indifférent, en témoignent les nombreux regards sur elle depuis que je l'ai repérée dans le hall tout à l'heure. Je ne peux m'empêcher d'être agacé, malgré l'année et demie de séparation qu'on vient de vivre. Elle prend une nouvelle gorgée de son café, me jette un regard qui semble vouloir dire : « Quoi encore ? », et je détourne le mien avant qu'elle ne puisse voir mon sourire. Je crains que ce soit la goutte de trop et que sa colère se déclenche pour de bon.

Le train arrive enfin à quai et Manon se jette dans l'un des wagons, comme si elle avait le diable aux trousses, sans un regard en arrière. Elle tente de m'ignorer depuis la fin de notre échange, de faire croire que je la laisse de marbre, mais je ne suis pas dupe.

En tout cas, j'espère. Dieu, si tu existes, fais qu'elle ressente encore quelque chose pour moi, il le faut !

J'hésite un court instant à la suivre, mais me rappelle que je n'ai pas le choix de ma place, de toute manière. Je sors mon portable pour vérifier la place que la SNCF m'a attribuée, me rends compte que le wagon correspondant à mon siège est trois voitures plus loin et me dépêche de le rejoindre avant d'y monter aussi rapidement que me le permet ma valise.

Comment ont-ils pu imaginer des TGV aussi mal fichus pour les bagages ?

Je ne suis pas aidé par mon esprit qui n'a qu'une chose en tête : Manon. Et cela me rend plus gauche qu'habituellement.

Je relève la tête quand je suis enfin à bord en soufflant un coup sur une de mes mèches qui m'est tombée sur le front quand quelqu'un ouvre la porte à ma gauche. Il s'agit de Manon. Je sens mes lèvres se retrousser en un sourire tandis qu'elle arbore un air déconfit. Elle me regarde, regarde son billet, se retourne pour vérifier la lettre qui correspond au wagon et me regarde à nouveau. Je n'ai jamais vu l'expression d'un lapin pris dans les phares d'une voiture, mais je suis à peu près sûr que ça ressemble à Manon en ce moment même.

– C'est pas vrai ! s'exclame-t-elle alors qu'aucun de nous deux n'a encore fait le moindre geste. Tu ne vas tout de même pas me suivre partout ! Le train n'est pas assez grand pour que tu restes loin de moi ?

– C'est-à-dire que je n'ai pas vraiment le choix, fais-je, ironique. Tu sais, le TGV, ce transport où on t'attribue d'office une place quand tu réserves ?

Je souris comme un présentateur de téléshopping qui vante les mérites de la dernière nouveauté en vogue, mais en vrai, je suis heureux de cette coïncidence. C'est sûr, l'univers est avec moi. Enfin, vu la tête de Manon, ce n'est pas encore gagné… J'ai l'impression qu'elle a envie de m'assommer. J'ouvre la bouche pour tenter une petite blague et détendre l'atmosphère, mais une dame derrière moi se racle la gorge dans un message on ne peut plus clair : « Bougez-vous. » Je fais signe à Manon de passer la première et la suis, le regard baissé sur mon portable pour regarder quel est mon siège. Lorsqu'elle s'arrête, je lance une œillade à son billet, qu'elle a imprimé, elle, et remarque que nous sommes au même rang, chacun d'un côté du couloir. Je retiens un rire, mais ne dis rien, lui laissant la surprise. Je l'aide à mettre sa valise dans le filet au-dessus de nos têtes, elle me laisse faire avant de s'asseoir et de me jeter un regard qui veut dire : « C'est bon, tu peux me laisser tranquille maintenant. »

Je lui lance un sourire, me retourne, m'occupe de mon sac de voyage et m'assois sur mon siège. Ses yeux s'exorbitent tant que je crains qu'ils ne sortent vraiment de sa tête. Pour ma part, je tente de ne pas montrer ma joie : troisième coup de chance de suite. Je devrais jouer au loto ! Pendant un moment, je m'attends à ce qu'elle se lève et parte dans un autre compartiment, quitte à ne pas respecter l'attribution des places, mais elle reste là et enfonce avec rage ses écouteurs dans ses oreilles, sans oublier de me fusiller du regard, une fois de plus, tandis que le convoi se met en branle.

Elle ferme les yeux et se laisse bercer par le roulis du train sur les rails. Elle écoute sans doute de la musique, mais je n'entends rien sortir de ses écouteurs de là où je suis. Une pensée me traverse l'esprit : c'est peut-être une technique pour que je ne lui parle pas.

Cette situation est difficile. Cela fait des mois que j'oscille entre être déterminé à lui expliquer la vérité, et abandonner. J'ai longtemps fait le choix de lui laisser de l'espace, en espérant qu'elle veuille en savoir plus une fois la colère retombée. Mais non. Je lui ai écrit une lettre qu'elle n'a, j'en suis sûr, pas lue tant elle est bornée… Je me dois de prendre les choses en main, il faut qu'elle sache. Et pour cela je sais qu'elle aura besoin d'être un peu bousculée. Peut-être devrais-je m'y mettre dès maintenant ?

C'est le meilleur moyen pour transformer ce voyage en un remake *du* Crime de l'Orient-Express *!*

Mon portable me sort de mes pensées avec l'arrivée d'un texto :

Tu arrives quand ?

J'ai dit à mon meilleur ami, Jérôme, qui doit venir me chercher à la gare que je le tiendrais au courant, mais j'ai complètement oublié. Je ne peux qu'imaginer l'état dans lequel ça doit le mettre au vu de son caractère. Nous sommes assez différents sur ce point : il est du genre *control freak*, à tout planifier, à savoir à quelle heure partir depuis quel quai et à connaître le détail de tous les arrêts ; alors que je suis plutôt le mec qui se pointe à la gare et prend le train qui se présente.

Bonne nouvelle, j'ai réussi à ne pas
être en retard pour le premier train,
et j'arrive normalement à 17 h 30
pétantes comme prévu !

Je retourne à l'écran d'accueil et m'apprête à ranger l'appareil, mais remarque que j'ai raté une notification de iNotes, l'ENT[1] de mon lycée, et je suis peiné de lire qu'il y a encore des problèmes avec Louise :

Nathalie :

Merci d'être vigilant à la rentrée en ce qui concerne Louise. Ses problèmes de harcèlement semblent se poursuivre. J'ai surpris Dylan en train de lui dire que c'était « une bonne à rien » et ai dû intervenir, j'ai mis un mot dans son carnet en espérant qu'il ne recommencera pas. Elle m'a confié avoir un travail à faire avec lui pour ton cours, Julien. Peux-tu les séparer et leur permettre de remettre un devoir seuls ?

Je laisse échapper un soupir. Je sais que j'ai tendance à prendre trop à cœur ce qui se passe dans l'établissement, à ne pas me distancier assez, mais le cas de Louise me touche. Je réponds que je vais en effet les laisser effectuer leur travail seuls et referme l'application. Je réfléchis deux minutes de plus à ce qui pourrait être fait et décide que j'irai voir le proviseur à la reprise, on ne peut décemment pas rester sans aider cette jeune fille.

Mon portable bipe à nouveau :

Il était temps de me prévenir, oh !
Je serai là. Je te dépose,

1. Espace numérique de travail. Celui-ci permet aux professeurs de parler de l'organisation de l'école, d'évoquer les problèmes ou de se coordonner entre eux.

mais ne traîne pas parce qu'on a
du monde à la salle…

Ça marche ! 😊

Je range mon portable, regarde une fois de plus Manon qui n'a pas bougé et finit par laisser ma tête aller contre le siège pour essayer de somnoler un peu.

Bon, ça va être difficile de l'approcher, c'est de plus en plus évident. Nous en sommes à notre troisième changement et j'ai eu beau essayer de rester avec elle et de lui parler de tout et de rien, elle n'a pas desserré une fois les dents. La version officielle est qu'elle écoutait sa musique, mais certaines de ses mimiques m'ont bien démontré qu'elle entendait. Pour ma défense, j'ai décidé de la laisser en paix lors du premier arrêt, lorsque je suis allé boire un café et que j'en ai profité pour acheter les journaux, mais par un pur hasard, on s'est retrouvés à monter dans notre nouveau train en même temps. J'ai bien essayé de le lui dire, mais évidemment elle ne m'a pas cru une seconde, son haussement de sourcils était éloquent, du genre : « Vraiment ? Tu vas me faire le coup du "comme par hasard ?" » Je n'ai rien pu lui offrir de plus qu'un haussement d'épaules contrit.

À sa décharge, elle avait toutes les raisons de ne pas me croire.

Peut-être aurais-je pu arguer que c'est à cause de la foule ? Il y a tant de monde qu'il est difficile d'être libre de ses mouvements, ce ne serait que la vérité après tout, même si je ne suis pas sûr que ç'aurait changé son avis sur la question. Le train était bondé – les villes enneigées attirent toujours autant de monde en décembre –, nous n'avons donc pas eu le choix que de rester debout l'un à côté de l'autre, serrés comme des sardines en boîte. Heureusement qu'il y avait des témoins parce que je crois bien qu'elle était arrivée à un stade où ses mains, voire ses pieds, la démangeaient. C'est tout juste si je ne voyais pas de la fumée sortir de ses oreilles et pour un peu, je l'aurais presque plainte.

Pourquoi ne pas la laisser en paix maintenant ? me direz-vous. Plus on approche de notre destination, plus les gares n'en ont que le nom, ce sont plutôt des arrêts avec un panneau du nom du patelin. Nous nous retrouvons donc sur un pauvre et unique quai, qui n'est autre qu'une bande de terre ayant connu des jours meilleurs, avec en tout et pour tout un malheureux banc qui se résume à une planche sur deux troncs d'arbre, peinte dans une couleur blanche écaillée… Pas de quoi lui laisser beaucoup d'espace. Quand je vous dis que ce n'est pas ma faute !

CHAPITRE 5

JULIEN

Dix ans plus tôt

– Non, j'ai des choses à faire, mec.

Jérôme souffle comme s'il supportait toute la peine que ce monde peut compter. Si nous sommes meilleurs amis, on ne peut pas faire plus différents : je suis du genre à bosser mes cours avec sérieux – et une pile de devoir m'attend –, alors qu'il s'adonne plus volontiers au sport. Je pourrais me laisser tenter à laisser les leçons derrière moi, mais courir… Non merci, la flemme.

Je peste en marchant par inadvertance dans de la neige transformée en boue à la suite du redoux de ces derniers jours, pendant que mon ami me répond. Je ne l'écoute pas avec grande attention, ce n'est pas la première fois que nous avons cette conversation. Je me félicite plutôt d'avoir de bonnes vieilles chaussures de montagne aux pieds et non pas des chaussures fragiles. En même temps quand on vit dans un village enneigé une bonne partie de l'année, les élégants souliers ne sont pas très utiles.

Je songe à lui répondre au moment où nous tournons dans notre rue. Je plisse les yeux devant le soleil qui nous fait face et m'interromps parce que je remarque quelqu'un assis sur un muret un peu plus loin. Il ne me faut pas longtemps pour comprendre qu'il s'agit de Manon et je ressens de la joie à l'idée de la retrouver : j'ai remarqué qu'elle avait devancé tout le monde à la sortie du collège-lycée et qu'elle avait un air malheureux…

– Tu ne m'écoutes même pas, peste Jérôme, puisque je n'écoute pas ce qu'il dit depuis deux bonnes minutes.

Je reste malgré tout muet. Cette fois parce qu'il n'y a pas de doute, Manon n'est pas en forme, ça se voit à sa façon de se tenir, la tête basse, l'air abattue, et je me retiens de presser le pas pour savoir ce qui se passe au plus vite. Ce n'est pas son habitude d'afficher une expression pareille, elle est plutôt du genre à sourire et s'amuser.

– Oh, je comprends, dit soudain mon ami en fixant l'endroit où se trouve Manon. Bon, je vais te laisser. On se voit ce soir ?

Je fronce les sourcils, je n'ai jamais saisi pourquoi Jérôme l'évite autant. Ils ne s'adressent la parole qu'à de rares occasions et pas pour se passer la pommade en général, ça me gonfle. Je n'ai pourtant jamais été témoin de rien qui justifie cette mésentente.

– Oui, à toute, dis-je malgré tout.

Je parcours les quelques dizaines de mètres restants et rejoins enfin mon amie. Elle ne réagit pas, ce qui n'est pas dans ses habitudes non plus. Je me contente donc de m'installer à ses côtés, à attendre qu'elle ait envie de me parler. Je patiente en offrant mon visage au soleil, ce qui est réconfortant après ces mois de grisaille. Cela fait trois ans que je vis ici mais j'ai du mal à m'habituer à ce froid. Voyant que Manon n'est pas décidée à me raconter ce qu'il s'est passé, je finis par me pencher vers elle. Sentant mon regard, elle croise les bras sur son ventre et ferme sa grosse doudoune comme si elle avait froid, à moins que ce soit une position de défense et qu'elle ressente le besoin de se protéger. J'ouvre la bouche pour parler, mais elle tourne son visage vers moi au même moment, m'en dissuadant. Elle a l'air profondément triste et mon ventre se serre. Je songe un instant que je ferais peut-être mieux de la laisser tranquille, elle se confiera quand elle se sentira prête.

– Salut, finit-elle par lancer au moment où j'allais me relever.

– Ça va, Manon… ?

– Bien.

– Hmmm ce n'est pas l'impression que j'ai… Tu veux en parler ? tenté-je à nouveau quand je vois qu'elle ne répond pas.

Elle hausse les épaules, l'air de dire que c'est comme je veux.

Un peu que je veux, je déteste te voir comme ça !

– Dis-moi tout, l'encouragé-je d'une gentille poussée d'épaule.

– Je me sens conne de me laisser atteindre. Ce n'est rien. On était à la gym, match de foot. J'étais gardienne et j'ai vu le ballon arriver. Un putain de réflexe et je me suis décalée pour l'éviter. Comme on était menées, ça les a foutues en rogne et Claire m'a dit que je n'étais qu'une grosse trouillarde. Pour résumer, parce qu'en réalité ça a duré un bon moment et les autres lui ont emboîté le pas.

Ah. Les filles qui n'hésitent pas à se descendre entre elles. Je n'ai jamais compris comment elles fonctionnent, c'est mystérieux. Enfin, je suppose qu'elles ne comprennent pas plus notre façon de fonctionner, si tant est qu'on en ait une.

Je recentre mon attention sur mon amie et elle se cache le visage de ses mains, l'air honteuse de ce qu'elle vient de me confier.

– Eh, dis-je en soulevant son menton pour qu'elle me regarde, tu n'as pas à te cacher de moi ! Oublie Claire, c'est elle la conne, pas toi.

Elle semble dubitative, alors je continue :

– Tu la connais comme moi, elle est agressive avec tout le monde, tout le temps. Elle est jalouse et se venge comme elle peut. Quant à ta prétendue faiblesse, j'ai souvenir d'un match de hockey la semaine passée et ce n'est pas ce que j'ai retenu de toi, crois-moi.

– Ah non ?

Je fais non de la tête sans rien ajouter. J'ai envie de la faire parler.

– Tu vas m'obliger à te demander ce que tu en as retenu ?

– Tu vas m'obliger à l'avouer ?

– Julien !

Je m'esclaffe.

– Tu nous as mis la pâtée, Manon. Tu m'as plaqué si fort sur la glace que j'en ai gardé une trace sur les côtes. Et les autres gars ne l'avoueront pas, mais tu nous fais flipper maintenant. Alors Claire qui dit que tu es faible…

Cette fois, elle glousse et je suis heureux de l'entendre à nouveau, ça lui ressemble beaucoup plus.

– Vous avez la trouille, hein, se moque-t-elle.

– Leur *ego* les empêchera de l'avouer, mais non, on ne veut en aucun cas jouer à nouveau contre toi.

– Vous et votre *ego*, fait-elle d'un air affligé.

– On doit y faire gaffe, on est vite blessé quand on s'en prend à lui.

– Oh, alors je t'ai blessé ?

Je hoche la tête, avec toute la dramaturgie dont je suis capable.

– Et comme je viens de te l'avouer, je souffre encore plus, en rajouté-je. Rien que pour te remonter le moral. Tu te rends compte de ce que je suis prêt à faire pour toi ?

Cette fois, elle rit pour de bon, et j'en suis bien plus heureux que je ne pourrais l'expliquer. Je retrouve enfin l'amie que je connais et qui aime badiner pendant des heures. Je me penche pour attraper mon sac et en sors le paquet de Pim's que j'ai entamé dans l'après-midi.

– Tu en veux un ? proposé-je.

– Il n'y a que toi pour aimer ces horreurs, dit-elle avec un éclat de rire.

Je hausse les épaules. Tout le monde se moque parce que ce sont des biscuits « de vieux » ou parce que ce n'est pas bon, mais moi je les adore ! D'ailleurs, malgré sa réponse, elle en pique un dans le paquet et croque dedans avant de prendre un air songeur et d'admirer le ciel.

– Ça réparerait ton *ego* si je t'invitais à boire un truc à la maison ? me propose-t-elle.

– Vendu ! dis-je après quelques secondes de fausse hésitation.

Bizarrement, alors qu'on se met en route vers sa maison, les devoirs sont devenus le cadet de mes soucis...

CHAPITRE 6

MANON

20 décembre

Enfin. J'arrive enfin chez moi ! Ce n'est pas trop tôt. Le voyage jusqu'ici paraît – et est – toujours aussi long que dans mes souvenirs. Sept heures trente de train avec trois changements, ça en découragerait plus d'un ! Mais quand vous avez en plus votre ex dans les pattes alors que vous n'avez plus aucune envie de le voir, c'est un cauchemar. Il m'a suivie tout du long, sans relâche, afin de jouer avec mes nerfs, à tel point que j'étais à deux doigts de regretter de ne pas plutôt avoir rendez-vous chez un dentiste pour me faire arracher une dent, ou encore mieux : chez le diable !

Julien. Je pense que ce qui m'énerve le plus, c'est que je vais avoir du mal à me l'enlever à nouveau de la tête maintenant que j'ai eu droit à sa compagnie pendant tout le trajet, comme si je n'avais pas déjà eu assez de peine à l'en faire sortir à l'époque. Un an et demi que tous mes efforts vont dans ce sens, pour qu'en un instant, ils soient anéantis. Et pour ne rien arranger, il est toujours aussi canon, ce monsieur je-te-souris-comme-si-de-rien-n'était ! Je mentirais si je disais que ses yeux verts toujours aussi rieurs, ses larges épaules et sa mèche je-viens-de-m'envoyer-en-l'air ne m'attiraient plus. Il est aussi charmeur qu'autrefois, un trait de caractère qui me plaisait beaucoup et qui a bien failli me rendre folle aujourd'hui.

Oublie, oublie, oublie ! me morigéné-je alors que j'arrive dans ma rue, aussi enneigée que le reste de Froidieu. D'habitude, lorsque je reviens dans mon village natal, surtout à ce moment de l'année, je prends le temps d'admirer ce qui se trouve autour de moi, de profiter du paysage ou de l'ambiance qu'on ne trouve que dans les petites villes de montagne, mais ce trajet – et un certain personnage – m'a vidée de mon énergie. De plus, je commence à avoir froid et regrette plus que jamais de ne pas pouvoir me téléporter dans un bain chaud ou carrément au fond de mon lit. J'accélère donc le pas, tout en prenant soin d'éviter les endroits où la neige est la plus haute pour ne pas finir trempée jusqu'aux genoux. C'est qu'on perd les automatismes quand on part vivre à la ville. Quelle idée d'avoir mis un simple jean ! Il ne résisterait même pas à une flaque d'eau, alors de la neige… J'avais aussi oublié qu'on n'est jamais sûrs que les bus soient en service, ça dépend de la quantité de neige qui vient de tomber, et vous l'aurez compris : il y en a une fameuse aujourd'hui. Et comme il était absolument inenvisageable que je partage la voiture avec Julien et Jérôme ou que j'attende un des deux seuls taxis des environs – quitte à être congelée, autant que ça le soit en marchant, ça m'évitera de me transformer en stalactite géante sous un arrêt de bus –, je me retrouve à faire le chemin à pied et seule, le soleil déclinant à l'horizon, une valise roulant, quand elle le peut, et les jambes en compote. Et puisqu'on n'est plus à ça près sur l'échelle de l'univers qui se déchaîne contre moi : mes parents sont en panne de voiture, ce qui n'a plus dû arriver depuis mes dix ans. Quant à mes grands-parents, eux, ils n'ont pas le permis, et mon oncle et ma tante ne répondent pas. Non, mais vraiment, ces vacances ! Inoubliables !

– Ma chérie ! s'écrie ma mère dès que j'arrive devant chez moi alors qu'elle s'élance avec enthousiasme dans l'allée. Quel plaisir de te voir !

– Salut, maman, fais attention, ne tombe pas.

Elle balaie ma remarque d'un geste qui, je suppose, signifie que ce n'est pas un peu de neige et de verglas qui vont lui faire peur, et m'enlace à m'en broyer les côtes.

– Comment vas-tu ? me demande-t-elle en me dévisageant avant de m'enlacer une deuxième fois. Tu as fait bon voyage ? Rien de particulier ? Tu dois avoir si froid ! On est désolés de ne pas avoir pu venir te cher…

– Laisse-la respirer chérie, la coupe papa.

Nous rions, lui et moi, ça lui ressemble tant de s'emballer et de me noyer de questions. Elle s'inquiète à chaque instant pour un oui ou pour un non en ce qui concerne ceux qu'elle aime, en particulier sa fille. Lorsque je suis à Paris, pas un jour ne passe sans que je reçoive une dizaine de messages de sa part, parfois pour un rien. Je sais que ça en énerverait plus d'un, mais moi, ça ne me dérange pas, on s'y fait… Enfin, sauf quand il est question du sujet-qui-fâche ! Prenez l'image d'une mère poule, doublez ses attentions, et vous aurez un vague aperçu de Carène Porek.

Il commence à neiger ce qui crée enfin un déclic pour ma mère, et nous entrons à l'intérieur, juste après que j'ai embrassé mon père, qui est moins dans l'effusion, Dieu merci. Je ne peux m'empêcher de me retourner pour jeter un coup d'œil vers la maison des voisins… Juste pour voir si je n'aperçois pas Marie et Mathieu, ça va de soi.

Je me débarrasse de ma veste dans la petite entrée avant d'emprunter le couloir et de me retrouver dans ma pièce préférée : le salon. Je regarde tout autour de moi et sens poindre un sourire sur mes lèvres. Je ne connais pas d'endroit plus chaleureux, cosy et accueillant sur Terre. La maison est tout en bois, comme un chalet. Ce n'en est pas un parce qu'on se les représente souvent sous la forme de petits bâtiments, or la maison familiale n'est pas petite. Le bois participe beaucoup à la sensation de chaleur du lieu, de même que la décoration simple et fonctionnelle que ma mère a choisie avec soin au fil des années, le tout dans des teintes chaudes. Dans le salon, le ton est donné : des plaids, des coussins, des bougies, un bon gros tapis bien doux… De la douceur et de la convivialité, comme partout ailleurs. Le tout est éclairé par de larges fenêtres, indispensables à la montagne, sinon vous vivez dans le noir toute la journée. Les photos et souvenirs accrochés ou disposés ici et là participent, s'il le fallait encore, à faire du lieu un chez-soi. Ça vous étonnerait si je vous disais qu'on est du genre à garder le moindre souvenir ?

Je suis aussi, comme chaque année, émerveillée par l'énorme sapin qui se dresse entre le salon et la salle à manger : mes parents l'installent toujours avant mon arrivée, car ils considèrent que le 20 décembre est une date bien trop tardive pour cette tâche indispensable. Ils le décorent donc au début du mois, mais laissent le reste de la maison vierge et nous nous chargeons de terminer en famille. Il est majestueux cette année encore, de toutes les couleurs possibles et imaginables. Mon père m'a un jour raconté qu'au départ, maman le voulait unicolore, mais il trouvait que ça faisait trop sage, pas assez festif, trop rangé. Il l'a répété à l'envi pendant des années, tant et si bien que maman a fini par céder. Depuis, la tradition veut que notre sapin ressemble à un feu d'artifice, avec des décorations de toutes les couleurs, mais aussi de toutes les formes !

Papa m'invite à m'installer devant la cheminée, dans laquelle plusieurs bûches flambent, diffusant le bruit caractéristique qui me manque tant dans mon appartement, tandis que maman revient déjà avec de quoi boire. Elle nous sert, s'assied à son tour, dispose un gros plaid sur ses genoux tandis que je raconte sans tarder les dernières nouvelles de ma vie et réponds consciencieusement aux questions – nombreuses – de ma chère mère. Il faut reconnaître qu'elle a de l'imagination parce qu'il n'y en a jamais deux qui se ressemblent. La vie d'attachée de presse dans l'édition n'a rien de fascinant, je passe mon temps à contacter les médias et les auteurs, à envoyer des livres quand on me le demande et à chercher des idées de promotion sur tous les supports. En plus, je n'arrive jamais vraiment à couper, et il n'est pas rare que je rapporte du boulot à la maison. Je lui parle de mes projets en cours, de mes difficultés, et lui raconte quelques anecdotes rigolotes, quand les auteurs ne sont pas loin de me rendre chèvre ! Il est possible qu'elle me fasse radoter, mais ma mère ne peut s'empêcher de me poser plein de questions… Je crois que je pourrais faire le métier le plus ennuyeux du monde qu'elle trouverait malgré tout des sujets sur lesquels m'interroger.

Je remarque qu'elle garde mon célibat pour plus tard et je ne vais pas m'en plaindre. Je ne me fais pas d'illusions, je sais qu'on y viendra, mais le répit est appréciable. Lorsque je vois que leur curiosité sur ma vie s'est tarie, je les questionne à mon tour, mais il est difficile de leur soustraire la moindre information. Je ne dois pas m'« inquiéter là-dessus », me disent-ils. Que veut dire le « là-dessus » ? Allez savoir. Je demande donc plutôt quel est le programme de la soirée, rêvant à l'avance de longues heures au calme devant la télé.

– Tes grands-parents, ainsi que Joséphine et François, nous rejoignent à vingt heures pour un petit dîner de bienvenue, m'apprend ma mère.

Je suis sur le point de protester et de dire que ça n'était pas la peine, mais à quoi bon ? Chaque fois que je reviens, c'est la même chose, je suis accueillie comme si j'avais été portée disparue pendant dix ans. Je sais que ça part d'un bon sentiment, mais je préférerais passer une soirée paisible, rien de plus. Non pas qu'un dîner avec ma famille soit une punition, mais il y a une différence entre entretenir des conversations à table et somnoler devant un écran. Chaque année, je le répète, mais… Enfin, vous avez compris. Je jette un coup d'œil à mon père que j'entends pouffer derrière sa tasse *Columbo* (qui ne le quitte jamais, fan absolu qu'il est de la série), et il me fait un signe, l'air de dire : « Tu sais que je ne la contrôle pas quand elle planifie ce genre de choses. » J'en rirais à mon tour. C'est vrai qu'essayer d'arrêter Carène Porek quand elle a pris une décision est aussi impossible qu'arrêter un train lancé à grande vitesse. Mon père – Olivier – est beaucoup plus souple, coulant et tranquille, je suis sûr qu'il serait partant pour une soirée télé, lui. Je devrais peut-être lui parler de son feuilleton, on pourrait se liguer contre ma mère ? Je pouffe devant la scène qui se forme dans mon esprit.

– Je vais aller refaire du bon chocolat bien chaud pour tout le monde ! s'exclame ma mère.

– Je te proposerais bien de t'aider, mais j'aimerais installer mes affaires et prendre une petite douche si tu le veux bien.

– Oh ! Oui, bien sûr, je n'avais pas pensé à ça. Ne t'inquiète pas, tout est presque prêt, tu penses bien. Tu as de quoi t'habiller correctement pour ce soir ?

– Bien sûr, lui souris-je.

Mes grands-parents se moquent pas mal de mon apparence, quant à François et Joséphine – mon oncle et ma tante –, ils ne sont pas du genre à se mettre sur leur trente-et-un non plus, mais ma mère estime que quand on reçoit à dîner, la moindre des choses est de s'habiller comme il faut. Vous pensez bien que j'ai prévu le coup lorsque j'ai préparé ma valise.

CHAPITRE 7

JULIEN

20 décembre

Quelle tête de mule, mais quelle tête de mule !

Ces mots tournent en boucle dans mon esprit. Je suis estomaqué qu'elle ait préféré faire toute cette route seule – surtout vu la couche de neige qui l'attendait – plutôt que de partager la voiture avec nous. Elle n'y a pas réfléchi un quart de seconde et n'a pas plus daigné lancer le moindre regard à Jérôme.

Mon meilleur ami et celle que j'aime n'ont rien en commun. Et ç'a toujours été un crève-cœur. J'ai sans cesse espéré que les deux personnes qui comptaient le plus pour moi s'entendent, mais j'ai eu beau faire, ça n'a jamais fonctionné. Jérôme l'a sans fin accusée d'être fausse, Manon, elle, trouvait qu'il me tirait vers le bas. J'ai donc dû passer mon temps à jongler entre eux deux, à essayer de les concilier (quand ce n'était pas les réconcilier) et à passer du temps avec chacun séparément quand ils refusaient de se voir. Tout ça m'a frustré plus d'une fois et m'a souvent mis dans des situations assez inconfortables. D'autant que j'ai à chaque fois rejeté l'éventualité de choisir entre eux deux, ils sont l'un comme l'autre chers à mon cœur.

Une pointe de tristesse me traverse, mais aussi de culpabilité : peut-être aurait-elle envisagé de venir avec nous si je l'avais moins titillée ? Ou peut-être aurais-je dû insister pour qu'elle attende un des deux taxis de la ville ? Ou même pour l'attendre avec elle ? Non, me morigéné-je, elle n'aurait jamais accepté, il faut se faire à l'idée. J'espère sincèrement que rien ne lui arrivera sur la route. Mon ami me sort de mes pensées pour me signifier que nous sommes arrivés à destination, je relève la tête et, en effet, j'étais si accaparé par mes émotions que je n'ai pas fait attention une seconde au voyage.

– Et voilà, Monsieur est arrivé à bon port ! Cesse de te faire du mouron, c'est une grande fille, elle s'en sortira très bien.

Je souris, pas plus étonné que ça qu'il devine ce que j'ai en tête. Heureusement, il n'a pas l'air de me tenir rigueur de ne pas avoir été totalement présent pendant ce trajet, alors qu'il est venu me chercher exprès.

– Allez, sors de là, va, il faut que je file au boulot !

Je lui tape dans la main, le remercie encore et réponds par l'affirmative quand il me fait promettre de lui rendre visite sans traîner. Je me dirige vers la porte, jette un regard à la vieille balançoire qui était déjà là quand on a acheté cette maison, et prends note qu'il faudrait déblayer l'allée quand j'aurai un moment cette semaine, lorsqu'une petite voix enfantine m'interpelle :

– Julien !

Je me retourne, étonné puisque je n'ai remarqué personne à ma descente de la voiture. Je suis à l'ouest, il n'y a pas à dire ! J'ai voulu jouer la carte de la légèreté, mais Manon occupe chacune de mes pensées. Je secoue la tête pour la chasser de mon esprit le temps de m'apercevoir que c'est Lili, la petite fille de mes voisins, qui m'a appelée depuis son jardin. Son visage angélique apparaît entre deux des planches qui constituent la clôture séparant nos maisons. J'opère un demi-tour et m'accroupis à sa hauteur.

– Dis donc, tu as grandi, toi ! Quel âge as-tu déjà ?

– J'ai cinq ans et demi !

– Noooooon, ce n'est pas possible ? J'étais sûr que tu en avais déjà au moins douze l'année passée, feins-je de réfléchir.

– Mais nan ! J'avais quatre ans quand tu es parti, me rabroue-t-elle en gloussant. Même que t'es venu à mon anniversaire !

– Hum, je ne me souviens pas… Je me rappelle un clown très marrant, oui, mais ça, c'était à mon anniversaire…

– Mais naaaaaan, c'était au mien ! Tu dis n'importe quoi !

Cette fois, c'est à mon tour de rire. Cette petite est adorable, de celles à qui on donnerait le bon Dieu sans confession. Elle me regarde avec un sourire grand comme la France, ce qui fait ressortir ses petites dents et sa fossette sur la joue droite et je fonds un peu plus encore.

– Mais dis-moi, qu'est-ce que tu fais dehors à cette heure-ci ? Et surtout, pourquoi es-tu toute seule ?

– On faisait un bonhomme de neige, maman et moi, mais on a oublié la carotte pour le nez, alors elle est partie la chercher. Je devais la suivre, mais je t'ai vu et j'ai voulu te dire bonjour.

Elle a dit toute sa phrase d'un seul tenant, sans reprendre sa respiration, mais surtout avec beaucoup d'enthousiasme. Je ne sais si c'est son activité ou mon retour qui la met dans cet état-là, mais ça fait chaud au cœur de voir cette enfant s'amuser autant.

– Je comprends. Ton bonhomme de neige est très réussi, la félicité-je en y jetant un coup d'œil (et sans relever qu'il penche vers la droite). Mais tu veux bien faire quelque chose pour moi ? enchaîné-je sans lui laisser le temps de répondre.

Elle acquiesce, ravie de pouvoir me rendre service.

– Cours vite rejoindre ta maman, avant qu'elle ne remarque ton absence et s'inquiète.

– Mais je veux jouer avec toi, moi, boude-t-elle.

Je lui assure qu'on aura plein de moments pour ça, elle me le fait promettre et finit par entourer mon cou de ses bras à travers les planches avant de filer vers sa maison. Je m'assure qu'elle est rentrée avant de me diriger à mon tour vers la mienne.

J'inspire un grand coup à peine la porte franchie, c'est fou la sensation de bien-être qui nous saisit dès que nous sommes chez nous ! Je n'ai jamais su identifier à quoi ça tient, mais c'est instantané et je n'ai jamais rien ressenti de tel ailleurs qu'ici. J'appelle pour vérifier qu'il y a quelqu'un, mais personne ne me répond, j'en conclus que mes parents sont encore à la scierie familiale.

Je retire mes chaussures pleines de neige pour que ma mère ne crise pas plus tard, pose mes affaires et me mets à faire un rapide tour de la maison pour constater que rien n'a changé depuis cet été, lors des vacances scolaires qui m'ont ressourcé et pendant lesquelles nous avons fait le déplacement pour participer aux festivals Pablo-Casals[2] et Carcassonne[3].

Je suis en revanche étonné de voir un sapin dans notre salon, à mi-chemin entre le divan et le bar de la cuisine ouverte. Non pas que ce ne soit pas de

---

2. Créé en 1950 par le célèbre violoncelliste et chef d'orchestre catalan, le festival accueille des solistes mondialement reconnus à Prades entre fin juillet et mi-août pour de nombreux concerts dans les plus beaux monuments religieux.

3. Un des événements musicaux les plus attendus de la région. Il propose une centaine de spectacles de musiques actuelles, de théâtre, d'opéra et de danse.

saison, mais contrairement aux parents de Manon, les miens ne sont pas les plus fervents amateurs de Noël. En fait, je suis sans doute celui qui aime le plus cette fête dans la famille, et ce n'est pas non plus une passion chez moi.

Je reviens à l'entrée de la maison et récupère mon sac à dos avant de me diriger vers la table de la cuisine dans l'intention d'installer les petites surprises que j'ai apportées pour mes parents : de la confiture de lait pour mon père et des macarons pour ma mère. Deux choses somme toute assez classiques, mais dont ils raffolent et qu'on trouve avec difficulté par ici.

En posant le tout, je vois avec émotion qu'ils ont aussi eu envie de me faire plaisir.

– Ça alors ! m'exclamé-je à haute voix en attrapant un des paquets de Pim's à l'orange qui se trouvent sur la table.

Je suis sûr qu'ils ne les ont achetés que pour moi puisque je suis le seul de la famille à les dévorer. La légende dit que je serais le seul de la ville à aimer ça. Version que je remets en question, je vois mal le supermarché du coin les garder en rayon pour un mec qui vient une ou deux fois par an. Je ne résiste pas à ouvrir un paquet pour en manger quelques-uns sans attendre.

Cela fait, je m'empare de mes valises, toujours dans l'entrée, et vais dans ma chambre. Il est temps de m'installer confortablement dans cette pièce qui n'a pas l'air d'avoir bougé d'un iota depuis des années. Ce n'est pas si étonnant puisque j'ai toujours aimé les choses sobres, ma chambre suit donc le mouvement : une moquette couleur taupe et des murs peints en beige. Le tout est à peine troublé par quelques affiches des films qui m'ont le plus marqué. Intemporel, de quoi ne pas changer au fil des ans. En revanche, je suis content de retrouver ma DVDthèque qui me manque depuis que je suis à Paris. J'ai toujours été ce qu'on appelle un cinéphile, même si je n'aime pas ce terme : dans l'imaginaire collectif, il signifie qu'on ne peut aimer que Fincher et Nolan. Or j'aime tous les genres, du film d'auteur sérieux à la comédie un peu idiote.

Je me remémore avec tendresse toutes les séances cinéma auxquelles j'ai assisté à Dijon avec mes parents d'abord, seul ou entre amis ensuite. C'est une des choses qui m'a le plus manqué en arrivant à Froidieu : pas de cinéma en vue… Que soient bénies les plateformes de Svod.

Je passe mes mains sur les DVD et me fais la remarque que je devrais peut-être les emporter dans mon appartement à Paris. Cela dit, je me souviens encore bien du parcours du combattant qu'a été le déménagement de mes BD et peluches de Dijon jusqu'ici lorsque j'étais gamin et je ne suis pas sûr de vouloir recommencer. Enfin, sans les peluches, hein, cette fois.

Je remets en place quelques-uns des objets qui décorent la pièce, redresse mon immense affiche d'*Indiana Jones* (le troisième et meilleur) et range mes affaires sorties de ma valise. Puis je me dis que vu le voyage que je viens de vivre, une bonne douche ne me ferait pas de mal.

Je regarde ma montre au moment de rejoindre le rez-de-chaussée, douché et changé, et constate qu'il reste encore une bonne heure avant que mes parents ne rentrent. Je considère un instant la possibilité de leur faire la surprise de les rejoindre à la scierie, ils n'ont pas pris le temps de répondre aux textos envoyés à mon arrivée, et j'en conclus qu'ils sont fort occupés. Je ne ferais qu'être dans leurs pattes, et ça rallongerait leur journée qui a déjà dû être interminable. Je trépigne à l'idée de les retrouver.

Je m'arrête devant la fenêtre et regarde vers la maison de Manon de l'autre côté de la rue. J'espère qu'elle est bien rentrée. Et s'il lui était arrivé quelque chose ? Si elle était tombée en chemin ? Si son portable était déchargé ? Ou que…

Ça suffit ! Tout va bien se passer.

Je vais me détourner de la fenêtre pour me forcer à penser à autre chose quand mon regard est attiré par du mouvement dehors.

Je ne sais quelle divinité je dois remercier, mais Manon est là, devant chez elle, semblant en pleine forme. Elle arrive pile quand j'observe ! Je souris devant la réaction de ses parents qui ont l'air extatiques, et un énorme poids quitte mes épaules. Au moment où ils se dirigent tous trois vers la porte, Manon regarde dans ma direction, et, pris de panique, je me décale soudain. À tous les coups, j'ai dû faire bouger le rideau, comme ça, après être passé pour un gros lourd dans le train, je vais passer pour un voyeur.

Bien joué, Julien !

À présent que je sais Manon saine et sauve – ici, la probabilité qu'elle se fasse kidnapper n'était toutefois pas grande –, je vais pouvoir souffler. Oui, mais que faire ? J'ai passé des années dans cette maison et aujourd'hui, même si je suis très heureux d'être de retour, je m'y sens presque comme un invité. Je n'ai jamais aimé l'oisiveté, j'ai toujours besoin de faire quelque chose. Il est rare que je reste dans mon appartement lorsque je suis à Paris. C'est aussi pour cela que j'ai choisi d'y vivre : après Froidieu, j'avais besoin d'une ville qui regorge de bars, de soirées, de cinémas et d'activités. Ici, il vaut mieux aimer lire, se balader, regarder la télévision ou ce genre de choses, sinon on devient vite malheureux.

Je me sers un verre d'eau et c'est devant l'évier dans lequel traîne de la vaisselle que l'évidence me vient : quoi de mieux pour faire plaisir à papa et maman que de leur faire gagner du temps et leur éviter des tâches ingrates ? Vaisselle, aspirateur, serpillière, tout y passe dans l'heure qui suit. J'ai hâte de voir leur tête à leur arrivée !

Alors que j'admire mon œuvre, la sonnette de l'entrée se fait entendre, ce qui me surprend puisque je n'attends personne et que seuls Jérôme et Manon savent que je suis là. Et je ne pense pas que cette dernière me rende une visite de courtoisie. À peine la porte ouverte, un énorme « Saluuuuuuut Julien » résonne dans l'entrée. Il s'agit des Jardini : Lili et ses frères, Nathan et Kylian, accompagnés de Myriam, leur mère.

– Désolée, me dit cette dernière alors que Lili enlace déjà mes jambes en guise de câlin. Ils ont su que tu étais de retour et voulaient absolument venir te saluer.

– C'est moi qui leur ai dit que t'étais revenu, m'apprend fièrement Lili en se détachant de moi.

– On est trop contents que tu sois là, me flatte à son tour Nathan.

– Et on t'a fait des dessins, termine Kylian en rejoignant son frère autour de mes jambes.

Je les invite à entrer, sers un verre à Myriam, déjà occupée à modérer l'enthousiasme des enfants, et nous échangeons quelques mots sur sa vie de famille et les nouvelles depuis mon départ.

– Voyons voir, dis-je aux enfants qui sont en train de chiper mes Pim's, vous me montrez vos dessins ?

Kylian est le premier à me remettre le sien :

– … te représente en train de faire la classe, c'est pour ça que tu as l'air sévère.

Ça explique la tête que j'ai, merci Kylian !

Nathan me tend son œuvre : « Tu coupes des arbres avec ton papa et ta maman. » Je retiens un rire quand je vois que ma mère a des cheveux dignes de Raiponce et que mon père est deux fois plus gros que les arbres.

Lili, plus timide, me tend à son tour son dessin en me disant : « C'est toi et Manon. Parce qu'elle ressemble à une princesse. Je suis sûre que tu es amoureux d'elle. Vous m'avez trop manqué, tous les deux. »

Mon cœur se gonfle, non seulement parce que les dessins me font plaisir, mais surtout parce qu'elle a raison. Je suis fou amoureux d'elle.

Pas de doute, la vérité sort de la bouche des enfants.

CHAPITRE 8

MANON

20 décembre

J'ai fini de ranger mes affaires dans la grande penderie qui ne m'a jamais quittée depuis mon enfance et je m'attelle à faire un tour de ma chambre. Elle est spacieuse (ce qui m'a toujours ravie, à la différence de mes parents qui n'en pouvaient plus du bordel que je laissais sans cesse dedans) et elle n'a pas beaucoup changé depuis mon départ, ce qui n'a rien de remarquable puisque ça ne fait qu'un an et demi que je suis vraiment partie, malgré mes séjours nombreux à la capitale pendant mes études. Les goûts changent cependant et ce qui m'allait il y a une poignée de mois ne me correspond plus tout à fait, je me suis donc débarrassée de quelques décorations et ai déplacé certains meubles. Je ne suis pas sûre de l'utilité de la chose dans la mesure où je ne reste qu'une semaine, mais quitte à être là, autant être bien installée ! Je repousse d'un souffle une mèche de cheveux collée à mon front et regarde ma montre. Je me rends compte que l'heure avance vite et je file prendre une douche plus que nécessaire.

Je suis à peine propre et habillée que j'entends mon portable biper. Je découvre avec plaisir qu'il s'agit d'Antonina. J'avais déjà oublié que je lui avais envoyé un message dans le train afin de partager mon désarroi face à ma rencontre imprévue avec Julien. Désarroi qu'elle a l'air d'avoir du mal à comprendre quand je vois la réponse de mon amie :

C'est pas vrai ? Julien, *alias* celui dont tu n'arrêtes pas de parler soi-disant parce que tu le détestes ? Julien, celui avec qui il t'a fallu onze ans d'amitié pour te rendre compte que tu l'aimais ? LE Julien ?

Mais elle est tombée sur la tête, ma parole ! Comme si elle ne voyait pas de qui je parle, en plus ! Qu'ai-je donc fait pour mériter ce genre d'amie ? Où est la compassion dans tout ça ?

Je ne parle pas de lui ! Même jamais !

Tu en parles tout le temps ! Tiens-moi au courant de la suite, je sens que je vais bien m'amuser !

Traîtresse !

Mon premier instinct est de l'envoyer balader, mais il se pourrait que j'aie mentionné Julien à quelques reprises, en effet, juste comme ça, au passage… Après tout j'ai un tas de souvenirs d'adolescence dont il fait partie. Est-ce que j'en ai parlé en termes élogieux ?

Non, impossible, je le déteste !

Alors que je m'apprêtais à lui répondre, j'entends un raffut pas possible au rez-de-chaussée. Nous sommes tous de bons vivants dans la famille, nous n'avons par conséquent pas besoin d'être nombreux pour que l'ambiance soit de mise. Je quitte ma chambre sans tarder, finalement heureuse de revoir les miens après des mois loin d'ici. Finalement, mes parents ont bien fait d'organiser ce repas, il faut croire qu'ils me connaissent mieux que moi-même. J'ai beau ne plus habiter là, il ne me faut jamais longtemps pour être à nouveau à l'aise. C'est dans cette maison que j'ai passé toute ma vie, hormis les dernières années pour mes études. Je n'ai jamais vécu aussi longtemps ailleurs. J'ai à peine posé le pied sur la dernière marche (qui grince encore, ce qui me fait sourire, rien ne change malgré le temps qui passe) que je suis assaillie de bras qui m'enlacent et de questions qui fusent. Les chiens ne font pas des chats et mes grands-parents ont une aussi grande réserve de questions que ma mère. Je tente de les calmer, mais je devrais savoir que ça ne sert à rien et qu'il est bien plus efficace de laisser passer la tempête.

– Allons, allons, laissez-la respirer, enfin ! On parlera pendant le dîner, intervient ma mère.

C'est l'hôpital qui se fout de la charité !

Ça a le mérite de fonctionner puisque le raffut s'arrête le temps que nous passions au salon où nous attend déjà l'apéritif. J'ai toujours été fascinée par les talents de ma mère pour que tout soit prêt à temps, d'autant qu'elle ne fait *jamais* les choses à moitié. Voici longtemps que je n'essaie plus de percer le mystère. Les discussions reprennent plus calmement, et j'en profite moi aussi pour prendre des nouvelles de chacun. Ils ont beau poser mille questions, quand il s'agit d'y répondre, c'est comme ma mère, ils ne sont pas bavards. L'essentiel se résume à : « Oh, tu sais, la routine. Il n'y a jamais grand-chose de neuf ici » ainsi que des plaintes sur les « passagers », nom que l'on donne aux touristes. Ils sont nombreux dans la région en cette période et énervent souvent les locaux : ils font trop de bruit, n'avancent pas dans les rues à force de s'émerveiller de tout, rendent les files des magasins interminables ou perdent le contrôle de leur voiture sur la neige…

Une bonne demi-heure s'est écoulée et les verres ainsi que l'assiette de bouchées apéritives sont vides – en grande partie de mon fait, je plaide coupable, mais je ne me lasserai jamais des saveurs de ma jeunesse – lorsque nous passons à table. Table devant laquelle je ne peux m'empêcher de sourire, car elle affiche déjà bien les couleurs de Noël, même si ça reste encore sobre selon les standards de mes parents. Le rouge et l'or sont de sortie, ainsi que les mini-pères Noël, les photophores, les étoiles et pommes de pin décoratives ainsi que les traditionnels centres de table en houx ! Ma mère a cuisiné une garbure béarnaise[4], mon entrée préférée. Je suis heureuse de voir qu'elle s'est bridée pour faire simple, elle qui a tendance à vouloir préparer des plats dignes d'un palace, en excellente cuisinière qu'elle est. Rien ne me plaît davantage que cette fameuse soupe à laquelle j'ai été biberonnée depuis ma plus tendre enfance.

Pas une occasion ne passait sans que ma mère me la serve : au retour d'une activité extérieure, le soir après une longue journée d'école, lorsque j'étais malade, quand on revenait de la biscuiterie et que j'avais aidé mes parents pendant les vacances, ou même devant un bon film. Cette soupe m'a suivie sans relâche tout au long de ma vie, elle est ma madeleine de Proust en somme.

Je prends avec délectation ma première cuillerée alors que tout le monde débat de l'amour immodéré de ma grand-mère pour le sel et de la façon dont elle a toujours refusé de réduire sa consommation, en dépit des recommandations répétées du médecin. Ça énerve chacun des membres de la famille, et si l'un d'eux a le malheur de le lui rappeler, elle répond qu'on doit lui « foutre la paix » parce qu'à son âge, « on s'emmerde plus à faire attention ».

---

4. Plat typique des Pyrénées. Il s'agit d'une soupe paysanne au chou avec des petits morceaux de légumes et du talon de jambon du terroir.

Elle a un sacré caractère, non-conformiste, elle a toujours voulu qu'on l'appelle « Henriette » et non pas « maman » ou « mamie ». Je laisse échapper un petit ricanement tant ce genre de discussion est savoureuse : des têtus qui essaient de convaincre la personne la plus obtuse du monde. Mon rire n'est pas passé inaperçu et elle se met à me fixer, d'un regard qui me fait comprendre que j'aurais mieux fait de m'abstenir. Je retiens mon souffle dans l'attente de ma punition. Elle me sourit férocement avec un air de « Tu l'auras voulu » et je retiens un juron. Je sais ce qui m'attend… ce n'est plus qu'une question de temps.

Un, deux, trois…

– Dis donc Manon, lance-t-elle alors qu'elle dépose son couvert et s'essuie la bouche élégamment, ta mère m'a dit que tu étais toujours célibataire ? Je ne suis pas près d'être arrière-grand-mère avec toi ! glousse-t-elle.

C'est qu'elle est bonne comédienne, en plus ! Elle arrive à feindre l'amusement comme personne, alors qu'on sait elle et moi que ce n'est pas l'émotion qui l'habite. Oh non, c'est la vengeance ! « Peste », articulé-je, ce à quoi elle répond en me tirant la langue discrètement. Elle s'en fout comme de l'an quarante, de mon célibat, mais elle sait que ça détournera l'attention sur moi.

Tu me revaudras ça, Henriette !

– Oui, je…

– Ne m'en parle pas ! s'écrie maman sans me laisser finir ma phrase. Chaque année, c'est la même chose. J'espère qu'elle va enfin nous présenter quelqu'un et chaque année, c'est le même refrain : « Ce n'est pas ma priorité maman » ou : « Je suis très bien comme je suis. » On ne m'enlèvera pas de l'idée que la vie est plus belle quand on est aimée, mais surtout que ma fille mérite d'être chérie par un homme aimant !

– Laisse donc Manon tranquille, elle trouvera quand ce sera le bon moment ! me défend mon père.

Alléluia ! Merci papa.

– Mais il n'arrive jamais rien si on attend le bon moment, chéri ! rétorque-t-elle. À son âge, nous avions déjà Manon !

– C'est vrai que de notre temps, on ne traînait pas, ajoute mon grand-père. À dix-huit ans, on avait une copine et à vingt, on était marié. Et les divorces étaient rares par-dessus le marché ! Pas comme vous, maintenant, qui considérez le mariage comme une banale transaction !

Bienvenue en 1950…

– Les temps changent papy, dis-je. Je ne comprends pas pourquoi vous êtes tous si attachés à ma situation amoureuse. C'est tout le temps la même rengaine et…

– Je voudrais que tu sois aimée comme tu le mérites ma puce, rien de plus, me coupe ma mère. À presque trente ans, vivre dans un appartement avec une colocataire, ma fille mérite mieux !

Je ne prends pas la peine de la reprendre sur mon âge et jette un regard de détresse à mon oncle et à ma tante, mais leur expression me fait vite comprendre qu'ils n'ont aucune intention de s'en mêler. Au moins, eux ne m'accablent pas. Décidément, je finis par me réjouir de peu.

Une bonne dizaine de minutes passe sans que la conversation se calme, ils ont tous apparemment beaucoup de choses à dire sur ma situation. Au bout d'un moment, excédée, je m'écrie :

– Je sors avec quelqu'un, d'accord !

Hein quoi ? Mais qu'est-ce que j'ai dit ?

J'aimerais aussitôt ravaler mes paroles, mais me rends compte très vite que ça ne va pas être possible. Tous se taisent, stupéfaits, et me regardent, les yeux écarquillés. Si je n'étais pas sidérée moi aussi par ce que je viens de dire, je savourerais ce silence bienfaiteur.

Comment je vais me sortir de là maintenant ?

– Mais c'est merveilleux ! s'exclame ma mère. Pourquoi tu ne l'as pas dit plus tôt ? Qui est-il ? On le connaît ? Il est ici, à Froidieu ?

Merde, merde, merde.

Un nom, il me faut un nom, vite ! Je sens mes neurones se mettre en branle, mais je n'ai pas le temps de réfléchir car je n'ai rien prémédité, alors je lâche le premier qui me passe par la tête :

– C'est Julien !

CHAPITRE 9

MANON

20 décembre

Personne ne réagit dans les secondes qui suivent, mais je sais qu'il ne leur faudra pas longtemps pour faire la connexion.

Qu'est-ce qui m'a pris, bon sang ?

L'explication est très simple, j'ai passé la journée avec un garçon, alors au moment où il me faut en citer un, je pense à lui ! CQFD. La bonne nouvelle : je ne suis plus célibataire aux yeux de ma famille. La mauvaise : je suis censée être avec mon ex, que je déteste et qui n'est au courant de rien !

Pourquoi n'ai-je pas eu la présence d'esprit de dire Gabriel ? J'aurais pu prétendre qu'il est malade, une énorme grippe qui le cloue au lit et l'affaire aurait été réglée. Oui, ç'aurait été parfait. Mais la vie ne l'est pas.

Avec un peu de chance, je pourrai juste l'aimer de loin, ils ne s'en mêleront pas. Un petit signe de la main par-ci par-là, un « bonjour », quelques banalités échangées et on passe à autre chose. Après tout, ils ne sont pas au courant de notre histoire passée vu qu'on avait décidé de ne rien dire au début de notre relation. Ils le connaissent, forcément, et savent que nous sommes amis et inséparables depuis qu'il a emménagé ici, mais pour le reste, ils n'ont pas de détails. Si j'arrive à faire croire à une toute petite histoire naissante, peut-être que… *Non, mais tu connais ta famille, Manon ?*

J'enfourne une bouchée de rôti (succulent) pour me donner le temps d'échafauder un plan susceptible de me sortir de là, mais c'est mal connaître ma famille. Ou plutôt être dans le déni, parce que si j'étais franche avec moi-même, je saurais que je ne sortirai pas de là de manière aussi aisée.

– Julien ? Le voisin ? crie maman si fort que la rue entière a dû l'entendre, la maison d'en face comprise, évidemment. Mais c'est merveilleux ! J'ai toujours pensé que vous feriez un merveilleux petit couple.

Pourquoi dit-on toujours petit *couple ? Ça n'a pas de sens…*

– Oui, enfin, c'est-à-dire que…

– C'est vrai que vous allez bien ensemble, approuve mon père sans écouter ce que j'étais en train de dire.

– Mais je…

– Pourquoi ne pas l'avoir annoncé plus tôt ? me demande mon grand-père.

Je suis désespérée. J'essaie à nouveau d'en placer une et de limiter la casse d'une façon ou d'une autre, mais c'est impossible. Je suis prête à tenter le tout pour le tout pour rattraper ma bourde et leur faire croire que ce n'est pas ce Julien-là, mais rien à faire. Je n'arrive déjà pas à prononcer plus de six mots d'affilée depuis le début du repas, alors réussir un coup pareil, je crois que je rêve. Ils sont aussi enthousiastes que si je leur avais annoncé avoir gagné à la loterie. Seul François semble plus intéressé par la bouteille de pinard que par la conversation…

– Ils nous feront de beaux bébés ! s'enthousiasme-t-il soudain.

Ah ben non, au temps pour moi, il suivait bel et bien. Il le dit sans relever la tête, pire : il se ressert un verre, comme pour fêter ça. Je suis dans les ennuis jusqu'au cou.

Sortez-moi de là !

– Je vais tout de suite lui téléphoner et lui proposer de venir dîner demain ! Mon beau-fils ! Il faut bien qu'on l'invite comme il se doit !

– NON, maman !

Je me lève d'un bond, mais trop tard pour la retenir, elle quitte la pièce avant que j'aie fait le moindre geste. Sans manquer de secouer la tête de droite à gauche et de déplorer : « Ma fille ne me dit jamais rien à temps. »

Je me laisse retomber sur ma chaise, et me prends la tête dans les mains.

D'accord, je rectifie, maintenant, *je suis dans les ennuis jusqu'au cou...*

Je ne pipe plus un mot. Il n'y a pas à dire, je me suis coincée toute seule, mais mon cerveau ne peut s'empêcher de chercher un moyen de me sortir de là. Solution qui ne vient pas. Je suis tellement occupée à ressasser que je ne prête aucune attention à la suite du repas, ni même aux conversations et m'en rends compte lorsque je vois le dessert arriver.

Il faut que je me reprenne, c'est déjà un miracle que personne n'ait remarqué mon changement de comportement. Heureusement pour moi, le sujet « Manon-célibataire-que-va-t-on-faire-d'elle » est déjà de l'histoire ancienne grâce à ma brillante repartie. Il est maintenant question de savoir si oui ou non mes parents partiront en vacances l'été prochain. Je retiens un ricanement. J'ai bien envie de leur faire remarquer qu'ils ont ce débat chaque année et qu'à chaque fois ils n'arrivent pas à quitter leur village, mais je me retiens *in extremis*. J'ai retenu la leçon, pour aujourd'hui en tout cas.

Maman finit par débarrasser nos assiettes et prévoit de nous servir le café, mais soudain, j'ai un besoin irrépressible de prendre l'air. Il faut que je m'éloigne pour digérer non pas le festin, mais ma connerie, puisque celle-ci a presque réussi à me couper l'appétit. Je leur lâche un « Oh là là, mais qu'est-ce qu'on a beaucoup mangé ! » si forcé que je suis étonnée que personne ne me démasque et prétexte un besoin de marcher un peu pour m'enfuir de cette maison. J'attrape mon manteau et mon écharpe dans un empressement bien trop marqué pour être honnête et sors vite avant que quelqu'un ne me retienne. Mais eux doivent avoir vraiment trop mangé, parce que personne ne bouge.

Julien est mon petit ami, je leur ai dit que Julien était mon petit ami.

Ces mots tournent encore et encore dans mon esprit alors que je me mets en marche. Y a pas à dire, je suis une reine pour me mettre dans le pétrin, beaucoup moins pour en sortir. Je shoote dans un caillou alors que je dépasse le square qui se trouve au bout de ma rue et exhale un souffle pour tenter de me calmer : après tout, rien de grave n'est arrivé, tout le monde est encore vivant.

Pour l'instant.

Je resserre mon écharpe avec la sensation que la température chute drôlement et continue mon chemin sans vraiment faire attention où je vais.

Je ne sais comment, sans doute par la force de l'habitude, ou par la force divine qui veut me faire passer un message, je me retrouve dans la ruelle passant à l'arrière de la maison de Julien. Un des endroits qui nous a le plus accueillis, surtout quand nous voulions courir ou faire du vélo, mais que nous n'étions pas encore assez grands pour aller en ville seuls. Mes pas me portent cent mètres plus loin et je ne peux me retenir de jeter un coup d'œil à la maison des Jospal : rien n'a vraiment changé depuis notre adolescence, et il n'en faut pas plus à mon cerveau pour me remettre des images en tête par dizaines.

Qu'est-ce qu'on a pu passer de temps ici ! D'autant plus que j'étais plus souvent fourrée ici que chez moi, Julien étant plus grand, il a pu rester plus rapidement seul et en étant avec lui, j'évitais la nounou. Cette dernière avait la fâcheuse habitude de me faire travailler davantage que ce que mes devoirs exigeaient pour se faire bien voir, je ne l'aimais donc pas beaucoup.

Je secoue la tête en me raisonnant : je suis partie me balader pour ne plus penser à la situation, pas pour me faire nostalgique et penser à Julien ! Je regarde sur ma droite, le chemin le plus logique pour retourner chez moi, mais soudain j'ai froid et plus du tout envie de marcher ou de faire le tour du pâté de maisons, et décide donc de couper par les maisons. Il y a une servitude entre celle de Julien et celle des Jardini et je décide de l'emprunter. Je suis à peu près sûre qu'elle est privative, mais je suis convaincue que ça ne posera de problème à personne, surtout à cette heure-ci.

Il me faut moins d'une minute pour arriver devant les bâtisses et je m'arrête un instant, dans mes pensées, regardant la balançoire que j'ai toujours connue ici, quand je me tends parce que j'entends une voix ; *la voix*. Julien. Je ne réfléchis pas et fais la première chose qui me passe par la tête : je me couche derrière la haie qui sépare le jardinet de l'avant de sa maison avec la ruelle. Ben quoi ? J'ai de bons réflexes !

Il était moins une.

– Ah, Julien, entends-je son père s'exclamer.

– Désolé, je ne fais que repasser en vitesse, j'ai oublié avoir promis au vieil Alphonse de l'aider à rentrer le bois qu'il a commandé. Je vois que sa remise est ouverte, je vais en profiter pour m'y mettre, ça lui fera une belle surprise demain au réveil.

– D'accord, mais Carène a appelé pendant ton absence… Dis donc, tu es un fameux cachottier ! Pourquoi ne pas nous avoir dit que tu filais le parfait amour avec Manon ?

– Euh… Eh bien… Euh…

Je ne peux empêcher ma curiosité de refaire surface et ose me lever légèrement pour voir Julien et sa réaction. Je fais une espèce de petit saut pour évaluer la situation, me rends compte qu'il est en face de moi et me recouche.

OK, il va falloir la jouer très discrète.

Je me relève donc mais cette fois en squats sur mes jambes. Outch ! Je voudrais me mettre à quatre pattes, mais je suis alors trop basse. Je laisse dépasser ma tête, pour avoir le temps de constater que Julien semble ne plus savoir où se mettre. Il se gratte les cheveux et rougit quand soudain :

– Hum.

Cette fois je sursaute et c'est un petit miracle que j'arrive à retenir le cri qui partait déjà du fond de ma gorge. Je me mets la main sur la poitrine pour calmer mon cœur (même si ça n'a jamais fonctionné dans l'histoire de l'humanité) quand je me souviens que je suis à présent debout, et me jette à nouveau par terre, complètement cette fois, sous les yeux ronds de Myriam, qui tient un sac-poubelle dans une main. Elle allonge le cou et lâche un « Oh je vois » lorsqu'elle remarque l'homme qui se trouve de l'autre côté de la haie.

– Ce n'est pas très bien d'espionner les gens, me lance-t-elle discrètement.

– Je ne l'espionnais pas ! Je…

– Bonsoir, dit-elle tout d'un coup à ses voisins.

J'entends les Jospal répondre et je me plaque encore un peu plus au sol, parce que c'est évident, ça va changer quelque chose.

– D'accord, d'accord, capitulé-je aussi vite. Ne dites pas que vous m'avez vue !

Elle me sourit avec délectation. Et c'est à se demander s'il y a une seule personne dans ce village, que dis-je, dans ce monde, qui a un autre but que me rendre chèvre.

– Tu l'espionnais donc ?

– Disons que… J'observais ?

Elle rit et je lui lance un « chut » appuyé auquel elle ne fait aucune attention. Elle me regarde plutôt telle une bête curieuse avant de hocher la tête comme si elle venait de comprendre quelque chose. À sa décharge, je crois que j'offre un drôle de spectacle.

Je me racle la gorge.

– Ça vous dérange si…

Je pointe le bout de son allée, elle me répond que non et je repars vers l'endroit dont je viens aussi vite que possible en restant discrète, emportant le peu de dignité qu'il me reste. Finalement, le tour du pâté de maisons sera très bien ! Il ne me faut pas cinq minutes pour rentrer chez moi. Je ne croise personne, miraculeusement, et c'est un immense soulagement.

Je file tout de suite dans ma chambre avec une pensée : je dois parler à Julien. Je ne peux pas le laisser sans explications, c'est moi qui l'ai mis dans cette situation et en plus, j'ai vu à quel point il était perdu et gêné. Il n'a même pas contredit son père…

J'attrape mon portable, mais le repose aussi vite sur le lit.

Non, je ne peux pas lui parler, c'est au-dessus de mes forces.

Je ne suis toujours pas prête à passer par-dessus ce qu'il m'a fait malgré le temps écoulé, mais surtout, je sais qu'il va m'en vouloir. Comment pourrait-il en être autrement ? Et être redevable à quelqu'un qu'on déteste… bof bof. Bon, après, est-ce que ça ferait quelque chose qu'il m'en veuille ? J'ai merdé, d'accord, mais comparé à ce qu'il a fait… Il me doit bien ça, non ?

Rhaaaa, mais qu'est-ce que j'ai fait ?

Je tire mes cheveux en arrière et commence à faire les cent pas dans la pièce. Je sais au fond de moi que la seule chose à faire est de lui parler et de m'expliquer, c'est la moindre des choses ; mais une grande part de moi n'arrive pas à franchir le pas.

– Aller, ça suffit, les conneries, dis-je à voix haute. Tu es adulte, comporte-toi comme telle.

Je me saisis à nouveau de mon téléphone, mais un autre détail me vient à l'esprit : il allait faire un truc ! Quoi déjà ? Je n'en ai plus la moindre idée, mais s'il est occupé, ça veut dire que je vais le déranger, qu'il sera déjà énervé, de toute façon, qu'il m'écoutera à moitié et qu'il m'en voudra encore plus.

On s'en fout.

Non.

Mais…

Et c'est reparti pour les cent pas dans la pièce, une hésitation qui n'en finit plus. Je suis sur le point d'abandonner et de me rouler en boule dans mon lit avec l'objectif de rejeter la responsabilité de cette situation sur le dos de l'univers entier quand me vient une idée : je n'ai qu'à téléphoner sur le fixe !

Mais oui ! En soi, ma mère vient d'appeler et ils étaient encore dehors quand je suis partie, ils n'ont pas pu se coucher entre-temps ! J'aurai fait un pas vers lui, je ne l'aurai pas dérangé et en plus il pourra me contacter quand il sera disponible et au calme ! C'est le compromis parfait. Enfin, parfait… Vous voyez ce que je veux dire, parfait dans ma vie, quoi. J'expire un long moment, il va falloir la jouer fine, il ne faut pas que je laisse parler le parent sur lequel je vais tomber. Je compose le numéro que je connais toujours par cœur, trois sonneries se font entendre et une voix que je reconnais comme celle de Mathieu lâche un « allô » précipité, comme s'il était, lui aussi, occupé :

– Bonjour Mathieu, c'est Manon. J'espérais tomber sur Julien !

– Manon, ma belle-fille ! Vous êtes vraiment des cachottiers, vous deux, je ne comprends pas trop pourquoi vous ne nous avez rien dit ! Ça me fait très plaisir…

– Oui, merci, le coupé-je, les nerfs à rude épreuve. Julien…

– N'est pas là, me répond-il.

– Génial ! laissé-je échapper.

Il y a un moment de flottement pendant lequel je tape du poing sur mon lit. Comment peut-on être aussi gauche ?

– Enfin, je veux dire : c'est génial, il s'occupe déjà ! Ah là là, ce Julien qui ne sait pas rester en place. Vous pouvez lui dire de me recontacter quand il aura deux minutes ?

– Bien sûr, réagit-il sur un ton qui suggère qu'il se demande si j'ai toute ma tête. Mais tu sais…

– Merci ! le coupé-je avant de raccrocher précipitamment.

Je relâche mon portable sur le lit comme s'il me brûlait les mains.

Je viens de me donner bonne conscience.

Et se donner bonne conscience, c'est surfait. J'en sais quelque chose maintenant…

CHAPITRE 10

JULIEN

Six ans plus tôt

– Alors mon Juju, tu étais sérieux tout à l'heure ? Tu me trouves sexy ?

Manon a lâché ça sans préambule, d'un air naturel, ce qui ne lui ressemble pas du tout, enfin, ce qui ne lui ressemblait pas : plus le temps passe, plus elle devient sûre d'elle et s'affirme… Ce qui la rend plus sexy encore. Elle devient forte, indépendante, directe, et se fiche pas mal de ce qu'on pense d'elle. Si quelqu'un l'ennuie, elle n'hésite pas à l'envoyer paître, souvent dans un langage fleuri. La jeune fille innocente qui est venue m'accueillir le jour de mon arrivée est loin.

Nous fêtons ses dix-huit ans et nous nous trouvons dans la salle des fêtes du village. Les parents de mon amie l'ont privatisée pour qu'on puisse célébrer son anniversaire comme il se doit. Je les ai aidés à organiser une surprise et nous avons transformé ce lieu sobre et froid en un endroit magique. Leur goût pour la fête n'est plus à démontrer, la décoration est aussi simple qu'efficace : des ballons, des confettis et des cotillons partout et de grandes pancartes avec d'énormes « 18 » dessus. Toutes les tables ont été repoussées contre les murs et le milieu s'est transformé en une énorme piste de danse.

Je suis assis, sirotant mon verre et discutant avec nos amis alors qu'elle se trémousse sur la piste devant nous. Ses mouvements et les lumières qui les subliment la rendent encore plus belle. Ça fait plusieurs mois que je lutte contre une attirance qui grandit chaque jour. Notre amitié m'est trop précieuse… Ces sept dernières années, notre relation n'a cessé de grandir, et elle occupe une importante place dans ma vie aujourd'hui. C'est trop risqué. Les amitiés qui n'ont pas survécu à cause d'un amour non réciproque ne sont pas rares, on en a tous connu. Et même si ça l'était – je sens les battements de mon cœur accélérer –, ça pourrait ne pas marcher. Pour le moment, je préfère la garder dans ma vie en tant qu'amie plutôt que la perdre. Je ne suis pas prêt à payer ce prix.

Mais son franc-parler ne me simplifie pas la tâche. Je ne la quitte pas des yeux et il me faut me mordre la langue pour ne pas lui dire le fond de ma pensée.

Et j'ai trop bu, putain. J'ai de plus en plus de mal à garder mes distances avec elle.

Julien, tu viens de dire que ta décision est prise. Rien. Entre. Nous.

J'étais le premier à l'accueillir tout à l'heure, lorsqu'elle est entrée dans la salle et que nous avions tous crié « surpriiiiiiiise ». Je n'ai pas pu m'empêcher de lui dire à quel point elle était belle. Je ne sais pas ce qui m'a pris, mais au moment où elle m'a regardé et où j'ai compris que la surprise que j'ai contribué à mettre sur pied la rendait heureuse, ça m'a échappé. Je n'ai pas réussi à faire ce que je fais depuis tout ce temps : ravaler mes paroles. J'ai tout de suite voulu m'y appliquer, mais trop tard, elles étaient prononcées. Un putain d'ami en *friendzone*, voilà ce que je suis… Et parce que je l'ai décidé tout seul, en plus.

Quel idiot !

Je me passe la main dans les cheveux. Vais-je réussir à tenir mes résolutions ?

– Pour une meuf de dix-huit ans, ouais, pas mal, lâché-je, au mépris de toutes les pensées qui m'assaillent.

Elle sait que je me fous de notre différence d'âge, mais ça l'ennuie à chaque fois que je lui rappelle qu'elle est plus jeune de trois ans. En grande partie parce qu'on a passé ces sept dernières années à entendre nos parents respectifs dire : « Soyez prudents. Et, Julien, tu surveilles Manon hein ! » On ne fait pas mieux pour agacer quelqu'un d'indépendant, n'est-ce pas ? D'autant qu'il est encore à prouver qu'on est beaucoup plus mature à vingt et un an qu'à dix-huit ! Et si d'aventure on essayait, je ne suis pas sûr que je serais la meilleure personne pour le démontrer.

– C'est ça, ouais ! lance-t-elle, pas dupe. Allez, viens danser *petit merdeux* !

Elle rit d'un rire qui pourrait amuser n'importe qui et se fraie un chemin jusqu'au centre de la piste. Je ne peux retenir un sourire de benêt amoureux quand je la rejoins. Et très vite, nous nous mettons à danser bien trop serrés l'un contre l'autre pour le bien de mon cœur, qui bat plus rapidement que jamais. Je lui avouerais volontiers mes sentiments tout de suite, je l'embrasserais avec plaisir et lui dévoilerais mon désir, mais il n'en est pas question. Je me tiendrai à ma résolution, ce soir au moins.

Rhaaaa, tu flanches déjà, Ju !

Nous avons bu, pour ne pas dire que nous sommes fameusement éméchés, et il est hors de question qu'elle fasse quelque chose qu'elle regretterait demain matin. La dernière chose que je souhaite, c'est profiter de la situation. Cette pensée me sauve pour ce soir.

Il sera toujours temps de lui avouer demain…

CHAPITRE 11

JULIEN

21 décembre

– Et elle ne t'a rien dit ?
– Non.
– Pas un coup de fil ?
– Non.
– Pas de texto ?
– Non plus.
– Eh ben, c'est un peu cruel !

Je m'arrête de pédaler pour le dévisager. Je connais Jérôme depuis aussi longtemps que Manon à peu de chose près. Nous nous sommes rencontrés peu après mon emménagement, lorsque je suis allé me balader avec ma mère au square au bout de notre rue, le jour de la première vraie grosse tempête de neige après notre arrivée. Jérôme y était, exténué par une bataille de neige qu'il avait livrée avec ses parents et nous nous sommes mis à discuter sur l'un des petits bancs en bois qu'il avait déneigé d'un coup de gants. Quelques jours après, ses parents m'ont invité à petit-déjeuner et, pas gêné pour un sou, j'ai englouti tous les pains au chocolat. Ça l'a marqué. Il m'a avoué que ça l'avait tellement amusé qu'il avait tout de suite compris qu'on serait amis. Depuis, nous sommes inséparables. Je ne sais pas si vous croyez au destin, mais il suffit d'un rien : vous vous montrez gourmand, n'essayez pas de le cacher, et vous voilà ami pour la vie avec un des meilleurs gars que vous pouvez rencontrer.

Je souris à ce souvenir. Nous étions des gamins bien moins costauds qu'aujourd'hui, que rien n'amusait plus que jouer les idiots dans le village. Lorsque je ne commettais pas une bêtise quelconque avec Manon, c'est avec lui que je la faisais. Maintenant le temps a passé, on est devenus bien plus baraqués mais aussi bien plus sages qu'à l'époque. Il a ouvert son propre complexe sportif, le seul des alentours, ce qui n'a rien d'étonnant quand on le connaît. Il n'a jamais rien aimé autant que le sport et a toujours essayé de m'entraîner dès qu'il le pouvait.

Jérôme a créé cet endroit à l'écart du centre-ville. Le complexe comprend un bâtiment central qui renferme tout ce qui est possible et imaginable en termes de machines de musculation ainsi que l'incontournable espace cardio avec ses vélos, où nous sommes en ce moment même occupés à souffrir. L'autre bâtiment possède un court de tennis, un terrain de foot, un de padel et un de squash. Le tout est entouré d'une petite piste d'athlétisme extérieure, pour le cas où quelqu'un aurait le courage de courir dans le froid. Ici au moins, c'est déneigé, pas comme les trottoirs. Il a fait face à beaucoup de détracteurs lors de la mise en place de son complexe, peu de gens misaient dessus, mais il a persévéré et il a bien fait de croire à ses ambitions. Depuis, il attire non seulement les habitant de Froidieu, mais aussi ceux de toutes les petites villes alentour. Rares sont ceux qui ne reconnaissent pas à présent la qualité des installations, de son accueil et des conseils qu'il prodigue, y compris ceux qui le critiquaient autrefois.

Pas besoin de vous faire un dessin : il est impossible que je revienne en ville sans qu'il me fasse suer sur ces foutues machines tout droit sorties des Enfers. Même Hadès n'aurait pas eu l'idée d'inventer ce genre de chose ! On a les amis qu'on mérite, à ce qu'il paraît. Je suis peut-être pas mal foutu, je n'ai pas à me plaindre en tout cas, mais ce n'est rien comparé à lui. J'ai donc parfois du mal à suivre le rythme qu'il impose et il prend un malin plaisir à me le faire remarquer dès qu'il le peut.

– Ben quoi ? dit-il face à mon regard farouche. Elle t'embarque dans une drôle d'aventure et ne se donne même pas la peine de t'en parler. Elle a entendu parler du consentement ? Elle pourrait au moins te répondre ! Ça serait la moindre des choses, non ?

Je dois bien admettre que le comportement de Manon est pour le moins curieux. Quand mon père m'a informé de l'appel de Carène, j'ai été tellement surpris que je n'ai pas su quoi répondre. Je vous laisse imaginer ma tête lorsque mon père m'a demandé pourquoi je ne leur avais pas dit qu'on sortait ensemble, Manon et moi. Il aurait pu me parler d'invasion extraterrestre que ça ne m'aurait pas plus déstabilisé que ce retournement de situation. J'ai baragouiné une réponse comme j'ai pu sans être certain de l'avoir convaincu. Ma crainte à cet instant était que je puisse l'avoir blessé. Que Manon invente cette histoire (on se noierait dans le bonheur, d'après ce que j'ai compris), pourquoi pas, mais je ne voudrais pas que ma relation avec mes parents en pâtisse.

Je me passe la main dans les cheveux en expirant lentement. C'est si absurde et surréaliste que je me demande s'il a bien compris ce que Carène lui a raconté. Après tout, la mère de Manon adore inviter tout le monde à dîner… Mais mon père n'a pas tant d'imagination. Et quand bien même, d'où sortirait-il une telle histoire ?

À quoi joue-t-elle ?

C'est la question à un million.

Tout le monde s'accordera à dire que cette situation mériterait quelques explications… Tout le monde sauf elle, de toute évidence. J'attrape mon portable que j'ai laissé à portée de main au cas où elle se déciderait à appeler, mais toujours rien, et ce n'est pas faute d'avoir essayé depuis hier soir.

Je pourrais aller la voir, bien sûr, mais quelque chose me retient. L'*ego* peut-être ? Non, j'estime simplement que c'est à elle de faire le premier pas, après tout, ce n'est pas à cause de moi que nous en sommes là. Sans compter qu'il y a le risque de tomber sur ses parents plutôt que sur elle. Vous imaginez la scène : « Oh, bonjour Carène ! Oui, je suis avec votre fille… Enfin il paraît, je ne sais pas… Elle est là ? Non, juste pour qu'elle m'explique. » Je ricane, je ne suis pas si empoté, mais le fait est que je ne saurais quoi dire ou quoi faire si je me retrouvais devant un de ses parents.

– Elle doit être occupée, finis-je par répondre à Jérôme, incapable de ne pas la défendre malgré tout.

– Ouais, comme elle l'a été il y a un an et demi, ou à Noël dernier, se moque-t-il.

Outch, ça fait mal ça. Lorsqu'elle m'a quitté, à l'époque, j'ai essayé de lui parler, de lui dire qu'il y avait un énorme malentendu, que tout pouvait s'arranger, mais elle n'a pas daigné me laisser m'expliquer. Tout comme elle n'a pas réagi à la lettre que je lui ai écrite à Noël l'an dernier.

– Pardon, c'était pas cool, s'excuse-t-il quand il voit l'effet qu'ont eu ses paroles.

– Tu ne l'as jamais aimée, dis-je en haussant les épaules.

– C'est vrai, je me suis toujours méfié d'elle.

Je suis sur le point de l’interroger une énième fois sur la raison de leur mésentente, mais à quoi bon ? Il ne m’a jamais vraiment répondu. En tout cas, je n’ai jamais eu droit à autre chose qu’à des arguments qui sentent le mensonge à plein nez. J’ai aussi essayé souvent avec Manon, mais elle se contente de lever les épaules et de me répondre des variantes de « ton pote est bizarre ». Qu’ils ne s’entendent pas, c’est pénible, mais ne pas savoir pourquoi a été frustrant à plusieurs reprises.

– Dis donc, n’en profite pas pour glander ! lance-t-il, me sortant de mes pensées. En route, à moins que tu ne sois plus capable de faire tes vingt kilomètres comme avant ?

Je ris. Je ne suis pas dupe et je sais très bien qu’il dit ça pour me changer les idées et pour que je cesse de ruminer, alors je me remets à pédaler. Je suis bien décidé à lui prouver ce que j’ai dans le ventre, ça lui ferait bien trop plaisir de constater que j’ai perdu de l’endurance.

MANON

Il ne m’a pas rappelée. Je sais qu’il est un peu hypocrite de lui en tenir rigueur, mais je m’attendais à ce qu’il le fasse. Peut-être considère-t-il qu’il n’y a rien à ajouter… Qu'est-ce qu'il y a à dire, de toute façon ? « Eh Julien, au fait, tu vas devoir jouer mon faux petit ami parce que j'ai déconné. Mais ne t'inquiète pas hein, tout va bien se passer. » Je fais donc ce que beaucoup feraient à ma place, même si ça me ressemble peu : l'autruche, avec la tête enfoncée bien profond (très, très profond) dans le sable. Ma mère m'a dit qu'il avait accepté et qu'il serait là ce soir. C'est le principal, non ? À moins bien sûr qu'il vienne dans l'unique but de détromper ma famille… Non, il ne ferait pas ça… Il m'aurait appelée dans ce cas, il est trop gentil pour prévoir ce genre de coup. En tout cas je tente de m'en convaincre.

– Ça ne va pas ma chérie ? me questionne mon père. On t'a déjà connue plus enthousiaste pour Noël !

Je reviens soudain sur Terre. J'étais à ce point dans les nuages que j'en ai un sursaut et qu'une des boules en verre qui se trouvent dans la boîte entre mes mains a failli se suicider. Et ça, ç'aurait été moche. On n'y pense pas assez, à toutes ces décorations qui perdent la vie au moment censé être le plus joyeux de l'année !

– Si, si tout va bien, ne t'inquiète pas, réponds-je quand je reprends mes esprits.

– Oh, je ne m'en fais pas plus que ça, rit-il, mais attention, ta mère va bientôt arriver avec le Père Noël.

Comme chaque année, nous décorons toute la maison dès mon retour. La musique de circonstance est en route depuis ce matin et on n'a pas encore fait une pause alors que nous sommes tous les trois à l'ouvrage depuis de longues heures. Couvrir une maison de décorations, mine de rien, ça prend du temps ! Surtout quand on y met autant d'ardeur que les Porek.

Ma mère est sortie il y a une petite demi-heure, ce qui nous laisse enfin un peu de répit. Elle est extatique depuis ce matin, arpente la maison de pièce en pièce, sautille et chantonne sans oublier de répéter à l'envi que « c'est génial ». La météo ? Noël ? La décoration ? Aucune idée, mais *c'est génial*. Mon père court lui aussi partout, et tente autant que faire se peut de suivre sa femme. Lui, il répète surtout des « oui », à chaque fois qu'elle suggère – pour ne pas dire ordonne – de faire telle ou telle chose. Je ne suis pas sûre qu'il trouve ça si génial que ça, mais il l'aime tellement qu'il se contente de chercher un moyen de transporter l'échelle, le marteau, les clous et autres attaches, le tout en même temps. Moi… Eh bien, je jongle entre les deux : je décore avec elle – ça fait bien des années que j'ai arrêté d'essayer de la tempérer – et je l'aide, lui, un maximum à accrocher, clouer, attacher et mettre droit.

– Regardez-moi ça ! s'exclame tout à coup ma mère en entrant dans la maison tel un ouragan, la décoration est *sublime* cette année encore !

Pour un peu, j'aurais à nouveau sursauté. Ce n'est pas possible, comment fait-elle ? Comment a-t-elle autant d'énergie ? Elle s'injecte du café dans les veines ? Après toutes ces années, je n'ai pas percé son secret. C'est qu'il faut la suivre ! C'est déjà compliqué toute l'année, mais en période de Noël, je défie quiconque d'y arriver !

Elle pose trois sacs de shopping près de la porte d'entrée et je suis sur le point de la questionner, mais à quoi bon, ce sont sans doute de nouvelles décorations. Elle ne fournit pas d'explications et fait un tour sur elle-même, admirant nos prouesses. Je l'imite et c'est vrai que tous ces efforts en valaient la peine. Des Père Noël, des rennes et des ours polaires se partagent chaque coin de chaque pièce et sont disposés sur des lits de fausse neige. Des guirlandes sont accrochées à chaque pan de mur disponible, il y a assez de lumière pour éclairer une rue entière et chaque meuble est décoré avec des compositions à base de houx ou de sapin qu'elle a confectionnées de sa main la semaine dernière. Sans parler du village miniature constitué de dizaines de petits bâtiments (et de figurines !) sur le buffet de la salle à manger, ni de la crèche que mes parents ont achetée lors de leur premier Noël à deux, qui décore à merveille le pied du sapin. Il y en a beaucoup, dans tous les sens, sans doute trop, mais maman a du goût et ça passe donc plutôt bien. Enfin, pour quelqu'un qui a l'habitude. Soudain, je pense à la tête qu'aurait faite Gabriel – tête que je ne verrai jamais – devant tout ça, et je ne peux me retenir de rire.

– Et le Père Noël ? Je ne le vois pas ? la questionné-je, comme s'il pouvait passer inaperçu.

Elle a déniché il y a une quinzaine d'années un *énorme* Père Noël en résine de deux mètres de haut. Ne me demandez pas où elle a trouvé ça, elle n'a jamais voulu me le dire. Et lorsque je le demande, elle fait une moue coupable alors que papa me répond : « Vaut mieux ne pas revenir là-dessus. » Je dois avouer que je pouffe à chaque fois, parce que quand on connaît ma mère, l'histoire ne doit pas être triste. Je parierais qu'elle vaut son pesant de cacahuètes. On l'installe chaque année (le Père Noël, pas ma mère) dans la cour devant la maison : jusque-là tout va bien, mais ma mère a insisté pour qu'on confectionne un décor autour. Résultat : mon père a dû construire un traîneau, des rennes et tout ce qui va avec. Là encore, ça va. Mais maman n'est jamais à court de ressources quand il s'agit d'innover, elle a donc eu la brillante idée d'imposer une nouveauté par an… Celle de cette année ? Une reine des neiges.

Je me souviens avoir eu le réflexe de dire : « Pourquoi pas un haut-parleur qui chanterait *Libérée, délivrée* aussi ? »

C'était ironique.

Maman a adoré l'idée.

Papa a mis son veto.

Leçon à retenir : ne jamais donner une idée que tout le monde trouve pourrie à ma mère.

Jamais.

Le gros barbu devant notre maison est devenu une attraction dans le coin et il faut voir comme mes parents sont fiers lorsque les gens viennent observer l'installation et s'enthousiasment !

– Oh, il n'est pas encore là, Ed est un peu en retard, mais je n'ai pas pu m'empêcher d'aller y jeter un coup d'œil.

Ed est le fermier du coin, celui qui accepte gentiment d'entreposer les décorations de Noël hors saison. Il accepte aussi les fréquentes visites de ma mère, qui adore aller admirer le bonhomme et ses amis tout au long de l'année. En fait, il lui a donné une clef il y a quelques années maintenant…

– Chérie, je t'ai déjà dit qu'il était en bon état, on y a veillé, tu le sais ! la rabroue papa avec gentillesse.

Mon père donne un baiser à ma mère alors qu'elle fait une moue adorable. Je souris, attendrie devant ce tableau de mes parents qui s'aiment. La scène se répète chaque année et il n'y a qu'eux pour avoir autant de traditions !

– Bon, en attendant, voyons voir si tout est en place dans la maison !

Elle repart avec entrain, sans aucun signe de fatigue. Mon père et moi nous sourions, car nous savons bien que nous sommes partis pour une inspection en règle.

Ma seule question est : quand est-ce qu'on mange ? Mais je me garderai bien de la formuler à voix haute sous peine de représailles.

CHAPITRE 12

JULIEN

21 décembre

Je regarde ma montre pour la centième fois déjà. Je fais les cent pas dans ma chambre, il me reste une petite demi-heure avant de rejoindre la maison d'en face pour dîner avec les Porek et je ne sais quoi en penser. Allez comprendre, hier encore, Manon ne voulait pas m'adresser la parole et aujourd'hui, je suis invité, ainsi que mes parents, à partager un repas avec eux. Je vous passe mon incompréhension face au silence de cette dernière ! Je ne suis pas vraiment vexé, mais son comportement m'étonne, sans parler de cette sensation de me jeter dans la fosse aux lions sans connaître les détails à l'avance. Je me poste devant la large fenêtre qui fait entrer la lumière dans la pièce et réfléchis à ses raisons. Peut-être veut-elle me faire payer de l'avoir ennuyée sur le trajet jusqu'ici ?

Sinon, quoi ? Elle a peur ? Ça ne ressemble pas du tout à Manon.

Pourquoi ne me répond-elle donc pas depuis hier ? Je sais que je devrais arrêter de penser à ça, mais je fais une fixette. Logique, non ? Je me détourne de la vitre, le temps d'attraper mon portable sur le lit juste à côté, le consulte pour la énième fois et lui envoie un ultime message, j'attends trois bonnes minutes, mais rien, pas même un vu… Remarquez, depuis l'année passée, elle a peut-être changé de numéro et je ne veux pas tenter le fixe, pour la même raison que je ne veux pas aller sonner chez elle. Je laisse échapper un rire sans joie à l'idée que ce numéro n'est peut-être pas le bon. Si c'est le cas, il y a quelqu'un qui doit me prendre pour un vrai fou avec tous ces messages ! Je me raisonne, si c'était l'explication, cette personne, quelle qu'elle soit, me l'aurait déjà fait savoir.

Je me passe la main dans les cheveux, paumé, et repose l'appareil.

Je bouscule une peluche sur ma table de nuit et je la rattrape *in extremis* avant qu'elle ne tombe derrière le meuble. C'est un petit panda, référence au film *Kung-Fu Panda* qu'on a regardé, elle et moi, et qu'elle m'a offerte en souvenir de ce moment passé ensemble. Purée, tout me fait penser à elle. J'espère que, d'une manière ou d'une autre, j'arriverai une fois pour toutes à lui faire comprendre que je n'ai pas fait ce dont elle m'accuse. *Tu l'as mérité !* Oui, je sais, mais… Savoir qu'elle est si proche, là, juste en face, me rend fou. J'ai pensé à elle à la scierie tout à l'heure, elle qui adorait y venir, et affectionnait tant l'odeur du bois. J'ai eu son visage à l'esprit tout le reste de la journée passée avec Jérôme : j'ai souri car je sais qu'elle aurait affirmé que les machines de torture de la salle étaient la pire invention de l'univers, elle se serait extasiée devant les pizzas de chez Monique, et je l'ai imaginée se demander pourquoi on se donne autant de mal à la salle pour ensuite détruire aussi vite nos efforts avec la bouffe. J'ai même cru entendre son rire lorsque je suis tombé sur une plaque de verglas à la sortie du restaurant, elle qui aimait me taquiner sur ma maladresse à la moindre occasion.

Tu débloques à pleins tubes, mon vieux, pensé-je en reposant la peluche là où elle se trouvait.

Mais pourquoi donc a-t-elle inventé que nous sommes ensemble ? Non pas que ça me déplaise, à la réflexion, ça me facilitera peut-être la tâche… Oh non, si je suis honnête, je sais que ça serait trop beau, elle ne se laissera jamais faire aussi facilement ! Comment se peut-il qu'elle lâche une chose pareille sans me prévenir ou au moins venir m'en parler dès que c'est fait ? Ça n'a pas de sens ! Il devient urgent que j'arrive là-bas, parce qu'à force de me poser ce genre de questions, je vais devenir fou pour de bon…

Tant de questions, si peu de réponses.

Elle est tombée sur la tête, c'est la seule explication possible.

– Ju, dépêche-toi, on va être en retard ! m'appelle mon père, ce qui me sort de mes turpitudes.

– J'arrive !

Je regarde une nouvelle fois ma montre et me rends compte qu'on a encore un quart d'heure devant nous. Alors qu'il ne nous faudra qu'une minute à peine pour nous rendre dans la maison en face de la nôtre. Je regarde l'allée de nos voisins et prends encore quelques secondes pour moi. C'est un coup de ma mère, ça, de prendre autant d'avance. S'il y a bien une chose dont elle a peur, c'est de ne pas être à l'heure, d'ailleurs, elle a en horreur toute personne qui a la moindre minute de retard. Elle est capable de perdre toute jovialité ou politesse si on la fait attendre, et en tant que fils qui est – et a toujours été – en retard, je parle d'expérience.

Je me souviendrai toute ma vie du jour de mon vingtième anniversaire : j'étais vingt minutes en retard sur l'heure prévue. Résultat : elle m'a pris à part pour m'engueuler. Mais tout le monde a entendu la conversation car elle n'avait pas pris la peine de refermer la porte derrière nous. Heureusement qu'il n'y avait que des amis proches qui connaissent bien ma mère et son caractère, mais tout de même, la honte. Heureusement pour moi, tout le monde a eu la noblesse de faire comme si de rien n'était par la suite.

Je resserre le nœud de ma cravate, un sourire aux lèvres à ce souvenir. Je me suis bien habillé. Je me suis rappelé que Carène aime qu'on fournisse un effort vestimentaire pour le dîner, alors autant marquer des points auprès de *belle-maman*. Je descends l'escalier en bois qui grince pour rejoindre mes parents. Je feins la sérénité, me préparant déjà au rôle qui m'attend, mais la vérité est que je suis de plus en plus tendu au fur et à mesure que la soirée se rapproche. À la réflexion, ça m'arrange que ma mère nous presse car plus l'heure avance, plus je suis impatient d'arriver, afin de savoir à quelle sauce je vais être mangé et de savoir enfin ce qui a traversé la petite tête brune qui ne quitte plus mon esprit…

Je suis soulagé, comme tant d'autres avant moi, qu'un simple regard ne puisse tuer ! C'est la meilleure, si vous voulez mon avis : c'est Mademoiselle-je-balance-à-nos-parents-qu'on-sort-ensemble qui a ouvert la porte, c'est sa faute si je suis ici et je me retrouve devant deux yeux qui envoient tant d'éclairs qu'ils feraient passer un orage pour un temps digne d'une promenade. Je déglutis et m'avance afin de la saluer – dois-je l'embrasser, d'ailleurs ? –, mais je n'ai pas le temps de me poser davantage la question qu'elle me harponne (je n'exagère pas !) le bras pour me parler à l'écart. Si vous imaginez un « Bonjour mon chéri », vous

vous trompez, ça ressemble plus à un « J'ai deux mots à te dire ! ».

– Pas de bêtises, les jeunes, hein, nous lance François avec un rire gras.

On n'y fait pas attention, un oncle lourdingue, c'est comme un prof chiant, on en a tous connu au moins un et je suis bien placé pour le savoir. Et quand bien même je voudrais lui répondre, Manon ne m'en laisserait pas l'occasion, elle me tire comme un vulgaire sac de pommes de terre. Elle fait de la musculation ou quoi ? Ou alors elle a peut-être dans les doigts une force digne de mâchoires de crocodile ? Non, je sais, ce sont ses ongles. Ils font tellement mal que je me laisse guider sans oser le moindre geste, à défaut de quoi ils m'arracheraient la peau, au minimum. Est-ce qu'on apprend aux filles à faire mal avec leurs ongles dès qu'elles sont en âge de fréquenter des hommes ? Ce qui est sûr, c'est que c'est efficace !

Je tourne la tête dans l'espoir que quelqu'un me vienne en aide, mais les autres se rendent déjà au salon, comme s'ils nous avaient oubliés.

Dieu, je n'ai jamais cru en toi, mais fais en sorte que je sorte de là vivant.

Nous entrons dans la buanderie, Manon ferme la porte et me fait face.

– Je n'ai pas eu le choix ! lance-t-elle sans préambule.

Elle se met à faire les cent pas devant moi tandis que je me masse le bras qui a échappé à sa poigne.

Je m'amuse que cette conversation se déroule entre la machine à laver et le sèche-linge, mais me tais, curieux de connaître la suite. Elle poursuit :

– Ils me pressaient pour savoir quand j'aurais enfin quelqu'un dans ma vie, me posaient plein de questions et, comme je venais de faire le voyage avec toi et ta... ton... bref, ton prénom m'a échappé et puis plus moyen de faire machine arrière !

Voilà qui explique tout ! Ses parents l'ont encore chambrée parce qu'elle n'est pas en couple. Ils le font depuis ses dix-huit ans, et le faisaient même lorsqu'on était ensemble. J'avais eu dans l'idée qu'on officialise notre relation pour qu'elle en soit libérée, mais elle avait refusé. Ce n'était selon elle pas une bonne raison. Maintenant que j'ai l'explication, je me dis que j'aurais pu le deviner seul !

– Tu aurais pu me prévenir malgré tout, finis-je par lui dire.

– Mais c'est toi qui ne m'as pas contactée !

Je fronce les sourcils. Elle me fait passer pour son petit ami sans me prévenir et c'est à moi de l'appeler ? Elle est gonflée !

– Tu étais occupé, j'ai appelé chez toi et j'ai demandé à ton père de te dire que j'attendais ton appel...

Cette fois, mes sourcils doivent toucher la base de mes cheveux tant je suis surpris. Qu'est-ce qu'elle raconte ? Je le saurais, quand même, si elle avait appelé ! Et puis...

– Pourquoi ne pas avoir répondu à tous mes messages dans ce cas ? lui demandé-je quand ça me vient à l'esprit. Je t'ai envoyé des dizaines de textos !

– Sérieusement, balaie-t-elle ma question d'un geste de la main alors qu'elle commence un énième aller-retour, je le saurais, si…

Elle s'interrompt et s'immobilise tout d'un coup, me regarde, sort son portable, me regarde encore et jette un coup d'œil à son téléphone. Elle me fait signe de patienter et a l'air de vérifier quelque chose.

– Donc, euh, reprend-elle, l'air gênée, tu veux bien m'aider ?

Mais qu'est-ce qui lui prend ? Elle a bu ou quoi ?

Elle passe d'un état à un autre sans transition et je suis de plus en plus perplexe. J'essaie de capter son regard mais je remarque qu'elle le fuit. Quelques secondes de plus me suffisent à comprendre : elle n'a pas débloqué mon numéro ! J'aurais pu essayer encore longtemps !

– Oui, bon, ça va, fait-elle de mauvaise foi, ça ne change rien à la situation, de toute façon. Et puis d'abord, tu me le dois bien ! Tu n'as pas intérêt à me contredire, me menace-t-elle en se rapprochant…

Elle semble avoir repris du poil de la bête et je crois que je vais m'étouffer devant tant d'audace.

– Parce que sinon je te maudirai si fort que même tes arrière-arrière-petits-enfants n'auront aucune chance d'avoir une vie heureuse !

Elle plante un doigt dans ma poitrine, mais je n'y fais pas attention.

– C’est fascinant, réponds-je. J’avais l’impression que tu allais t’excuser ou du moins me demander si la situation ne me dérangeait pas trop, et ça finit en menaces… Tout cet amour et cette bienveillance, trop mignon !

Ses épaules s’affaissent, sans doute parce qu’elle croit que je vais refuser. Elle me regarde dans les yeux et laisse échapper un « s’il te plaît » si faible que je crois l’avoir imaginé.

Il ne me faut pas longtemps pour prendre ma décision. Après tout, ça pourra m’aider dans mon objectif… et ça pourrait être marrant.

– J’accepte, finis-je par lui dire. Mais si tu as l’intention de les convaincre, il va falloir être un minimum gentille… *Ma chérie*.

J’insiste sur ces deux mots et je souris, fier de moi. De son côté, elle serre les dents si fort que je crains qu’elle ne se les casse. Je fais un pas vers la porte pour rejoindre les autres, mais elle me rattrape à nouveau. Ses ongles font une fois de plus des merveilles et je m’arrête dans la seconde.

– Et on est bien d’accord, on fait semblant, mais ne va pas croire que tu as la moindre chance de me reconquérir ou ce genre de connerie, d’accord ?

– Ah, je ne peux rien promettre sur ce point, réponds-je en plongeant à nouveau mes yeux dans les siens. Que veux-tu, on ne contrôle pas toujours les espoirs qui naissent en nous, rajouté-je comme si j’étais fataliste face à un tel fléau.

CHAPITRE 13

JULIEN

21 décembre

Cette fois, je m'échappe sans lui laisser le temps d'ajouter quoi que ce soit. Elle ne croit quand même pas qu'elle m'a embarqué dans cette histoire, pour ensuite me laisser sans nouvelles, et qu'en plus je ne vais pas en profiter un tout petit peu ! D'autant que je reste méfiant au sujet de cette histoire de coup de fil à mon père, il faudra que je lui demande si c'est vrai et, le cas échéant, pourquoi il ne m'a rien dit.

Je repasse par le couloir, dépasse le salon sans y jeter un coup d'œil et arrive dans la salle à manger. Je m'arrête un instant sur le pas de la porte. Je ne sais pas ce qui me vient à l'esprit en premier, mon cerveau a du mal à traiter toutes les informations d'un coup. Il y a toute la famille qui discute, bien sûr, mais surtout, mon odorat est charmé par un délicieux fumet en provenance de la cuisine, ce qui me met l'eau à la bouche et confirme que les Porek sont des cuisiniers hors pair : quelque chose qui sent si bon ne peut être mauvais. Et puis, il y a aussi cette montagne de décorations qui se trouvent dans chaque recoin de la maison, à se demander comment ils peuvent encore circuler librement : plus un espace n'est libre nulle part !

– Merci de m'avoir invité, lancé-je à Carène et Olivier alors que je salue l'assemblée.

– Mais de rien ! s'exclame Carène qui sourit de toutes ses dents. On ne pouvait pas ne pas le faire alors que tu sors avec notre fille, tu fais partie intégrante de la famille maintenant !

Olivier acquiesce au moment où Manon nous rejoint. Elle bouscule un renne qui est sur son chemin et je le rattrape *in extremis* sans que personne ne le remarque. Elle ne me remercie pas et préfère me jeter un regard noir. Qu'est-ce qu'elle a dit déjà ? Ah oui : « On nage dans le bonheur. » Bien sûr. Ça crève les yeux. Enfin, elle préférait me les crever. Pour l'image du couple parfait et amoureux, on a encore quelques efforts à faire. Je lui retourne un grand sourire, ce qui a l'air de l'exaspérer un peu plus.

– Ah, te voilà, m'enthousiasmé-je, la main autour de sa taille.

Elle ne me répond pas, trop occupée à analyser la table et les petits écriteaux que Carène a disposés avec chacun de nos prénoms. *Eh ouais chérie, tu seras assise à côté de moi.* En même temps, à quoi s'attendait-elle ? Vous avez déjà vu un couple qui ne se met pas côte à côte pendant un dîner en famille, vous ?

– Alors, nous demande mon père une fois que l'on a tous pris place et que Carène et Olivier finissent de nous servir les cassolettes de fruits de mer qui constituent l'entrée. Depuis combien de temps sortez-vous ensemble ?

– Trois mois, réponds-je.

– Six mois, dit-elle.

Un silence de plomb nous entoure et je paierais cher pour savoir ce que pense chacun de cette contradiction. Nous avons répondu d'une seule voix et il est clair que nous n'aurions pas dû. Nous nous regardons, Manon a les yeux exorbités et je n'ai pas encore décidé si c'est drôle ou si c'est flippant. Un peu des deux sans doute.

– Six mois, dis-je cette fois.

– Trois mois, fait-elle en même temps.

Elle a l'air au bord de l'implosion tandis que je me retiens à grand-peine d'éclater de rire. Arrivés depuis à peine deux minutes, on va déjà se faire démasquer.

À nous le record des imposteurs démasqués le plus vite de toute l'histoire !

J'ouvre la bouche pour trouver vaille que vaille une explication plausible, mais Manon me devance :

– On s'est rapprochés il y a six mois et on sort ensemble depuis trois, se rattrape-t-elle avec brio, ce qui a l'air de convaincre les autres puisqu'ils hochent la tête de concert.

– Et comment vous êtes-vous rapprochés ? demande Joséphine alors qu'elle passe le pain à ma mère.

Je ne la connais pas, mais elle a l'air d'être la plus heureuse de la tablée, comme si nous lui racontions un conte de fées. Elle a peut-être besoin de rêver quand on voit ce qui lui sert de mari, occupé à se servir un deuxième verre de vin, après deux bouchées à peine.

– Oh, vous savez, l'histoire déjà vue des amis qui finissent ensemble… Le destin nous a tous les deux portés jusqu'à Paris et comme nous ne connaissions absolument personne, nous avons passé encore plus de temps ensemble que lorsque nous étions ici. En plus, le collège dans lequel il travaille se trouve juste à côté de mon appartement, nous déjeunions donc souvent tous les deux… Une sortie en entraînant une autre, dans une ville aussi romantique, on s'est vite rendu compte qu'il y avait plus que de l'amitié entre nous…

Elle hausse les épaules pour laisser chacun se projeter le film de la suite et je reste ébahi. Elle invente cette histoire avec une telle facilité que je dois fournir un effort pour ne pas la fixer, admiratif. *Rendre cette histoire si belle quand on connaît les circonstances…*

Six paires d'yeux nous scrutent, mais ça ne lui pose de toute évidence aucun problème.

D'accord, eh bien jouons un peu.

– Depuis, c'est l'amour fou, relancé-je, en parfait amoureux transi.

Je lui donne un baiser sur la joue, tout le monde rit et Carène, aidée d'Olivier, débarrasse avant d'apporter le plat – une énorme casserole de boles de Picoulat[5]. Les questions continuent malgré tout, mais le flot se tarit petit à petit. Je mentirais si je disais que la situation ne m'amusait pas beaucoup. D'autant plus qu'il y a de nombreuses choses pour lesquelles je n'ai pas besoin de faire semblant : elle n'aime pas les champignons que Carène a ajoutés, je peux donc lui piquer les siens sans le lui demander ; elle est accro au sel comme sa grand-mère, pas besoin qu'elle me demande de le lui passer ; elle boit toujours un verre d'eau après son vin, je m'assure qu'elle a ce qu'il lui faut.

Nous mettons tous la main à la pâte pour débarrasser le plat, nos couverts et tout ce qui traîne à table, et je me penche vers Manon pour lui murmurer :

– On est un vrai petit couple.

– Ah non, mais tu ne vas pas t'y mettre ! chuchote-t-elle. Qu'est-ce que vous avez tous avec les *petits* couples ?

Elle me lance un regard exaspéré, et j'avoue que je ne comprends pas. Elle doit avoir un passif avec

---

5. Plat typique des Pyrénées, composé de boulettes de viande de porc servies avec des haricots blancs, très consistant et idéal pour résister au froid et à l'effort physique.

d'autres petits couples ? Je suis à peu près sûr que je ferais mieux de prêter attention à ce que je dis, pourtant, je dois aimer le risque parce que je ne m'arrête pas là :

– Je n'ai pas droit à un petit bisou ? la provoqué-je.

– Éloigne-toi de moi, et vite, m'avertit-elle.

Je m'esclaffe, mais obéis, la menace sur mon éventuelle descendance flottant encore dans mon esprit. Ça ne serait pas juste pour elle que je tente le diable.

– Bien, nous apostrophe soudain Carène, les bras écartés, telle une présentatrice télé. Vous savez qu'il y a des traditions dans cette famille, surtout en cette période…

Tout le monde acquiesce d'un seul mouvement. Quiconque la connaît un tant soit peu sait qu'on ne plaisante pas avec Noël.

– Et il est temps de s'occuper de l'une d'entre elles ! termine-t-elle, la mine réjouie.

– Oh non, réagit Olivier.

– Eh ! lui dit-elle avec une gentille tape sur l'épaule.

Elle prend des paquets qui se trouvent sur un buffet le long du mur derrière elle et les dispose sur la table en deux tas. Je remarque que la cheffe de famille ne lésine pas sur les papiers cadeaux : il y a toutes les couleurs du spectre noëlesque, du bolduc et un petit carton sur lequel est écrit, une fois en doré, une fois en argenté, le nom de la personne à laquelle il est destiné.

– Julien, Marie, Mathieu, j'ai dû aller en chercher d'urgence cet après-midi, j'espère qu'ils vous iront…

– J'en doute, l'interrompt à nouveau son mari.

Cette fois, un simple regard suffit à le faire taire, mais on voit bien qu'ils se taquinent et s'amusent tous les deux. Olivier cache en effet son rire derrière son verre de vin, ce qui fait naître un sourire de connivence sur les lèvres de sa femme.

– Je ne sais pas de quoi il s'agit, mais c'est très attentionné, Carène, lance ma mère.

– Oh, attendez de voir ! réagit Joséphine. Ce n'est pas toujours une bonne surprise, vous savez.

La famille de Manon éclate de rire tandis que la mienne sourit, n'ayant pas encore compris ce qui l'attend. J'avoue que je suis assez perplexe. J'ai beau être sorti avec elle et les connaître tous, je ne suis pas au fait de chacune de leurs traditions. Car elles sont *très* nombreuses.

Carène finit par distribuer les présents à ma famille, plutôt curieuse, puis à la sienne, qui fait mine d'être désabusée.

– Allez-y, ouvrez ! nous invite-t-elle, souriante et pressée de découvrir nos réactions.

J'ouvre mon paquet et me trouve devant deux gros grelots (de vrais grelots, qui font de la musique, je vous vois venir) sur un tas de laine rouge. Je déplie le tout et me retrouve devant le pull de Noël le plus kitsch que j'ai jamais vu : un Père Noël, qui est soit raté, soit ivre, et qui tient une clochette de laquelle pendent les fameux grelots. Le genre qu'il est impossible de porter en public, même le jour de Noël. Je relève la tête et vois que tous les autres ont le leur.

– Ma mère en achète un chaque année pour chacun d'entre nous et s'arrange pour qu'ils soient le plus possible en adéquation avec nos personnalités, m'explique Manon. On en a tous des dizaines dans nos penderies, mais ça ne l'empêche pas de continuer année après année.

Je me mets à analyser les pulls de sa famille sans attendre, ma curiosité piquée au vif. Manon en a un avec une Mère Noël qui semble enguirlander son mari ; *Bon choix*, pensé-je, amusé. Olivier a droit au Père Noël, installé dans son canapé, qui lit un énorme bouquin devant une cheminée. Joséphine a des motifs que je n'arrive pas à détailler d'ici, entourés d'énormes cœurs rouges et blancs à sequins. Carène, une dame en tablier et bonnet de Noël, entourée de sablés et de cookies (ratés, ce qui leur donne un air peu appétissant). Quant à François, il a droit à un pull avec une énorme bouteille de vin sur laquelle est inscrit : « La cuvée du père Noël », tenue par un lutin, ce qui lui convient à merveille, même s'il ne comprend pas la raison de ce motif et que personne ne se donne la peine de répondre à ses questions sur le sujet.

– Je suis désolée, je n'ai pas pu en trouver qui soient personnalisés pour vous, dit Carène, je m'y suis prise trop tard.

– C’était donc ça, les trois sacs de tout à l’heure, marmonne soudain Manon.

Je fronce les sourcils, de nouveau pas sûr de comprendre de quoi elle parle, mais je n’ai pas le temps de l’interroger que ma mère prend la parole.

– Ce n’est pas grave, sourit-elle, j’adore le mien, dit-elle au moment où elle allume les lumières de la guirlande du sapin qui orne son pull.

– Bien, je suis heureuse que ça vous plaise ! Je propose que l’on passe au dessert à présent ! lance notre hôtesse, plus joyeuse que jamais.

Le dessert s’est à nouveau révélé très bon, les compétences de Carène ne sont plus à prouver. S’il y avait encore des sceptiques, il suffirait de voir à quelle vitesse les profiteroles ont disparu de chaque assiette, malgré le plat de résistance qui était tout sauf léger, pour les convaincre. Nous sommes à présent tous adossés, pour ne pas dire avachis, sur nos chaises et nous essayons tant bien que mal de digérer le festin. On pourrait déjà presque se croire le soir du réveillon vu les généreuses portions qui ont été servies !

Olivier a commencé à débarrasser, non sans me dissuader de l’aider, quand Carène se lève soudain, comme touchée par une illumination divine :

– Et si on prenait une belle photo de famille ? sourit-elle. Nous sommes tous là, on a les pulls parfaits et un beau sapin. C'est l'occasion ou jamais !

Un moment de flottement suit cette idée, personne n'a l'air contre, nous sommes justes victimes de notre estomac qui effectue son travail de digestion. C'est à se demander comment fait Carène d'ailleurs, parce qu'elle a mangé la même chose que nous, mais ça ne l'affecte pas le moins du monde. C'est ma mère qui finit par s'écrier : « Génial ! », ce qui a l'air de servir de déclencheur à tout le monde. Nous bougeons comme un seul homme et un joyeux brouhaha se fait entendre alors que nous enfilons nos précieux pulls. *Il serait dommage qu'ils ne servent pas*, pensé-je avec ironie.

Je ne sais pas si vous vous êtes un jour essayé à l'exercice, mais faire en sorte que huit personnes entrent dans le cadre d'une photo, que chacune assume son pull de Noël moche, que François tienne debout, que je continue à taquiner Manon sans que personne s'en rende compte, le tout avec l'assurance que l'on voie bien le sapin derrière nous n'a rien d'une sinécure. En fait, si on nous voyait sans le son, ça ressemblerait à du Chaplin, voire à du Laurel et Hardy. Lorsque tout le monde est enfin positionné, apparaît un problème, et de taille : l'appareil photo n'est pas en place.

Nous sommes huit. Des gens somme toute assez malins et sensés (mis à part, peut-être, François), et personne pendant ces minutes ne s'est demandé si nous avions l'appareil pour prendre une photo.

Carène s'empresse d'aller le chercher et trifouille dans le buffet qui longe le mur du fond. L'objet fait vite son apparition, mais elle ne trouve plus le trépied qui va avec et qu'elle n'a plus utilisé depuis « que Chirac était président ». Son mari répond qu'elle exagère et que ce n'était pas plus tard que fin novembre. Tout le monde commence à se disperser, certains pour aider à chercher, mais en majorité pour aller boire un coup. Un bon quart d'heure passe avant que l'objet tant convoité soit retrouvé et tout est à recommencer : huit personnes, des pulls moches, François qui ne tient pas debout. Bref, vous avez compris. Quel que soit le résultat, nous nous serons donné du mal pour cette photo ! L'assurance d'avoir un souvenir impérissable pour de longues années. J'espère que quand je la regarderai, elle m'évoquera l'année où j'ai reconquis Manon. L'espoir me gonfle le cœur un instant.

Lorsque nous avons terminé et pris soin de faire plusieurs clichés pour être sûrs de notre coup, Carène nous invite à rejoindre la table pour terminer le repas comme il se doit.

– J'ai préparé un délicieux vin chaud dont vous me direz des nouvelles !

Je tourne machinalement la tête vers l'oncle de Manon et ne peux m'empêcher de rire lorsque je remarque qu'il est plus que partant.

L'énorme saladier se retrouve sur la table et chacun se sert à sa guise pendant que Carène fait des allers-retours pour remplir de café les tasses de ceux qui ne veulent pas de vin. Je me sens de plus en plus coupable de la laisser tout gérer, mais elle rabroue quiconque tente de l'aider. Cependant, quoi qu'elle fasse, tout est à chaque fois vite et bien exécuté ; à se demander quel est son secret. L'ambiance est toujours aussi bonne et chacun parle avec son voisin, sauf Manon et moi, évidemment. Elle est bien décidée à donner le change quand c'est nécessaire, mais il ne faut pas exagérer. J'ai droit à un regard meurtrier dès que je me rapproche un peu trop, à croire que son père s'appelle Marc Lavoine.

Je pouffe à ma propre blague et bois une gorgée de mon vin lorsque Manon se penche vers moi, joue avec les grelots de mon pull et me murmure d'une voix suave :

– À se demander si ma mère ne t'a pas déjà vu nu…

Je recrache dans l'instant ma gorgée, qui par bonheur n'atteint personne, ce qui ne m'empêche pas d'être rouge de honte. Je jette des regards à gauche et à droite pour m'assurer que nul ne l'a entendue et lance des excuses à tour de bras. Ils se sont tous levés en chœur pour éponger ce que j'ai recraché et personne ne nous dévisage, j'en conclus qu'ils n'ont pas saisi la raison de mon… rejet. Je me tourne vers la diablesse qui me sourit, le regard empli de fierté et de défi.

Je crois que je l'ai un peu trop cherchée pendant le dîner…

CHAPITRE 14

MANON

22 décembre

– Ne ris pas ! Comment veux-tu qu'il croie que je ne m'intéresse plus à lui maintenant ?

Je suis au téléphone avec Antonina depuis dix minutes et me sens comme un lion en cage. J'ai bien tenté de résister face à son obstination et à ses questions, mais j'ai dû lui raconter toute l'histoire, ce qui, de toute évidence, l'amuse beaucoup.

– Tu as conscience qu'en disant ça, tu lui avoues que tu trouves qu'il a un gros attribut ? me lance-t-elle, hilare.

Je gémis, honteuse.

Comme si j'avais besoin qu'elle me le fasse remarquer !

– Oui, non… Une partie de ses attributs ! Et je n'y ai pas pensé sur le moment, d'accord ? C'est sorti tout seul. Je voulais juste lui rabattre le caquet, lui qui a fait le malin toute la soirée. Merci de ton soutien en tout cas, râlé-je.

Elle rit de plus belle et ajoute :

– Tu devrais faire attention à ce que tu laisses échapper parce qu'à ce train-là, tu vas le demander en mariage avant le réveillon.

– Tu es la pire des amies !

– On sait tous les deux que c'est faux, dit-elle dans un éclat de rire.

Je lui laisse le temps de se calmer sans rien ajouter. Je dois reconnaître qu'un petit sourire est né sur mes lèvres. Même si je n'admets pas que la situation est drôle… disons que la joie de mon amie est contagieuse, voilà tout. Nous échangeons encore un petit instant, le temps qu'elle me donne des nouvelles de la vie dans la capitale et m'informe que Baptiste, notre voisin du dessus, insiste pour avoir de mes nouvelles (j'espère que Julien ne vise pas le titre du lourdaud de l'année parce qu'il a un fameux concurrent !), et nous nous disons au revoir sans omettre de nous promettre de nous donner des nouvelles chaque jour.

Je m'enquiers de l'heure qu'il est au réveil de ma table de nuit et suis stupéfaite de voir qu'il est déjà presque 8 heures. J'étais étonnée qu'elle m'appelle aussi tôt, mais son patron lui a demandé de remplacer celle qui nettoie et qui est malade les lendemains des jours où elle n'est pas du soir, ce qu'elle a accepté. Je suis un peu inquiète qu'elle en fasse trop, d'autant qu'elle passe une grande partie de ses nuits sur son manuscrit, mais elle m’a assuré que tout allait bien. Je n’en suis pas convaincue, mais après tout, je n’ai rien à dire sur la façon dont elle gère sa vie.

Je secoue la tête comme si ça pouvait dissiper mon inquiétude et me décide à vite me préparer, car j’ai peur d’être en retard. C’est le problème quand on téléphone à nos amis, on sait quand ça commence, mais jamais quand ça se termine ! Je file à la douche, d’autant qu’il ne faut pas traîner aujourd’hui, une longue journée nous attend et mes parents trépignent sans doute d’impatience.

– Salut ma chérie, me lance maman, joyeuse, à l’instant où je pénètre dans la salle à manger pour prendre le petit déjeuner. Je t’ai connue plus matinale !

Une odeur de café m’accueille, mais ce n’est pas ce qui retient mon attention. Des crêpes refroidissent sur le comptoir de la cuisine et je ne peux me retenir de me lécher les lèvres. Je ne me contiens pas et en attrape une tout de suite. Elles sont un de mes péchés mignons et je n’ai jamais pu y résister.

– Je savais que ça te ferait plaisir ! J’ai aussi fait fondre du chocolat, si tu le souhaites.

Il n'y a qu'elle pour se donner cette peine à cette heure matinale. Ma mère n'est pas du genre à me proposer de la pâte à tartiner. Sa cuisine n'est pas spécialement diététique, mais *absolument tout* est fait maison. Je crois que cette cuisine n'a jamais vu un plat industriel.

– Salut ! me contenté-je de lui répondre. Oui, je sais, j'étais au téléphone avec Antonina. Papa n'est pas là ?

J'attrape l'assiette de crêpes et le chocolat avant de la rejoindre à table.

– Non, il est déjà à la biscuiterie.

Mes parents ont cette fabrique depuis toujours, ils l'ont rachetée lorsque j'étais bébé. Le précédent propriétaire n'était pas très ambitieux et n'avait jamais réussi à faire un chiffre d'affaires correct : il vivotait plus qu'il ne vivait et ça lui suffisait, d'après ce que j'ai compris. Mon père y a vu une opportunité : il l'a achetée pour une bouchée de pain. Le seul problème ? S'il est très bon pour l'administratif, le marketing, les rendez-vous d'affaires… ce n'est pas le cas pour ce qui est des recettes, des idées, des ingrédients qui feraient une belle association… Ce n'est pas lui faire offense que de dire qu'il est nul en cuisine, il le reconnaît volontiers.

Il allait engager quelqu'un lorsque ma mère a été licenciée. C'était inattendu, mais l'entreprise qui l'employait a opéré une restructuration dont elle a été victime. Ça tombait presque bien. Notre entourage les a prévenus qu'il n'était pas facile de travailler en couple et qu'il y avait des risques, mais ils ont décidé de tenter en se disant qu'ils mettraient fin à l'aventure à la première grosse dispute : ça fait vingt-cinq ans que ça dure.

Depuis, Carène&O' est une entreprise florissante, qui emploie une dizaine de personnes et produit toutes sortes de biscuits, du cookie au sablé sans oublier les bretzels. Et s'il y a bien eu quelques disputes ici et là, elles n'ont jamais été bien graves et se sont toujours résolues très vite. Ils reconnaissent sans rechigner leurs erreurs et je crois que c'est le secret pour un couple qui dure, c'est en tout cas ce qui ressort de leur relation.

– Il est motivé ! lancé-je tandis que je prépare une crêpe au chocolat et qu'elle me sert une tasse de café.

– Tu le connais, la biscuiterie, c'est son deuxième enfant.

– Ce n'est pas plutôt parce qu'il est excité par la journée qui arrive ? Je suis sûre qu'il est comme un gamin un matin de Noël !

Je souris au moment où elle cède à son tour à l'appel des crêpes.

– Il ne tient plus en place, confirme-t-elle, mais tu sais à quel point cette tournée lui tient à cœur.

Aujourd'hui est le jour où l'idée la plus loufoque que papa a eue dans sa vie entre en action : faire une tournée du village pour offrir des boîtes remplies de biscuits, un assortiment de tout ce qu'ils produisent dans l'année. Ça permettait aux débuts de l'entreprise de se faire connaître à une période où les gens sont particulièrement enclins à acheter des biscuits, à déguster ou pour offrir. Aujourd'hui, la fabrique est connue dans la région, mais nous continuons pour le plaisir d'offrir. Ça demande à tout le monde beaucoup de travail, mais c'est un moment incontournable de notre vie et de leur entreprise, alors on fait cet effort. Et puis, ce n'est pas comme s'il n'y avait pas de nombreux avantages !

En ce qui me concerne, j'adorais cette tournée quand j'étais petite. C'est beaucoup moins le cas maintenant. Non pas que je n'aime pas le geste, non, c'est juste que mon père tient à ce qu'on se déguise en Père Noël, Mère Noël et lutin… D'où le côté loufoque de l'idée. C'était très amusant quand j'avais six ans, mais à presque vingt-cinq… Disons que ceux qui me connaissent depuis que je suis enfant ne perdent jamais l'occasion de rire un bon coup, et d'immortaliser le moment. Et lorsque le karma s'acharne, certains petits malins s'amusent à comparer les photos et à pointer les différences d'année en année. J'ai aussi eu droit, il y a quatre ou cinq ans, à un book avec un cliché par an !

Ne le cherchez pas, je l'ai brûlé.

– Il a déjà…

– Préparé les costumes ? me coupe-t-elle. Tu penses. Je crois bien qu'il a innové et décoré la camionnette cette année.

Je dois faire une drôle de tête parce qu'elle explose de rire.

– Oh ! Allez, tu sais que tes parents sont restés d'éternels enfants. Et puis, chaque année tu râles, mais à chaque fois tu t'amuses comme une folle !

Je dois reconnaître qu'elle n'a pas tort. Enfin, ce n'est pas que je m'amuse, c'est surtout qu'on rencontre beaucoup d'enfants, et que pour eux, voir le Père Noël débarquer avec des biscuits et la promesse qu'il leur a réservé un beau cadeau pour le matin de Noël, c'est magique. Leur sourire, les paillettes dans leurs yeux, leur joie communicative, tout ça n'a pas de prix. Rien que pour ça, je me dis que ce n'est pas grand-chose qu'être confrontée aux moqueries de mes amis.

Nous restons silencieuses quelques minutes, alors que je termine de déjeuner, et maman de boire son café. Je me lève pour ranger les crêpes – sans omettre d'en engloutir une dernière – et le chocolat lorsqu'elle m'interroge sur Julien. J'esquive comme je peux, mais c'est mal connaître ma mère.

– En tout cas, je l'aime beaucoup ! Je ne comprends pas que tu ne nous l'aies pas annoncé plus tôt. Ce n'est pas comme si c'était un inconnu. Mais je dois dire que j'ai hâte de le connaître un peu plus. Après tout, la plupart des moments qu'on a passés avec lui, vous étiez gamins. Lorsque vous traîniez ensemble, adolescents, il ne venait plus, vous étiez toujours fourrés en ville à faire les quatre cents coups. Je me souviens encore de la vieille Rosmerta venue me trouver parce que vous aviez abîmé ses haies, tu t'en souviens ?

– Je…

– Ou quand le vieux Pollins a râlé parce que vous aviez piqué des choux dans son jardin. Je n'ai jamais su ce que vous en aviez fait, d'ailleurs.

– On…

– Enfin, dit-elle sans me laisser le temps de répondre, c'est pour ça que je l'ai invité à notre soirée cinéma de ce soir ! Il faut qu'on ait des moments ensemble, qu'il se sente ici chez lui.

Non !

J'ai tout juste réussi à étouffer un cri, ç'aurait été pour le moins suspect. Mais non, pas ça, pitié, pas deux soirs d'affilée ! Je m'étais convaincue que je n'aurais pas à le revoir tout de suite, peut-être jamais. Après tout, je n'avais qu'à faire croire que je sortais avec lui en ville et rester tranquille, seule dans mon coin.

Je sens mes poings et ma mâchoire se serrer, tendue à l'extrême à l'idée de cette soirée, sans savoir comment je pourrais m'en sortir.

Ça va être beaucoup plus compliqué si les parents s'y mettent.

Je ferme les yeux et inspire un grand coup pour me remettre de cette nouvelle. J'arrive à desserrer les dents, mais n'arrive pas à faire de même avec les poings. C'est l'un ou l'autre et il me faut un effort surhumain pour faire en sorte qu'elle ne remarque rien de mon état émotionnel.

– Ah oui ? dis-je d'une voix pas aussi assurée que je l'aurais voulu.

– Oui ! Ça va être chouette ! Ça sera même à lui de choisir le premier film, dit-elle, sérieuse comme un pape… comme une papesse, plutôt.

Vous reprendrez bien un peu de tradition ? Chaque année, un jour de la semaine de Noël, mes parents et moi nous réunissons pour une soirée films de Noël. On commence tôt, on s'emmitoufle dans des plaids, on va dormir tard, et maman prépare tant de gourmandises qu'elle pourrait nourrir la rue entière. Je me revois encore, petite, à lutter de toutes mes forces parce que je voulais veiller tard comme les adultes. Tout comme je me revois me réveiller des heures plus tard et faire le petit ange qui n'a pas fermé l'œil une minute de la soirée. Je ne vous parle pas des confiseries que je mangeais à en être malade, malgré les efforts de mes parents pour me restreindre. J'adore cette soirée d'habitude, c'est sans doute mon rituel préféré parmi tous ceux de la famille. *Mais pas avec lui !*

– Maman, le premier film n'a pas une si grande importance que ça, tu sais ? préféré-je embrayer. Tu parles de ce choix comme d'un grand honneur.

– Oh que si ! Je te l'ai déjà dit, il est primordial. Si on sélectionne le mauvais, la soirée commence mal et si elle commence mal, on n'a pas envie de la poursuivre. Je suis sûre qu'on peut compter sur Julien pour faire le bon choix et passer une bonne soirée !

Tu parles.

– Houla, tu as vu l'heure ? continue-t-elle sans me laisser le temps de répondre. Il faut qu'on file !

Nous nous dépêchons de ranger la cuisine avant de nous mettre en route. La biscuiterie n'est qu'à trois rues de chez nous, nous y allons donc à pied comme souvent, ce qui nous fait prendre un bon bol d'air frais. Il fait froid, mais quand on habite Froidieu, on est habitué. Je profite de ce court instant pour admirer ce qui nous entoure, ça fait du bien d'être chez soi. À Paris, bien que la ville soit magnifique, je suis entourée de béton, de bruit, de monde ; ici le calme règne, la nature est reine et la neige – presque toujours présente – est magnifique. Il est impossible de ne pas se sentir serein dans ce décor.

Le trajet que nous devons effectuer ne dure que dix petites minutes, sauf… avec ma mère. Vous commencez à la connaître : elle est incapable de ne pas discuter, s'inquiéter et conseiller. Elle confie donc à la vieille Rosmerta le meilleur moyen de réussir un chocolat chaud dont elle lui donnera des nouvelles, s'inquiète de Léa qui, de par son métier, passe beaucoup de temps sur son ordinateur et lui conseille de mettre des lunettes avec des verres protégeant des lumières bleues (on passera sur le fait qu'elle n'en porte pas), recommande chaudement aux enfants qui jouent dans le square de mieux se couvrir et demande à chaque personne qu'elle ne connaît pas – et qui sont donc à coup sûr des touristes – si tout se passe bien pour eux.

Je participe de temps à autre à la conversation, mais lorsque ce n'est pas le cas, j'ai de quoi m'occuper : la petite cité est un personnage à part entière. Il fait bon vivre à Froidieu, voilà ce qui résumerait le mieux ce village des Pyrénées, qui compte à peine deux mille habitants, et son centre – qui constitue presque le village entier – est en forme de cercle. Nous nous trouvons à cinq kilomètres de la station de ski de Formiguères, mais n'en sommes pas une en tant que telle. Les touristes sont principalement des gens qui recherchent un village calme et sympa à la neige ou des personnes qui ont réservé trop tard et n'ont pas eu de place à la station.

Les habitations sont bien souvent des chalets en bois, entourés de grands sapins et d'arbres divers. Chaque maison a un petit parterre à l'avant, et en cette période, ils sont tous décorés avec goût : Père Noël, rennes, guirlandes, lumières… c'est féerique ! Je suis sûre que ça plairait à n'importe qui, y compris à ceux qui ne sont pas férus des fêtes de fin d'année. Il fait jour, les guirlandes ne sont donc pas encore allumées, mais je ne peux m'empêcher d'admirer tout ça. D'autant que certaines personnes font preuve de créativité et mettent en scène leur petit jardin, à l'image de celui-ci dans lequel est installée une banquise plus vraie que nature, avec plein de pingouins. Ils ont dû y passer un temps infini !

Je suis interrompue dans ma contemplation et mes pensées par ma mère qui laisse échapper un ricanement. Je regarde aussitôt dans la même direction qu'elle, je ne m'étais pas rendu compte que nous étions déjà arrivées. Je reste bouche bée devant ce qui nous attend, j'étais loin d'imaginer ce qui me fait face. La camionnette de l'entreprise est garée à sa place habituelle et… comment décrire la chose ? On dirait que quelqu'un sous l'emprise d'une substance chimique s'en est donné à cœur joie. D'énormes bois de rennes trônent de part et d'autre du pare-brise, un gros nez rouge a pris la place du sigle Volkswagen, des housses en forme de chapeaux de Noël recouvrent les rétroviseurs et l'ensemble du véhicule est devenu rouge et or. Je ne sais pas comment mon père s'y est pris, mais… Mon Dieu, j'espère que c'est récupérable ! J'ai été habituée très jeune au côté *too much* de mes parents, mais je crois qu'on a atteint un nouveau record.

Je regarde ma montre et me rends compte que nous avons effectué le trajet en quarante minutes (record loin d'être battu) lorsque mon père, qui sort à ce moment-là avec une palette de boîtes à offrir, s'exclame « Tadaaaaam » en nous repérant. Ma mère le félicite, sans manquer de lui faire remarquer qu'il s'est laissé aller cette année, ce qui vaut tous les commentaires du monde.

– Bon, j'ai voulu innover un peu, dit-il, contrit.

Je ricane à mon tour, ce n'est plus innover à ce stade, c'est chambouler ! Je suis heureuse qu'il ne me demande pas mon avis, je n'ai pas envie de doucher son enthousiasme ou de mentir.

Je me contente de l'aider à charger et de m'habiller, enfin, de me déguiser, en vue du départ. J'ai quelques secondes l'espoir que le costume soit devenu trop petit, ce qui me permettrait d'y échapper, mais comme à chaque fois, je me rends compte qu'il me va comme un gant. Inutile de vous dire que les deux fous qui me servent de parents sont, eux, d'une ardeur à toute épreuve… Ardeur qui leur donne envie de s'embrasser à la moindre occasion, d'ailleurs, vision dont je me serais bien passée. Heureusement qu'aucun enfant ne traîne dans le coin, je ne suis pas sûre qu'ils aient besoin de l'image d'une vie sexuelle chez le Père Noël !

Papa récupère les prospectus qui vantent les mérites de nos biscuits, que nous distribuons avec les friandises, maman monte dans la camionnette et met de la musique (est-il nécessaire de spécifier de quel genre il s'agit ?) et c'est parti ! Je ne vois pas la première heure passer : entre la logistique, la route, les arrêts fréquents, le costume qui me vaut une séance de sauna gratuite et les nombreux enfants avec des étoiles dans les yeux devant notre drôle d'équipe (sans oublier leurs questions telles que : « Pourquoi donc le Père Noël se déplace-t-il en camionnette ? » Si vous vous le demandez : « Parce que les rennes doivent se reposer jusqu'au dernier moment » semble une réponse convaincante), je ne sais plus où donner de la tête !

Nous sommes samedi, il fait bon, et nous avons indiqué l'itinéraire de notre tournée sur les réseaux sociaux de la biscuiterie pour la première fois. Il y a du monde, beaucoup de monde. Mon père craint un peu de ne pas avoir assez de stock et qu'il y ait des gens déçus, mais ma mère l'a vite rassuré. S'ils n'en ont pas assez, ils en referont, voilà tout !

C'est alors que je donne une box à une petite fille qui me demande : « Qu'est-ce que tu fais quand c'est pas Noël ? Tu dois pas avoir beaucoup de travail quand c'est l'été ! » que j'entends un grand éclat de rire. Je me redresse, après avoir répondu à la petite : « Ça prend toute l'année de construire tous les jouets », pour voir qui s'amuse autant.

Mais bien sûr, qui d'autre ? Je me taperais presque le front de ne pas avoir deviné tout de suite.

Il ne manquait plus que lui.

Je regarde à gauche et à droite, à la recherche d'une éventuelle échappatoire. Il m'a vue, mais je m'en fous. Je n'ai malheureusement pas le temps de faire un geste qu'il est déjà presque là. De toute façon, mes pieds semblent refuser de m'obéir.

Traîtres !

– J'avais oublié que vous distribuiez ces assortiments ! me lance Julien une fois qu'il a terminé de traverser la rue qui nous séparait. Surtout, je ne savais pas que tu y participais encore, et en tenue qui plus est ! ajoute-t-il en me détaillant de pied en cap.

Son regard se fait-il appréciateur ou moqueur ? Impossible d'en être sûre, mais j'ai ma petite idée sur la question. Je regarde si mes parents sont à proximité. À mon grand soulagement, ils sont occupés plus loin dans la rue.

– Débarrasse le plancher. La journée est déjà bien assez pénible comme ça.

C'est un pieux mensonge, mais il n'a pas besoin de le savoir.

– Oh ! Arrête, je suis sûr que tu t'amuses ! me nargue-t-il, les mains dans les poches.

– Tu n'as pas autre chose à faire ? le rabroué-je.

– Que t'admirer dans cette tenue, tu veux dire ? ricane-t-il.

Je serre les dents. Personne ne comprendrait que je me mette soudain en colère, surtout contre mon « petit ami », n'est-ce pas ? De toute façon ce n'est pas le lieu. J'imagine les retombées : « La fille Porek s'énerve, déguisée en lutin, au milieu des enfants abasourdis. » La honte pour une vie entière, en plus de la mauvaise presse pour la biscuiterie.

– Julien, s'il te plaît, laisse-moi, dis-je plutôt, presque suppliante. Si mes parents te voient…

Je laisse ma phrase en suspens tant il y a de choses que je ne souhaite pas voir advenir : devoir encore jouer la comédie, qu'ils se mettent à discuter pendant des heures, ou pire, qu'ils l'embarquent pour le reste de la tournée ! Ils en seraient capables. Et je mets ma main à couper qu'ils ont un déguisement supplémentaire dans la camionnette, « juste au cas où ». Il me fixe quelques secondes, l'air de jauger s'il a encore envie de s'amuser un peu avec moi comme un chat avec une souris.

– D'accord, cède-t-il enfin, on se voit ce soir de toute façon, *ma chérie*.

Il insiste à nouveau sur ce surnom, et c'est sûr qu'il le fait pour me mettre en colère puisqu'il ne m'en donnait pas quand on sortait réellement ensemble ! Il me regarde une dernière fois de la tête aux pieds, me lance un sourire charmeur et se détourne. Je souffle de soulagement quand, à la dernière seconde, il se ravise, se rapproche au maximum et me murmure :

– Vraiment très sexy, cette tenue.

Je rougis dans la seconde. *Il n'a pas le droit de me dire ce genre de chose !*

Il n'attend pas que je réponde et s'en va d'un air nonchalant – pour un peu, il sifflerait presque –, comme s'il n'avait rien dit de plus banal qu'un « bonne journée ». J'ouvre et referme la bouche, sans trouver à lui répondre et finis par laisser tomber. Mes parents ne l'ont pas vu, c'est une victoire en soi. Je me reprends et rejoins ces derniers qui ont avancé de quelques mètres sans moi. Ma mère m'adresse un sourire qui me fait douter qu'elle nous a vus, mais elle ne me dit rien. Je préfère faire comme si de rien était et nous finissons la rue assez rapidement avant de nous diriger vers la suivante. Par bonheur, cette journée arrive à sa fin, parce que je suis dans le flou, ou presque. J'ai du mal à me concentrer sur ce que je fais, à porter de l'attention aux enfants ou même à sourire.

Vraiment très sexy, cette tenue.

La phrase tourne en boucle dans mon esprit, sans arrêt, sans répit. Et ça m'énerve ! Ce n'est pas cette phrase en particulier. Non, je pense que ce qui m'horripile, c'est qu'elle ne me laisse pas indifférente. Alors que c'est censé être fini, pour de bon. Fini de chez fini. Je ne dois pas me laisser atteindre, par quoi que ce soit.

CHAPITRE 15

JULIEN

22 décembre

Je repense à la tenue de lutin – doit-on dire lutine ? – qu'arborait Manon lorsque je l'ai vue cet après-midi alors que je rejoins la maison des Porek et… disons qu'il m'a fallu beaucoup de *self-control* pour rester gentleman et ne rien tenter. Je suis sûr qu'elle ne se rendait même pas compte de l'effet qu'elle pouvait faire, habillée comme ça.

Je regarde mon portable et le message que m'a laissé Jérôme pour que je passe le voir à la salle de sport. Je lui réponds que je n'ai pas le temps et me sens un peu coupable. J'espère qu'il comprendra que Manon passe avant, ce coup-ci. Je lui propose demain matin, mais il me dit qu'il est pris. Je ne sais pas trop quoi lui répondre, mais il me sort de cette impasse en m'assurant qu'il comprend.

Je range l'appareil et me focalise sur la maison devant moi. Je ne sais que penser de l'avancée de ma reconquête. Je soupçonne Manon de ne pas être aussi hermétique qu'elle veut bien me le faire croire, mais je sens aussi qu'elle m'en veut encore profondément et qu'elle est convaincue que je l'ai bel et bien trahie. Tant que je n'aurai pas réglé ce problème, je n'avancerai pas, pas assez pour avoir à nouveau une chance avec elle, en tout cas. Il faut que j'arrive à lui en parler, et vite.

Lorsque j'atteins la porte d'entrée, je me fais la promesse d'essayer ce soir. Je suis sur le point de sonner, mais Manon ne m'en laisse pas le temps et ouvre la porte.

– Eh bien, j'étais attendu ! fanfaronné-je.

– Du calme Don Juan, me lance-t-elle sans un sourire, tu arrives juste quand ma mère me demande d'aller chercher quelques bûches pour la soirée, dit-elle en désignant le tas derrière moi, à l'abri de la neige.

Je suis sur le point de lui proposer de l'aide lorsque Carène et Olivier arrivent. Ils m'accueillent avec chaleur et Manon en profite pour s'éloigner. J'hésite un instant à aller la rejoindre, mais mes hôtes ne m'en laissent pas l'occasion, m'entraînant à l'intérieur.

Nous traversons le corridor et entrons dans le salon. Je m'attarde à la porte, le temps de m'imprégner du lieu. Plus chaleureux que ça, c'est difficile. Les divans, qui ont l'air moelleux, sont couverts de plaids et de coussins. L'écran de télévision est énorme, la cheminée crépite et la table basse, quant à elle, est ensevelie sous les gourmandises, à tel point qu'elle est à peine visible. Je suis prêt à parier que ces dernières sont faites maison, Carène est le genre de maman à se plier en quatre, même quand seuls des proches sont présents. C'est à se demander comment elle peut faire tout ça tous les jours. Elle n'a jamais l'air débordée et pourtant… une vraie Bree Van de Kamp ! J'adore ma mère, mais chez nous on est plus du genre à ouvrir un paquet de chips et à faire chauffer du pop-corn au micro-ondes. J'inspire à fond, la maison embaume le sucre, la cannelle, le chocolat et le café, et une chaleur réconfortante nous enveloppe grâce au feu de cheminée. Je félicite les voisins pour leur maison et les remercie encore de m'avoir invité lorsque Manon nous rejoint, pose les bûches à côté des autres – ils ont l'air d'avoir prévu de quoi alimenter l'âtre toute la nuit – et me rejoint avant de m'embrasser.

Qu'on se comprenne bien, ça ne me dérange pas, loin de là, j'y prends même un certain plaisir, mais qu'elle le fasse spontanément me laisse perplexe, à tel point que je reste figé quelques secondes. Je suis raide comme un piquet, les mains le long du corps, ridicule. Je le lui rendrais bien, mais elle me jette un regard non équivoque qui semble dire : « Ne rêve pas mon vieux, c'est juste pour la galerie. » Je m'abstiens donc.

Je me tourne vers ses parents et me retiens de rire tant ils nous regardent comme si on leur offrait le meilleur cadeau de Noël, c'est tout juste s'ils n'ont pas des cœurs dans les yeux. Ça me rappelle ma conversation de tout à l'heure avec ma mère, alors qu'on déblayait l'allée et qu'elle m'a interrogé sur notre relation. Je n'ai pas pu cacher ma surprise face au grand intérêt qu'ils montrent pour notre couple. Sa réponse ? « Tu sais chéri, pour des parents, voir son enfant en couple avec une bonne personne, ça fait partie de la *check-list* des choses qui les rassurent. » Je ne suis pas sûr de comprendre, mais le peut-on tant que nous ne sommes pas parents à notre tour ?

– Allez, installez-vous ! se réjouit Olivier alors qu'il se trouve devant une DVDthèque que je n'avais pas remarquée au premier coup d'œil et qui rivalise avec la mienne. Julien, as-tu choisi le premier film que nous visionnerons ?

– Oui, réponds-je en me tournant vers Manon. Je me disais que nous pourrions regarder *Love Actually*…

Je m'attendais à une réaction de ma fausse petite amie et elle en a bien une, mais je n'arrive pas à l'interpréter. Je n'ai pas choisi ce film au hasard, elle m'a confié un jour que c'est lorsque nous avons regardé cette comédie pour la première fois à deux, un après-midi neigeux, alors que nos parents étaient au travail et que nous étions en vacances, qu'elle avait ressenti pour moi des sentiments dépassant l'amitié.

– Très bon choix ! s'écrie Carène qui rejoint son mari pour trouver le DVD adéquat au milieu de leur collection. C'est mon préféré ! Julien, si je ne t'aimais pas déjà, c'est à présent chose faite !

Nous sourions tous, Olivier se moque gentiment d'elle parce que ce sont tous ses préférés, je m'installe et attends que Manon me rejoigne, malgré son regard qui me fait peur. Veut-il dire que je ne joue pas franc-jeu de choisir le film qui, j'en suis sûr, fera mouche ? Ou pire, qu'elle cherche un moyen de se débarrasser de mon corps après m'avoir tué de la manière la plus douloureuse possible ? Sans doute les deux à la fois…

Elle expire un filet d'air et vient enfin s'asseoir. J'aurais presque pitié d'elle, ça doit être dur d'avoir envie de m'incendier, mais de ne rien pouvoir dire, à cause d'une situation qu'elle a elle-même créée…

– Si tu penses que ce film va t'aider, tu te fourres le doigt dans l'œil, m'avertit-elle à l'oreille.

– Oh, non seulement j'espère, mais en plus j'en suis sûr, lui dis-je, l'air plus confiant que je ne le suis réellement.

J'hérite d'un énième regard noir tandis que j'installe un plaid sur nos jambes, et je ne peux m'empêcher de la taquiner davantage :

– J'aurais peut-être dû choisir *Le Grinch*, ça correspondrait davantage à ton humeur.

Je récolte un coup de coude dans les côtes et ça fait un mal de chien !

Mais si c'est le prix à payer pour le plaisir de l'ennuyer un peu, ce n'est pas grand-chose.

À présent que nous sommes installés tous les quatre, le film commence et nous nous taisons pour en profiter. C'est assez surréaliste d'être aussi proche d'elle physiquement alors que nous ne le sommes pas dans notre relation. Je suis tenté de l'enlacer ou de l'embrasser, ou même les deux à la fois, mais je me retiens, elle me tuerait dans l'instant, j'en suis sûr. Ce qui est certain aussi, c'est que je ne suis rien de ce qui se passe à l'écran, Manon a cessé de faire la tête et est à présent à fond dans *Love Actually*. Tout me fascine chez elle : sa langue qui dépasse de ses lèvres lorsqu'elle se concentre, ses sourcils qui se froncent dans les moments de tension, sa joie évidente à l'approche d'une de ses scènes préférées… *Tu es encore plus fou amoureux d'elle qu'avant, mec, tu es foutu.* J'ai envie de me traiter d'idiot : j'ai toujours été amoureux d'elle, il n'y a pas moyen de l'être plus…

Un an et demi de séparation, ça laisse des traces, pourtant, non ? Quand j'en viens à la conclusion que non, j'ai une envie folle de l'embarquer, là, maintenant, tout de suite, et de la forcer à m'écouter, mais quelque chose me dit que ça serait contre-productif.

Je suis tellement dans mes pensées et apaisé par le contact de Manon que le film se termine sans que je m'en rende compte. C'est à croire qu'il ne dure pas deux heures quinze.

– Eh bien, quel bon choix, me félicite une fois de plus Carène, ce qui me fait revenir à ce qui se passe autour de moi, ça nous a mis dans l'ambiance ! N'est-ce pas ?

Olivier acquiesce. Manon a l'air d'avoir avalé un citron, elle préférerait mourir plutôt que me confirmer qu'elle a aimé. Je ne relève pas et me contente de lui lancer un sourire arrogant, de ceux qui l'énervent, j'en suis certain, de ceux qui signifient : « Je sais que tu as des souvenirs de nous plein la tête, ma chérie. » Elle se détourne alors qu'Olivier choisit le film suivant, ça sera *The Holiday.*

– Manon, s'il te plaît, tenté-je tout bas, je dois te…

– Non !

– Mais…

– Chut, ça commence.

Elle fixe avec concentration le grand écran devant elle, mais cette fois je vois bien que c'est forcé, à tel point que ses yeux en oublient subitement de cligner. Elle est en mission : tout plutôt que m'écouter. Ça pourrait être les Titounis[6] qui passerait qu'elle serait tout aussi concentrée.

Le reste de la soirée se déroule ainsi : une succession de films, des gourmandises à n'en plus finir

6. Le Monde des Titounis est une chaîne de comptines youtube destinée aux jeunes enfants. Il comporte des personnages animaliers et des chansons françaises traditionnelles, ainsi que des traductions de chansons anglaises et allemandes, traditionnelles elles aussi.

– plus on en mange, plus sa mère en apporte, je suspecte que la table vient tout droit de la grande salle de Poudlard –, et quelques tentatives pour lui parler mises en échec par des « chuts », des « tais-toi » et autres « je vais t'étouffer avec ton pop-corn ». Lorsque le générique de fin de *Die Hard* – si, si, Manon défend mordicus qu'il s'agit bien d'un film de Noël –, le dernier opus de notre séance cinéma, s'affiche à l'écran, je me lève à regret. Je suis frustré de ne pas avoir réussi à discuter, mais j'ai passé un bon moment et je me sentais bien, calé contre elle. Je mentirais, et pas qu'un peu, si je disais que cette proximité physique ne me plaisait pas.

– Bon, je vais y aller, lancé-je. Merci beaucoup de m'avoir reçu à nouveau…

– Ne dis pas de bêtises, rit Carène, comme si j'avais sorti la blague du siècle.

Je pense un instant qu'elle considère que je n'ai pas à la remercier pour ce soir et suis sur le point de continuer ma phrase comme si elle n'était pas intervenue, quand elle continue :

– Il est plus de 2 heures du matin, on ne va pas te laisser sortir dans le froid. Tu n'as qu'à dormir avec Manon, après tout, vous êtes ensemble !

Dire que je reste bouche bée serait l'euphémisme de l'année.

Les parents échangent un sourire entendu, comme s'ils partageaient un secret qui m'échappe. Je jette un coup d'œil à Manon et je ne sais pas trop ce qu'elle ressent. À vue de nez, un mélange de colère noire et de choc, je dirais. J'ai la bouche sèche tout d'un coup, quelque chose me dit que je vais passer un mauvais moment et tant pis si je n'y suis pour rien. Pour une fois, je peux la comprendre, j'essaie de lui expliquer d'un regard que je suis moi aussi surpris, au moins autant qu'elle, mais ça n'a pas l'air de changer quoi que ce soit à ma situation. Pourtant, je ne l'ai pas vue venir celle-là, ses parents sont décidément pleins de surprise ! Mon cerveau mouline à toute vitesse pour trouver une porte de sortie.

– Non, c'est gentil, mais je ne peux pas abuser de votre hospitalité, d'autant que je ne fais que traverser la rue, tenté-je de refuser poliment.

– Allons, me rassure Olivier, tu ne déranges pas, je t'assure, et puis on a été jeunes et en couple avant vous ! me lance-t-il avec un clin d'œil.

Un instant, j'ai l'impression d'avoir entendu l'oncle François. Heureusement Olivier n'a pas l'air d'avoir d'arrière-pensée et ses propos semblent innocents.

– Mes parents pensent que je rentre ce soir, argumenté-je. Je ne peux pas…

– On les a prévenus, pas de souci, me coupe-t-il, l'air le plus naturel du monde.

Ils avaient préparé le terrain !

Je réfléchis à d'autres arguments qui pourraient infléchir leur idée, mais voilà, j'ai lancé tout ce qui me passait par la tête. Je ne vois pas ce que je pourrais ajouter, ils ont réponse à tout et semblent avoir tout prévu pour qu'on ne puisse pas refuser, quoi qu'on en dise. Je me retrouve donc à devoir partager la chambre de ma fausse petite amie et je ne suis pas sûr que ce soit une bonne idée. À moins que ça ne soit l'occasion de lui parler enfin ? Après tout, on sera seuls, il n'y aura plus de film prétexte à se taire et ses parents ne seront plus là pour entendre le moindre bout de conversation.

En attendant, elle aura vu que j'ai essayé de nous éviter ça… J'espère.

CHAPITRE 16

MANON

22 décembre

Un cauchemar. Je vis un véritable cauchemar. C'est tout ce à quoi je pense quand je prends la suite de Julien dans l'escalier qui mène à ma chambre. Mes parents sont tombés sur la tête, il n'y a pas d'autre explication… Enfin, si, ils nous croient ensemble, amoureux fous.

Mais bon sang, qu'est-ce qui m'a pris de me mettre dans cette situation ?

J'ai bien pensé dire non, sans argumenter, juste non. Après tout, c'est ma chambre et ma vie, je peux bien faire ce que je veux. Mais ç'aurait été bien trop curieux pour ne pas être suspect, quant à faire croire que nous sommes des anges qui ne veulent pas partager un lit… Ils me connaissent et si j'avais dit une énormité pareille, ils m'auraient sans doute crue folle. Ils sont excentriques, d'accord, mais il y a des limites à ce qu'on peut leur faire croire.

Non, il faut que je franchisse cette étape. Après tout, il n'y a pas de raisons pour que ça se passe mal. On dort, on se réveille, et demain est un autre jour. Voilà. Simple comme bonjour.

Qui essaies-tu de convaincre, ma vieille ?

– Tu… Tu veux passer à la douche en premier ? me demande-t-il lorsque l'on entre dans la pièce.

Au moins, il n'a pas l'air réjoui par la situation. Je me suis demandé s'il était dans le coup, mais si c'est le cas, c'est un sacré acteur, digne de rafler toutes les récompenses ! Non, je crois que mes parents ont… eh bien, ils ont été fidèles à ce qu'ils sont : dans l'excès. Parfois on le vit bien, quelquefois ça mène à des situations comme celle-ci. C'est un tout, et on ne peut pas prendre l'un sans l'autre.

Je finis par acquiescer en réponse et me dirige vers la salle de bains sans prononcer un mot, j'ai besoin d'échapper à son regard. Il a l'air gêné par la situation, mais aussi… Je ne sais pas, *amoureux* ? Le fait qu'il n'ait pas cessé d'essayer de me parler tout au long de la soirée n'aide pas. Il veut avoir une discussion sur ce qui s'est passé l'année dernière, j'en suis sûre, pourtant de mon côté, il n'y a pas le moindre doute sur l'histoire et je ne comprends pas qu'il veuille ajouter quelque chose. C'est déjà assez douloureux comme ça, inutile de remuer le couteau dans la plaie.

Je me déshabille à peine la porte passée, vérifie mon portable et vois qu'Antonina a cherché à me joindre toute la soirée. Je n'ai pas la force de lui répondre et préfère filer sous le jet d'eau chaude qui me détend instantanément. Je me dépêche néanmoins de me laver, trop préoccupée et nerveuse de savoir Julien à côté pour profiter du plaisir de l'eau qui dévale mon corps. Une fois propre et séchée, je m'habille du pyjama le plus couvrant que j'ai – et en pilou-pilou, on n'a que le bien que l'on se donne –, avant de le retrouver. J'ai à peine passé le pas de la porte qu'il explose de rire, ce qui m'arrête net.

– Qu'est-ce qui te prend ? m'enquis-je, les sourcils froncés.

– Tu crains que je te saute dessus ? Même une nonne ne se couvre pas autant pour dormir.

– Je… Non ! bafouillé-je. Il fait froid, d'accord ? Ça n'a rien à voir avec toi, rien du tout, même.

Si peu.

– Je m'habille tout le temps comme ça, d'ailleurs ! ajouté-je, en toute mauvaise foi.

– Ce sont des… commence-t-il sans faire grand cas de mes protestations.

– Pingouins, oui, le coupé-je.

– Et des…

– Glaces licornes, oui. Tu as fini de te foutre de moi ? Va te laver !

Je crois qu'il va ajouter quelque chose, malgré mon exaspération manifeste, mais il ne fait que hausser les épaules avant de se diriger à son tour vers la salle d'eau, non sans laisser échapper quelques gloussements au passage. *Imbécile.*

Ce son me plaît un peu trop, et je dois me retenir pour ne pas sourire.

Je m'assieds sur le lit, avant de me relever. Je reste un moment sur place à fixer la porte par laquelle il a disparu. Je me rassieds, me relève, et fais le tour du lit. Rhaaaaa, je ne sais pas comment me comporter et je suis nerveuse, ça m'agace à un point !

Il te plaît toujours, Manon…

D'où ça sort, ça ? Pas du tout ! Pas le moins du monde, je ne veux plus rien avoir à faire avec lui, plus rien du tout. Ni de près, ni de loin ! Je refais le tour du lit – après tout, pourquoi ne me mettrais-je pas à ma place habituelle ? – et me couche, bien emmitouflée sous la couette. J'aimerais pouvoir prendre mon livre et lire quelques chapitres comme je le fais toujours, comme s'il n'était pas là, ou comme si sa présence ne m'affectait pas, mais impossible. Je suis incapable de faire autre chose que regarder la porte qui nous sépare. *Qu'est-ce qui ne tourne pas rond chez moi ?*

La porte s'ouvre et il ne me vient pas une seconde à l'esprit que je devrais détourner la tête. J'ouvre la bouche de surprise quand je me rends compte qu'il est en boxer, cependant il ne me laisse pas le temps de le faire remarquer.

– Désolé, mais comme il n'était pas prévu que je reste ici, je n'ai pas de pyjama…

– Je… Ce… Pas de problème.

Ma voix s'est faite plus aiguë que je ne le voulais, mais… Que voulez-vous, j'ai un formidable spécimen devant les yeux. Ces biceps, ces triceps, ces quadriceps… Tout est bien développé comme il faut, là où il faut. Je me demande s'il n'est pas encore plus musclé qu'auparavant. Il doit passer un temps infini à faire du sport. Si ce n'est pas le cas, la nature est injuste. *Ne regarde pas plus bas, ne regarde pas*... Merde, j'ai regardé ! Ce n'est pas ma faute aussi : j'ai regardé ses abdos, ce qui m'a conduite à son nombril, qui m'a amenée à sa fine ligne de poils qui trace une route vers son sous-vêtement, et voilà. Je suis innocente dans l'histoire. D'ailleurs, son boxer est rouge avec l'élastique vert, c'est de saison, je me demande si c'est fait exprès, mais pas question de se renseigner. Je sursaute presque lorsqu'il laisse échapper un « hum » et je me ressaisis aussitôt.

– Eh ben quoi ? Ne reste pas planté là, lancé-je, comme si je ne le matais pas une seconde plus tôt. Il y a un matelas gonflable dans le placard, là, je suis sûre que tu gonfleras ça en moins de deux !

Il s'avance sans rien répondre et je crois, dans un instant de naïveté légendaire, qu'il va faire ce que je viens de lui dire, mais non, il contourne le lit et s'assied dessus.

– Mais qu'est-ce que tu fais ? m'écrié-je en me levant d'un bond. Tu ne crois quand même pas que…

– Je vais dormir ici ? demande-t-il en tapotant le lit. Si.

– Mais, mais… Non ! Pas question. Tu vas dormir par terre !

Il sourit. Comme s'il avait affaire à une cinglée et c'est ça qui me rend folle.

Mes nerfs lâchent. La mascarade, le boxer, lui sur mon lit. Je ne vais pas tenir. Pourquoi donc a-t-il fallu que ce foutu Gabriel accompagnateur-de-mes-deux tombe malade ? Pourquoi a-t-il fallu que ce soit celui que j'ai choisi qui soit souffrant ? Pourquoi, mais pourquoi ?

– Manon, je ne tenterai rien, promis. Ton lit est assez grand pour nous deux. On pourrait encore dormir comme des étoiles de mer qu'on ne se toucherait pas.

Oui, mais tu es presque nu ! C'est moi qui pourrais tenter quelque chose.

Je ne suis pas une nonne. Loin de là.

Et il est canon.

Trop canon.

Beaucoup trop canon.

Tout le monde serait tenté. Moi la première.

Tu le détestes, tu le détestes, tu le détestes !

C'est vrai, alors pourquoi ça ne me calme pas ?

– Il n'est pas question que je dorme par terre, on n'est pas dans *La Proposition*, ajoute-t-il avec un sourire désarmant.

– Tu es bien moins beau que Ryan Reynolds, ça, c'est sûr ! ne puis-je m'empêcher de le taquiner.

– C'est ça, réagit-il avec son sourire arrogant. Allez, viens, il est assez tard comme ça, il faut qu'on dorme un peu.

– Ce n'est pas toi qui décides ! m'emporté-je, énervée qu'il fasse comme s'il décidait et que j'exécutais. Tu…

Je m'interromps d'un coup lorsque je regarde le réveil et me rends compte qu'il a raison. Je suis crevée, il est 3 h 30, et dormir me ferait du bien, avec ou sans lui.

– Je te préviens, tu bouges et je te tue façon *Kiss and Kill* !

Je m'installe aussi confortablement que possible sous la couette et essaie de cacher comme je peux ma nervosité. Julien est silencieux et je crois alors qu'on en a fini pour aujourd'hui, mais il ne résiste pas à ajouter :

– C'est le mec, le tueur dans le film.

– Je sais, mais tu as compris l'idée.

Il glousse, comme un gamin. Je souris et suis contente qu'il ne puisse pas le voir.

– Au fait, juste pour info, même avec cette combinaison, tu es attirante. Et tu sais Manon… je…

Quoi ? Hors de question qu'il aille sur ce terrain-là.

– Bonne nuit Julien.

Il n'ajoute rien, je le sens bouger et devine – espère plutôt – qu'il me tourne le dos. Moi, je réussis tout juste à réprimer mon envie de bouger, de sortir de ce lit. J'étouffe de chaud après ce compliment ! Je ne réponds pas et m'ordonne de dormir, ordre devant lequel mon cerveau ricane : *Il est à côté de toi, en petite tenue, et t'a fait un compliment qui ne te laisse pas indifférente, comment tu veux dormir ?* Je serre les poings, même mes nuits, il arrive à les pourrir !

CHAPITRE 17

JULIEN

Deux ans et quatre mois plus tôt

Manon ricane contre moi et je me décale dans le canapé sur lequel nous sommes emmitouflés pour la contempler et essayer de deviner ce qui l'amuse tant. Elle doit sentir mon regard sur elle parce qu'elle tourne à son tour la tête vers moi tandis que je remonte le plaid sur nous. Je suis sur le point de l'interroger sur ce qui l'a fait rire, mais là aussi, elle doit le pressentir parce qu'elle me le dit sans que je la questionne :

– Je t'imaginais faire la même chose et tu aurais l'air ridicule !

Nous profitons d'un temps pourri dehors pour découvrir *Love Actually* pour la toute première fois. Je l'ai invitée chez moi après m'être enquis de ce qu'elle était en train de faire et qu'elle m'ait confié s'ennuyer. Nous venons de voir la célébrissime scène où Hugh Grant danse de pièce en pièce au 10 Downing Street et je me sens moins bête de l'avoir enfin découverte à mon tour.

Je me redresse pour de bon et mets la main sur le cœur, l'air sérieux comme jamais.

– Ridicule ? Moi ? Je ne suis jamais ridicule !

Elle pouffe, se redresse à son tour et me pointe du doigt :

– Oh que si ! Tu l'es plus souvent que toute autre personne que je connaisse.

– Quoi ? m'indigné-je. Donne-moi un exemple s'il te plaît !

– Quand tu es sorti du restaurant hier et que tu t'es pris la porte dans la tronche…

– Elle était en verre, on ne la voit pas ! me défends-je tout de suite.

– Ou quand tu as voulu aider la vieille Georgette à déblayer son allée la semaine dernière, continue-t-elle, mine de rien. Elle a quatre-vingts ans et tenait très bien debout, toi, tu ne faisais que tomber tous les deux pas…

– Ma partie était gelée, pas la sienne !

– Et lorsque tu as fait tomber tous les livres du rayon de la librairie quand tu as voulu…

– Ils étaient mal rangés, la coupé-je.

J'ai davantage répondu comme une question que comme une affirmation et cette fois elle éclate de rire. Je ne le lui ai jamais dit, trop occupé à étouffer mes sentiments, mais j'adore ce son. Mon but au quotidien est de tout faire pour qu'elle rie et que je l'entende, drogué que je suis d'elle.

– Tu sais quoi ? dis-je quand elle arrive à maîtriser son hilarité. Je vais le faire !

– Non ! Non, c'est bon, je rigolais, tu es bien installé, ne te dérange…

Je n'écoute plus ce qu'elle me dit et me lève. Je me dépêche de rejoindre la porte du salon, amusé par ce que je m'apprête à faire, et me mets aussitôt à danser comme Hugh Grant dans le film, autant que je le peux, tout du moins. Je ne dois pas être à mon avantage puisque je suis dans le plus vieux pyjama de ma garde-robe, mais je m'en fous : tout ce qui compte est de continuer à l'amuser. Manon saute sur son portable et met *Jump (For My Love)* des Pointer Sisters, la musique du film, à plein volume et j'en profite pour en rajouter un peu plus, ce qui suffit à la faire repartir dans une explosion de rire à s'en tenir les côtes. Il ne faut pas longtemps pour que je la rejoigne dans l'hilarité et au bout d'une minute à peine je n'en peux plus. Je la rejoins, essoufflé, sur le canapé et le temps se suspend. Nous sommes proches, nos souffles se synchronisent et nos regards se croisent. Je ne sais pas à quoi elle pense au juste, mais elle ne m'a jamais regardé comme cela avant, c'est flippant parce que j'espère qu'elle a les mêmes pensées que moi actuellement. J'espère qu'elle a des sentiments qui dépassent l'amitié, je me prends à espérer qu'elle me le dise. Je déglutis difficilement à l'idée de me lancer et de le lui dire en premier, ce que je brûle de faire depuis des années. Mais j'ai bien trop peur que ça ne soit pas réciproque, de ce qu'elle répondrait, alors je préfère me taire.

Elle laisse échapper un rire qui sonne faux, de ceux qui ne remontent pas jusqu'aux yeux. Elle finit par se détourner et fixe à nouveau la télévision, d'une manière bien trop intense pour que ça ne cache rien. La frustration me gagne, mes ongles s'enfoncent dans mes paumes et je me retiens à grand-peine de montrer ma… colère ?

Je ne sais même pas ce que j'éprouve !

Je sens que tout bouillonne en moi et que je suis sur le point de dire, ou de faire, une connerie. Je crains d'être sec ou de mettre notre amitié en péril, mais je ne supporte plus de ne rien dire. Je me lève soudain et quitte la pièce sans un mot, il faut que je prenne l'air avant de faire quoi que ce soit que je puisse regretter.

MANON

Son départ me donne la chair de poule et laisse un grand vide. Son silence me terrifie, ainsi que son air déçu, il semblait presque énervé. J'aimerais le retenir, mais pour dire quoi ? Je ne comprends pas ce qui vient de se passer, ni ce que je ressens.

Il attendait quelque chose, c'est évident, mais je ne savais comment m'y prendre. Je ne comprends pas plus ce qui s'est passé lorsqu'il m'a rejointe dans le canapé. Ce regard, ses lèvres si proches, cette attirance…

Comment en est-on arrivé là ?

La question passe à peine dans mon esprit que la réponse me saute aux yeux. J'ai été bouleversée par cette proximité et ce n'était pas la première fois. J'ai toujours mis ça sur le compte de mon imagination, il ne m'a jamais démontré qu'il a le même genre de pensées. Et… Je suis amoureuse de lui. Pourquoi continuer de me mentir ? Cela fait un moment que je le ressens, mais j'ai toujours balayé ça sous le tapis. Maintenant qu'il montre à son tour des signes qui vont dans ce sens… Bon Dieu, heureusement que je suis assise parce que je sens mon corps entier se ramollir, mes jambes comme du coton et mon cœur qui bat à tout rompre. Mais comment ai-je pu ignorer mes états d'âme si longtemps ? Je l'ai toujours vu comme un ami, mon *meilleur* ami, voilà pourquoi… Je tente de mettre de l'ordre dans mes idées, bien que ça ne serve à rien, c'est un vrai tourbillon là-haut.

Mais quelle idiote !

Alors… Se pourrait-il qu'il le soit aussi ? Était-on bien sur le point de s'embrasser ou je me fais des idées ? Mais alors, pourquoi n'a-t-il jamais rien dit ?

Sans doute pour les mêmes raisons que toi ! me souffle ma conscience.

Je fixe la télévision et laisse échapper un rire sans joie. Il m'aura fallu tant de temps pour accepter mes sentiments, pour y faire face, et encore, tout ça parce qu'il est parti en colère ! Il a fallu que ça me tombe dessus un après-midi banal, pendant un film… La vie fait de drôles de surprises parfois.

Des papillons s'envolent dans mon ventre. Je ne sais pas comment tout ça va finir, mais une chose est sûre : plus rien ne sera plus comme avant… Et ça me fait peur, ça m'angoisse : je ne veux pas le perdre, il est bien trop important pour moi.

CHAPITRE 18

JULIEN

23 décembre

Nous connaissons tous cette sensation, au réveil, que la nuit fut trop courte et que nous manquons sans aucun doute de repos. Nous essayons de tromper notre cerveau quand nous le pouvons, nous gardons les yeux fermés, nous nous blottissons à nouveau correctement sous la couette, nous pensons : « Encore un peu de temps », mais nous sommes réveillés, c'est trop tard. Je ronchonne et ouvre les yeux pour jeter un coup d'œil au réveil : 8 h 30 à peine. Beaucoup trop tôt ! Je me tourne vers Manon, mais découvre son côté du lit inoccupé et froid, ce qui me fait froncer les sourcils. Où peut-elle déjà bien être à cette heure ? Elle n'a jamais été du genre à dormir beaucoup, mais de là à avoir assez de cinq petites heures de sommeil…

Je referme les yeux afin de convaincre mon corps qu'on peut très bien dormir encore un petit peu

– le jour se lève à peine ! –, mais il ne semble pas du tout d'accord et je m'extrais donc du lit, non sans souffler. Je passe par les toilettes, avise la douche, mais n'ai pas la force de la prendre tout de suite, d'autant qu'il ne serait peut-être pas opportun de réveiller les parents de Manon. Je décide à la place d'aller voir où elle se trouve quand je pense *in extremis* à m'habiller. Je ne sais pas qui est réveillé ou non et n'ai pas très envie de me retrouver en tenue légère devant Carène et Olivier. Je m'habille donc en vitesse avec ma tenue restée dans la salle de bains la veille.

Entre porter les vêtements de la veille et ne pas me laver, je suis décidément au top de l'hygiène.

J'entends du bruit dans la cuisine, suivi d'une odeur de sucre et de café. Il semblerait que ça ne sente que ça en permanence dans cette maison. Je grimace quand une des marches craque sous mes pieds. Je suis décidé à ne pas m'imposer s'il ne s'agit pas de Manon. Or je suis persuadé, vu l'odeur qui embaume, que c'est Carène ou Olivier qui n'a pas pu se retenir de confectionner de énièmes gourmandises. Je me félicite d'avoir eu la présence d'esprit de m'être vêtu lorsque je m'avance et ouvre la bouche pour dire bonjour. Mais je m'arrête dans mon élan : c'est Manon qui est occupée derrière le plan de travail de la cuisine. Elle est seule, toujours en pyjama, les cheveux attachés en un chignon lâche, et elle se balance en chantonnant une chanson que je ne reconnais pas. Je ne sais pas ce qu'elle est en train de confectionner, mais elle met du cœur à l'ouvrage, à mélanger sans répit les ingrédients dans un cul-de-poule serré contre sa poitrine. Elle est follement séduisante ainsi détendue, insouciante, un sourire suspendu aux lèvres. Mon corps a l'air d'apprécier, une partie en particulier est maintenant réveillée, sans l'ombre d'un doute.

Elle redresse soudain la tête comme si elle avait senti ma présence et une partie de sa gaieté quitte son visage, remplacée par un froncement de sourcils. Je m'attends à ce qu'elle me rejette et m'enjoigne de retourner là-haut, mais elle m'étonne :

– Je t'ai réveillé ? s'enquiert-elle d'une voix soucieuse.

Je la détrompe d'un simple signe de tête. Je n'ai pas envie de parler, je souhaite que ce moment suspendu continue, qu'il ne s'arrête jamais, il semble hors du temps. J'aurais préféré qu'elle ne me voie pas et que je puisse continuer à l'admirer toute la matinée.

Seulement la magie est rompue.

– Non ma chérie. Enfin, pas avec le bruit, ça doit être ton absence. Ce grand lit froid sans toi, quelle horreur.

Cette fois, cette taquinerie sert à cacher mon trouble.

Elle lève les yeux au ciel et lâche un « T'es con » qui me fait sourire. J'aime cette Manon qui plaisante et a de la repartie. C'est ce qui me plaisait le plus dans notre relation et je suis heureux d'en avoir à nouveau un aperçu. Pourvu que ça dure ! Je me rapproche d'elle et m'enquiers de ce qu'elle est en train de faire.

– Des sablés, répond-elle pendant qu'elle déplace la plaque qui se trouvait devant elle sur le plan de travail.

Elle a soudain l'air gênée et je n'en comprends pas la raison, d'autant que ça ne lui ressemble pas. Je fais le tour de l'îlot central, curieux, et ne rate pas son geste destiné à cacher ses réalisations. Il n'en fallait pas plus pour éveiller encore un peu ma curiosité et je profite de ma taille plus grande que la sienne pour jeter un coup d'œil par-dessus son épaule avant d'éclater de rire. Les biscuits ne ressemblent à rien ! Pour la forme en tout cas, car ils sont dorés à souhait et semblent délicieux, mais leurs contours ne m'évoquent pas grand-chose... Je ris tant que j'ai besoin de reprendre mon souffle et m'appuie contre le marbre de la cuisine, davantage encore quand Manon me tape dans le ventre et râle que je suis irrécupérable.

– Ne ris pas ! Je te signale que c'est fait exprès !

Sa remarque m'étonne tant que je cesse de rire presque aussi vite que j'ai commencé.

Hein ?

– Ta tête ! se moque-t-elle à son tour. J'aurais dû la filmer.

– Mais...

– Une autre tradition des Porek, de Manon Porek cette fois ! Lorsque j'étais petite, je voulais à tout prix faire les sablés avec ma mère, mais j'étais incapable d'en confectionner de beaux. Elle m'a toujours réconfortée, dit que c'était très bien comme ça, alors un jour j'ai décidé d'abandonner et de les préparer comme je le sentais. Quand je suis devenue assez grande pour les faire correctement, j'avais pris l'habitude de les faire moches et ma mère et moi avons trouvé drôle de continuer à les confectionner comme ça…

Je trouve cette anecdote très touchante et le lui dis. Lorsqu'un enfant s'échine à faire quelque chose pour avoir l'illusion d'être grand ou pour imiter ses parents, n'est-ce pas les moments les plus mignons au monde ?

– En tout cas, ça ressemble bien à la tête de mule que tu es, de vouloir y arriver coûte que coûte, la taquiné-je à nouveau.

– Toi, me menace-t-elle de son fouet sans se rendre compte que quelques gouttes de pâte volent au passage, je vais un jour te faire passer l'envie de te foutre de moi !

C'est normal que je la trouve encore plus sexy quand elle me menace ?

– Ah oui ? la provoqué-je avec l'air le plus coquin dont je suis capable.

– Je… Oui ! dit-elle alors qu'elle rougit, mais pas de cette manière… Pas comme tu le penses et… Rhoooo, mais tais-toi ! finit-elle alors que je laisse échapper un ricanement.

– Je n'ai rien dit, me défends-je, l'innocence incarnée, je t'ai juste demandé de préciser la punition que tu avais en tête.

– Oui, mais tu l'as sous-entendue avec ta…

Elle s'interrompt et cette fois je ne peux m'empêcher de rire.

– Ma ? demandé-je une fois calmé.

– Ta… Ta tête de con !

Je fais semblant d'être blessé, et elle me rejoint dans l'hilarité.

– Bon allez, laisse-moi de la place, lui dis-je, mon rire à peine calmé. Je vais en faire avec toi.

CHAPITRE 19

JULIEN

23 décembre

Elle ne se fait pas prier et me donne la pâte qu'elle vient de finir avec la consigne de l'aplatir sur la table après avoir fariné cette dernière, ce que je m'empresse de faire. Elle donne les ordres et je les exécute. On farine, on aplatit, on découpe, on met sur plaque, on enfourne, on refait une pâte, et ainsi de suite. L'odeur des biscuits se fait de plus en plus entêtante et on ne résiste pas longtemps à en engloutir plusieurs dès qu'ils ont assez refroidi, quand ce n'est pas de la pâte crue directement dans le bol. On en prépare assez pour nourrir la rue entière, mais qu'importe. Elle y met du cœur et j'ai bien l'impression que ça lui plaît de m'avoir sous ses ordres. Lorsque je le lui fais remarquer, j'obtiens un : « Au moins, pendant ce temps-là tu la fermes et ça, ça n'a pas de prix. » Un tyran, voilà ce qu'elle est ! Mais pour être honnête, c'est un super moment passé ensemble et je regrette déjà qu'il ne puisse pas durer toute la journée.

– N'empêche, lâché-je de but en blanc, je ne comprends pas comment tu pouvais les rater alors qu'il y a les emporte-pièces.

Elle me regarde de travers et je lui fais comprendre d'une œillade que c'est une vraie question, sans jugement. Elle me jauge, comme si elle en doutait, mais finit par laisser échapper un long soupir.

– J'ai questionné ma mère sur le sujet, figure-toi. Il semblerait que je ne les utilisais pas bien et n'appuyais pas assez fort. Ça m'énervait et je m'entêtais à faire le tour du métal avec un couteau à tartiner… Mais je ne respectais pas le contour, trop pressée pour être appliquée.

– Je vois, ris-je, d'où l'interdiction d'utiliser ces emporte-pièces aujourd'hui.

– Voilà, c'est l'idée, sourit-elle.

Nous continuons un moment dans une ambiance qui reste légère, mais dans le silence, chacun dans sa bulle. Nos rôles sont maintenant bien définis et le tout devient routinier, fluide. J'ai plusieurs fois envie de lui dire que je suis content d'avoir retrouvé la Manon que je connaissais et aimais, mais j'ai bien trop peur de casser la dynamique de ce moment, d'autant que nous n'avons toujours pas eu de conversation sérieuse. J'ai la tête tellement envahie par ce genre de pensées que je ne me concentre pas assez sur ce que je fais et l'inévitable bêtise arrive : la dernière pâte que nous nous apprêtons à découper colle au plan de travail. J'essaie de rattraper la chose discrètement, mais elle le remarque et s'emporte :

– Je t'ai dit de mettre de la farine ! râle-t-elle. Comme ça, tu vois ? ajoute-t-elle tout en m'en lançant au visage.

Je me fige, feins la colère et tourne la tête vers elle avec une lenteur délibérée.

– Est-ce que tu m'as jeté de la farine au visage, là ?

– Je… Tu n'avais qu'à faire attention !

Je me rends compte que j'ai si bien joué la comédie qu'elle me croit bel et bien en colère. Je lui fais un sourire joueur et il me semble déceler une lueur de soulagement dans ses yeux.

– Tu es au courant qu'il y a des conséquences lorsqu'on jette quelque chose à la tête de quelqu'un ? lancé-je avec un regard qui se veut sévère.

Elle ne répond pas tout de suite, je vois à son visage qu'elle cherche où je veux en venir et il y a un moment de flottement. J'en profite pour rapprocher ma main du paquet de farine, geste qui ne lui échappe pas, et elle s'éloigne sans attendre, affolée, avec des « non, non, non ! » lancés en rafale, dans l'espoir de me faire abandonner le projet. Je ne lui laisse pas le temps de s'éloigner davantage et lui jette la poignée que j'ai attrapée. Elle crie, se protège la tête d'un torchon et se met à courir. Cependant, j'en ai déjà saisi une deuxième et je l'atteins dans la nuque, pile entre le torchon et son haut de pyjama.

Elle cesse de fuir, se détourne et prend à son tour un peu de farine avec un sourire digne de Cruella. Nous passons les minutes qui suivent à courir comme des enfants autour de l'îlot central, à nous envoyer autant de farine que possible dans des rires qui doivent résonner dans toute la maison. Je finis par la rattraper et l'enlacer par la taille le temps de lui en mettre sous le tee-shirt en passant par le col.

– Voilà une punition à la hauteur de tes actes, fanfaronné-je.

Elle se tourne vers moi, alors que je la tiens toujours, et sa tête est à mourir de rire : choquée, raide comme un piquet et la bouche figée en un O parfait.

– Tu…

– Oui ? fais-je, l'air angélique.

– Tu as osé ! s'indigne-t-elle.

Je confirme d'un signe de tête, nonchalant, comme si je ne voyais pas le problème, et nous restons figés dans cette position pendant quelques secondes. Je meurs d'envie de l'embrasser, mais je sais qu'elle n'est pas prête.

À moins que ?

J'approche mon visage d'un centimètre, ce qui lui permet de se décider et de faire le reste du chemin. Elle se rapproche à son tour et nos bouches ne sont plus qu'à quelques millimètres à peine. Mon cœur bat la chamade, je ressens presque le baiser par anticipation, mes mains se posent sur sa taille et mon souffle se fait plus erratique.

– Mais que s'est-il donc passé ici ?

Nous sursautons tous les deux et nous nous séparons, comme deux gosses pris en faute. Carène se trouve à l'entrée, habillée d'une robe à fleurs, les cheveux encore un peu mouillés, et arbore un air mi-choqué, mi-amusé. Ce n'est pas qu'on soit si proches, Manon et moi, qui pose un problème, après tout, on est censés être en couple, non, c'est plutôt le décor. Toute la pièce ou presque est recouverte d'une fine couche blanche, comme si des travaux avaient eu lieu depuis des mois et qu'on avait abandonné l'idée de nettoyer au fur et à mesure.

– Euh… commence Manon. Eh bien, euh… C'est… Julien !

Ah ben sympa !

Je laisse échapper un bruit de gorge, nerveux.

– Non ! Enfin si, mais… Je suis tombé.

– Ah bon ? s'exclame Manon, qui se tourne si vite vers moi que son cou émet un petit craquement, oubliant sans doute qu'elle est censée avoir été témoin de la scène.

Je regarde Carène et le moins qu'on puisse dire, c'est qu'elle est loin d'avoir l'air convaincue. Sa bouche s'ouvre et se referme tandis que sa tête joue au ping-pong entre Manon et moi.

– Oui. Eh bien, euh, je suis tombé sur le plan de travail, juste sur le sac de farine et euh… Boum, fais-je avec un large geste des bras, la farine a explosé dans toute la pièce.

Il y a quelques secondes de silence avant que j'entende Manon pouffer derrière sa main – elle ne perd rien pour attendre, une nouvelle punition bien méritée l'attend – et que Carène me regarde, perplexe, les sourcils levés si haut qu'ils touchent presque la racine de ses cheveux.

– Boum ? répète-t-elle.

– Boum, confirmé-je.

– Tu te moques de moi ?

– Non ! Je n'oserais pas.

Je ressors mon air angélique, mais la mère y est moins sensible que la fille, de toute évidence :

– J'ai une fille de vingt-quatre ans, j'en ai donc déjà entendu des excuses qui ne tiennent pas debout, sourit-elle, mais celle-là bat toutes les autres.

Je respire, elle n'est pas fâchée, je me rends même compte qu'elle nous a laissé nous enfoncer dans nos explications vaseuses pour rire de nous.

– Je vous prierai, cher gendre, de me nettoyer ça, *et vite*, dit-elle d'une voix mielleuse, qui se veut autoritaire, mais qui cache malgré tout assez mal son amusement.

Si on avait un doute de qui tient Manon, on n'en a plus à présent. Toutes les deux prennent plaisir à me faire tourner en bourrique ! Et à voir la mine de ma traîtresse de comparse, ça l'amuse beaucoup que je prenne toute la responsabilité sur mes épaules. Carène sort de la pièce sans rien ajouter et au même instant, Manon éclate de rire.

CHAPITRE 20

MANON

23 décembre

Mais qu'est-ce que tu t'apprêtais à faire ?

Ces mots sont hurlés par ma conscience. Si on était dans une BD, il y aurait eu une grande case avec des lumières rouges et plein de panneaux « attention ». Il a failli m'avoir ! J'étais à ça – et quand je dis à ça, ce n'est pas grand-chose, j'en étais très proche – de l'embrasser. Je bénis ma mère de nous avoir interrompus, elle m'a évité de faire une *énorme* connerie, de celles dont on se mord les doigts longtemps.

Ce n'est pas ma faute aussi, ce sont les hormones, ces saletés ! J'ai peu dormi à cause de lui. Enfin de lui… Allez savoir pour quelle raison mystique, il s'est avéré que nous avons un point commun : nous sommes attirés tous les deux par le centre du lit. Comme par hasard ! Alors que ça n'arrivait jamais quand nous étions ensemble. *Le hasard*, ricane ma conscience, il a bon dos ! Il y a surtout quelqu'un, là-haut, qui se joue de nous, croire le contraire n'est plus possible.

On dira ce qu'on voudra, mais rester insensible à Julien après avoir passé une nuit bien trop courte, dans le même lit que lui, alors qu'il est à moitié nu et que nos corps se sont retrouvés collés l'un à l'autre plus souvent que je ne l'aurais voulu, eh bien c'est aussi facile que de résister à une tablette de chocolat après des mois de régime (et je parle de vrai chocolat ! Avec du cacao, du lait, du sucre et tout le toutim).

– Dis donc, m'apostrophe-t-il, les mains sur les hanches, sans se douter des pensées qui me traversent, tu ne crois quand même pas que je vais nettoyer tout ça seul !

Je pouffe devant son air scandalisé.

– Tu le ferais si tu étais un gentleman.

– Je ne le suis pas, tu le sais, allez hop, au travail… Déjà que j'ai endossé la responsabilité devant ta mère ! râle-t-il.

J'attrape le balai qu'il me tend et me mets à balayer sans pouvoir réprimer le sourire bien trop large à mon goût qui affleure à mes lèvres. Cette matinée est trop joyeuse en sa présence. C'est un sentiment étrange, que je n'ai pas connu depuis longtemps. Nous nous sommes retrouvés comme à l'époque et j'ai senti cette connivence, ce lien, qui faisait de nous ce couple si complice. Et là, ça me frappe :

il va falloir que je me méfie davantage. C'est bien beau de se laisser aller à un moment de faiblesse, mais il n'est pas question que je lui tombe dans le bec comme ça, oh non, il a trop de trahisons à son actif. Je me renfrogne et ne dis plus un mot. Il doit s'en rendre compte parce qu'il a cessé d'essayer de me faire sourire après un moment.

Eh oui mon chou, fini la récré !

Je me rassérène à l'idée que l'épreuve est presque derrière moi. Aujourd'hui je pars toute la journée avec mes parents pour le grand nettoyage de l'entreprise avant Noël, ce qui veut dire que je ne le verrai plus aujourd'hui. *Plus de Julien, fini le Julien, bye-bye le Julien.* Voilà qui me redonne le sourire, je ne craquerai pas. *Parce que je ne peux pas craquer s'il n'est pas là, n'est-ce pas ? CQFD*, pensé-je, ragaillardie. Cette idée me booste et je mets plus d'ardeur encore à l'ouvrage, et nous finissons assez vite de remettre la cuisine en ordre.

Nous terminons de donner le dernier coup d'éponge lorsque ma mère revient. Elle inspecte le tout et je vois à son visage qu'elle est satisfaite, elle en profite pour prendre un sablé et le goûter avant de m'adresser un clin d'œil.

– On va enfin pouvoir faire un petit déjeuner dans de bonnes conditions ! dit-elle.

– Oui, mangeons ! On va à la biscuiterie juste après ? m'enquiers-je.

– Ah, Ju ne t'a rien dit ? s'étonne-t-elle.

Je me tourne vers lui et il semble soudain trouver le plafond d'un grand intérêt. Nous ne nous sommes pourtant pas téléportés à la chapelle Sixtine. Le silence plane et je sens que ce qui va suivre ne va pas me plaire. Elle a l'air ravie, il a l'air coupable. Rien de bon ne peut sortir de ce constat.

– Et il était censé me dire que…

– Bon, je vais aller me doucher et me changer chez moi, dit Julien, tout d'un coup pressé de nous quitter, alors que maman nous regarde à tour de rôle.

– Toi, tu restes là ! ordonné-je sans me donner la peine de me tourner vers lui. Maman ?

Elle a l'air désarçonnée par mon comportement et je note mentalement qu'il va falloir que je reste calme, du moins en apparence. Je jette un regard à Julien et il feint l'innocence comme personne. Pour un peu, quelqu'un qui ne le connaît pas tel que je le connais lui donnerait le bon Dieu sans confession… parce que ça ne prend pas du tout avec moi !

– Eh bien, ton père et moi avons décidé qu'on pouvait se passer de toi aujourd'hui, comme ça vous deux, vous pouvez passer la journée ensemble !

– Oh !

Elle me présente l'idée comme une présentatrice de télévision qui annonce une bonne nouvelle ! Comme si j'avais gagné le gros lot. Je sens mon corps se tendre et mes ongles se planter dans mes paumes à m'en faire mal. Je me retiens d'exploser au prix d'un effort considérable.

Fais semblant, fais semblant, fais semblant…

Je vais le tuer.

Et mes parents, qu'est-ce qui leur prend ? Je leur ai dit que j'étais en couple, mais je ne me souviens pas avoir demandé les services d'une agence matrimoniale ! Je ravale ma salive et plaque un sourire aussi rayonnant que faux sur mon visage :

– Mais quelle excellente idée ! Ça va être génial !

C'est un miracle d'avoir réussi à parler tant mes mâchoires sont serrées. En réalité, j'ai envie de crier à ma mère d'arrêter de se mêler de mon couple – de mon faux couple, vous avez compris – et de castrer le gars-qui-me-sert-de-petit-ami. Je le foudroie du regard, il est évident qu'il était au courant depuis le début, pourtant il s'est bien gardé de me dire quoi que ce soit !

– Bon, eh bien, je vais aller me changer chez moi, il est temps, je crois.

Il se rapproche de moi, en parfait amoureux transi, et ajoute :

– J'ai hâte ma chérie, à tout de suite !

Et il m'embrasse avant de sortir tel un homme poursuivi par le diable. *C'est ça, fuis !* Je reste figée quelques secondes alors que ma mère est déjà occupée à préparer le déjeuner. Je peste de ne pas avoir eu à l'esprit de le lui faire payer ça tout de suite, mais me dis qu'il ne perd rien pour attendre. Il m'a voulue toute la journée ? Il va voir ce qu'il va voir ! Je n'ai plus faim tout d'un coup et cherche un moyen de le faire comprendre à ma mère pour qui le petit déjeuner est sacré. Mon portable émet un signal à ce moment précis, je l'attrape comme on se jette sur une bouée de sauvetage et constate que c'est un nouveau message d'Antonina :

Pas de nouvelles, bonnes nouvelles ?
Dis-moi que vous êtes en train
de froisser des draps !

Flûte ! J'ai complètement oublié de lui répondre ce matin.

Si elle savait !

Dispo pour un appel ?

Évidemment !

Je souris. Si je peux compter sur quelqu'un à n'importe quel moment et à n'importe quelle heure, c'est bien elle. Bon, je suspecte que cette fois, c'est juste parce qu'elle flaire la bonne histoire, mais je ne vais pas faire la fine bouche ! Je préviens ma mère que je monte, que j'ai un « coup de fil très important à passer », et vais dans ma chambre sans traîner. Je m'assieds sur le lit dès que je suis dans la pièce et lance l'appel, le besoin de me confier se faisant de plus en plus grand.

CHAPITRE 21

MANON

23 décembre

Je me relève pour fermer la porte que j'avais laissée ouverte à l'instant où elle décroche. Ça n'a pas traîné, comme si elle attendait juste à côté du téléphone :

– Yo ! Alors ? On laisse sa meilleure amie sans nouvelles plus de vingt-quatre heures ?

Je ris tandis que je m'installe plus à mon aise sur le lit, contre mes oreillers. Elle n'a jamais été du genre à perdre du temps en banalités, elle va droit au but.

– C'est que j'ai une situation ubuesque à gérer ici. Ce n'est pas de tout repos.

Je traîne pour la taquiner, je sais qu'elle n'attend de moi qu'une chose : que je déballe tout sans tarder. Mais ça ne serait pas drôle, il faut qu'elle marine un peu !

– Justement ! Je ne peux pas rester sans savoir ce qui se passe. Quelles sont les dernières nouvelles ? Et ne me fais pas attendre sans raison, hein !

Son ton est sans appel alors je lui raconte tout : la soirée cinéma d'hier, la nuit, ce qui s'est passé ce matin, et surtout ce qui m'attend. Je me demande si elle arrive à suivre, j'ai l'impression d'être brouillonne et ne suis pas sûre que tout ce que je déballe ait un sens. Je suis un peu euphorique, puis énervée deux secondes plus tard, tout au long de mon récit.

– Hum…

– « Hum » ? Je te raconte tout dans le détail pendant dix minutes, et tout ce que tu as à dire, c'est « hum » ?

– Manon, j'espère que ça ne t'énervera pas, mais je suis ton amie, et je dois te dire la vérité… Elle hésite une seconde et poursuit : Tu es encore amoureuse de lui, ça se sent. Et tu ne peux pas continuer comme ça.

– Mais…

Ce qu'elle me dit là me rend bien trop nerveuse, alors je me lève pour faire les cent pas autour de mon lit. La conversation prend une tournure à laquelle je ne m'attendais pas. Je croyais qu'on en rirait un coup, mais pas plus.

– Tu le sais aussi bien que moi, me coupe-t-elle. Tu veux mon avis ? Le voilà : soit tu acceptes tes sentiments, tu le laisses te parler et tu avises selon ce qu'il te dit, soit tu ne les acceptes pas, mais alors tu l'oublies pour de bon et tu dis la vérité à tes parents. Ce que tu es en train de faire n'est bon pour personne : tu te mens, tu fais souffrir Julien et tu te joues de tes darons.

Je prends le temps de digérer ce qu'elle me dit. J'aimerais pouvoir la détromper, mais la vérité est que ce n'est pas pour rien que je me suis laissée aller au flirt ce matin, ou que j'ai failli l'embrasser. Elle a raison, le problème, c'est que je ne suis pas prête, ni à faire face à ses sentiments, ni à lui faire confiance.

– Il a toujours été honnête Manon, me dit-elle quand je le lui explique. Dès la première fois qu'il a fauté. Ce qu'il a fait n'était pas bien, loin de là, mais il a tout de suite assumé. Pourquoi ne le ferait-il pas maintenant ? Il n'a pas l'air d'avoir changé.

J'acquiesce, même si elle ne peut le voir. Je lui promets d'essayer de surmonter mes peurs, mais la préviens qu'elle risque d'être déçue, je sais que je n'y arriverai pas tout de suite, j'ai besoin de temps.

– Me décevoir ? s'exclame-t-elle. Parce que tu as peur ? Où vas-tu chercher ces conneries ? On a tous peur de nos sentiments ! Et même si ce n'était pas le cas, c'est ta vie, pas la mienne, je ne te jugerai jamais.

Ma gorge se serre, elle ne se doute pas du point auquel ça m'a fait du bien de me confier à elle. Je me suis sentie si seule avec mes secrets ces derniers jours. Inventer tout ça face à ma famille, et considérer la seule personne dans la confidence comme un ennemi, c'était tout sauf facile. Je me rends soudain compte de la pression qui pèse sur mes épaules depuis mon dérapage le soir de mon arrivée. Je la remercie pour cette conversation et lui promets de la tenir plus souvent au courant avant que nous ne raccrochions.

Je jette mon portable sur le lit et le fixe un moment pour faire le point, mais tant de pensées se bousculent dans ma tête que j'abandonne bien vite. Je me déshabille et file à la douche dans l'espoir qu'elle m'apporte un peu de bien-être car la journée s'annonce rude, j'en ai bien peur. Dois-je laisser Julien me parler tout de suite ? Ou d'abord faire le tri dans ma tête ? Je n'ai pas les réponses, et quelles qu'elles soient, je crains de ne pas avoir le courage de régler ça aujourd'hui.

CHAPITRE 22

JULIEN

Un an et sept mois plus tôt

Je me déteste et me dégoûte. J'ai commis la pire chose que quelqu'un puisse faire à la personne qu'il aime et je n'assume pas du tout. J'ai peur. Peur parce que je pourrais perdre ce à quoi je tiens le plus. Parce que je pourrais la perdre, elle.

Comment va-t-elle réagir ?

Mal, comment pourrait-il en être autrement ?

Je ressasse toutes les façons possibles de le lui dire, de le lui avouer, mais la vérité est que la manière importe peu, je vais lâcher une bombe qui lui fera du mal et je ne peux rien y faire. J'aurais dû y penser avant de passer à l'acte. *Quel con !* Je regarde ma montre, il ne reste plus que cinq minutes avant qu'elle n'arrive et je deviens de plus en plus nerveux. J'ai envie d'être lâche, de ne rien dire, de m'enfuir, mais je ne peux pas, il faut que je fasse face à ma connerie, que je lui laisse le pouvoir de me pardonner ou non, de me quitter ou non.

Je n'ai pas d'excuses. Enfin, aucune qui ne soit valable. Pour un peu, on pourrait en rire. Combien de connards ont commis pareille erreur avant moi ? Combien ont dit que c'était à cause de l'alcool, parce que c'est arrivé avec une fille qui leur tournait autour depuis un moment, parce qu'ils craignaient leurs sentiments, que ça allait trop vite, qu'ils se sentaient encore trop jeunes ou trop seuls ce soir-là ? Combien n'ont pas déjà lâché ces putains de mots : « Une chose en entraînant une autre… » ?

Beaucoup, à mon avis, beaucoup trop. Et ça me tue d'en faire partie. Je me sens si sale, si mauvais. Je suis un enfoiré, et je pourrais me convertir en fervent catholique si jamais elle me pardonnait.

Je resserre les pans de ma veste et ajuste mon écharpe. Il fait particulièrement froid ce matin, comme si la météo se mettait au diapason de mon état d'esprit, comme si elle était énonciatrice de ce qui va se passer dans ma vie dans les jours qui viennent. *Un désert de glace.*

Je consulte ma montre pile lorsque le train entre en gare et ma gorge se serre. J'ai du mal à déglutir. Manon descend du wagon, elle est l'une des premières à en sortir et est plus belle que jamais, resplendissante, habillée d'un pantalon cargo kaki qui lui donne un style à la Lara Croft que j'ai toujours aimé ainsi que de la veste en polaire que je lui ai offerte avant son départ et qu'elle a, j'en suis sûr, enfilée en vitesse juste avant d'arriver. Je n'ai pas besoin de lui demander si son stage dans une maison d'édition s'est bien passé, son visage parle pour elle. Son sourire s'élargit encore un peu plus lorsqu'elle me repère et ça me déchire, je me sens encore plus mal, car je sais que ce que je vais lui dire va le faire disparaître. C'est inéluctable, mon cœur rate un battement et une boule se forme dans mon estomac.

– Salut toi ! me lance-t-elle dès qu'elle est en face de moi.

– Salut, réponds-je, sans joie.

Elle m'entoure le cou de ses bras et m'embrasse. Je ne lui rends pas son baiser, au contraire, je me tends. Impossible pour moi de faire comme si tout allait bien. Impossible de jouer la comédie, de faire comme si, ne serait-ce que quelques minutes.

Elle sent que quelque chose ne va pas et se raidit à son tour, son sourire a déjà fané et son front s'est plissé. Elle m'interroge du regard, interloquée, et ça y est, c'est le moment précis où je vais tout détruire.

– Ça ne va pas ? me demande-t-elle, inquiète.

– Il faut qu'on parle, dis-je sans pouvoir la regarder dans les yeux.

Son sourire n'est plus qu'un souvenir à présent, et je n'espère qu'une chose : qu'il puisse réapparaître à mon intention un jour ou l'autre.

Une semaine plus tard

Je suis sur le point de le rejoindre et je ne suis pas sûre d'être assez forte pour lui faire face à nouveau. Je l'aimais à en crever. Je l'aime encore aussi fort qu'au premier jour. Et pourtant, à cinq minutes de le revoir depuis sa révélation, je me sens tendue. Surtout, je sonde mon esprit pendant que je sors de chez moi car j'ai décidé de passer l'éponge, de nous donner une seconde chance et d'essayer d'oublier tout ça… Mais en ai-je vraiment envie ? En ai-je la force ? Est-ce la bonne décision ? Je repense à toutes ces femmes qui se sont trouvées dans la même position que moi. Je me suis demandé ce qui les décidait à continuer ou non, et j'en suis venue à une conclusion : la seule chose qui compte est de savoir si on est prêt à vivre sans lui à cause d'une faute ou si on l'aime assez pour continuer. Du moins, essayer de continuer. On peut retourner le problème dans tous les sens, et bon sang, je l'ai fait, on en revient à chaque fois à ça. Je ne sais pas si c'est réalisable ou si je suis naïve, mais je ne suis pas prête à le laisser partir, même après sa faute.

Cette dernière semaine a été rude. J'ai pensé sans arrêt à tout ce qu'il m'a dit : les baisers, les caresses, les vêtements qui ont volé, à quel point il était près de faire le dernier pas, celui que je n'aurais sans doute pas réussi à pardonner. J'ai voulu tout savoir, savoir jusqu'où il est allé, connaître les détails. D'après ce qu'il m'a dit, il a repris ses esprits quand il s'est retrouvé torse nu et a tout arrêté à ce moment-là. C'était déjà un peu tard et j'ai eu du mal à chasser de mon esprit ce qu'il a déjà dû se passer avant qu'il en arrive là. Est-ce que ça m'aide de savoir qu'ils ne sont pas allés au bout ? Pas vraiment. Un peu, sans doute… Je ne sais pas. Ce qui est sûr, c'est que ce n'en est pas moins douloureux…

Ce qui a aidé, c'est qu'il a été honnête, il m'a tout dit sans détour. Pas le jour exact où il a fauté, ni le lendemain, il considérait que ce genre de chose ne s'annonce pas au téléphone, et pour le coup, je suis d'accord avec lui. Mais il a avoué. Il avait l'air sincèrement désolé. Je ne vais pas le plaindre, loin de là, mais je me suis rendu compte que c'était une condition *sine qua non* : je n'aurais pas supporté quelque chose comme : « Allez bébé, ce n'est pas grave, ce n'est pas grand-chose. » Si sa contrition n'est pas une assurance qu'il ne recommencera pas, elle est tout du moins la moindre des choses pour repartir sur une base à peu près stable.

J'arrive devant chez lui, contemple la lourde porte de bois, comme si elle pouvait me donner du courage, et sonne après avoir laissé échapper un long soupir. Je ne m'étais pas rendu compte que je retenais mon souffle tout au long du trajet entre nos deux maisons. Il ouvre immédiatement, comme s'il m'attendait derrière la porte depuis tout ce temps.

– Salut chér… Manon, se reprend-il. Entre, je t'en prie.

Nous sommes gênés et aucun de nous ne sait comment se comporter. Un fossé s'est creusé et ce constat me fait mal au cœur, notre complicité était si parfaite, nous étions dans une telle symbiose. Pourquoi a-t-il fallu qu'il gâche tout ? Je souhaiterais qu'il ne se soit rien passé, que tout ça ne soit qu'un cauchemar. J'ai beau avoir pris ma décision, je ne sais pas si on pourra combler un jour la distance qui s'est installée entre nous.

– Tu… Tu veux boire quelque chose ? me propose-t-il, timide, pendant que nous gagnons le salon.

Je fais non de la tête et m'assieds sur le canapé sur lequel nous avons partagé tant de merveilleux souvenirs, la tête basse, envahie par une tempête de sentiments. La tristesse se dispute avec l'espoir. Moi qui n'ai jamais été croyante, je me mets à prier que nous puissions sortir de cette situation.

– Tu es seul ?

– Oui, répond-il lorsqu'il s'assied à côté de moi, à distance raisonnable.

Bien sûr, comment aurait-il pu en être autrement pour notre conversation ?

J'expire à nouveau un long moment, relève la tête et me lance :

– Ces derniers jours ont été horribles, Ju, tu m'as fait souffrir et je ne comprends toujours pas ce qui t'a pris…

– Je suis désolé, m'interrompt-il tout de suite.

– Laisse-moi finir s'il te plaît.

Il acquiesce.

– Toute la question depuis mon retour a été de savoir si je t'aimais encore, si j'avais la force de te pardonner, de savoir si j'avais envie de tenter de sauver notre couple…

Je m'arrête un instant, c'est l'ultime occasion de reculer, de changer d'avis, de repartir et de ne jamais revenir. Mais non, rien à faire, j'ai envie de rester, d'essayer, de l'aimer, de le croire. Je sens au fond de mes tripes que c'est ce que je souhaite, quitte à le regretter et à souffrir davantage plus tard.

– Et je te pardonne…

Il a l'air de renaître. Julien se redresse, son visage s'illumine et semble perdre les dix ans qu'il avait pris en un claquement de doigts. Mais je lui adresse un signe pour lui faire comprendre que je n'ai pas fini :

– J'ai trois conditions, lancé-je dans un souffle.

– Je t'écoute.

– Je veux qu'on reste séparés encore quelques jours. Pas pour moi, mais pour toi. Je veux que tu sois sûr de tes sentiments envers moi, je veux que tu sois certain de m'aimer, je veux avoir l'assurance que ça n'arrivera plus. Fournir des efforts pour sauver notre couple, si ça en vaut la peine, d'accord, mais je ne veux pas qu'ils soient vains.

– Entendu, acquiesce-t-il.

– Je veux aussi, et je pense que ça coule de source, que tu ne revoies jamais cette fille. Je sais qu'elle fait partie de ton groupe d'amis, mais je m'en moque. Si tu ne peux plus sortir avec tes amis parce qu'elle est là, tant pis, ce n'est pas mon problème, mais je ne veux plus que tu l'approches, ni de près ni de loin.

Il consent à nouveau.

– Enfin, et c'est plus un avertissement qu'une condition : plus jamais. Je ne plaisante pas Julien, tu ne me trompes *plus jamais*. Si j'apprends que ça s'est reproduit, je te quitte sans sommation, sans discussion, sans hésitation. C'est clair ?

– Très clair, me dit-il en prenant mes mains dans les siennes. Manon, tu ne peux pas savoir comme je suis heureux et soulagé que tu aies la force de me pardonner. Je ferai tout pour que ça marche ! Je t'aime tant, plus jamais je ne te donnerais l'occasion d'en douter. Je te demande pardon encore une fois.

Je retire mes mains des siennes, me lève et prends sur moi pour partir sans ajouter un mot malgré son ton et son attitude qui transpirent la sincérité et la culpabilité. Je l'aime aussi et la tentation est grande d'essayer de le soulager de sa peine, mais ça fait partie de sa punition, c'est à lui de vivre avec. Je refuse que les rôles soient inversés, ce n'est pas à moi de le consoler. Cette conversation est un premier et grand pas vers lui, à lui de faire les suivants.

Je le laisse et alors que je quitte sa maison, une seule question demeure : ai-je pris la bonne décision ?

CHAPITRE 23

JULIEN

23 décembre

D'accord, j'avoue, j'aurais dû en parler à Manon dès que ses parents ont évoqué cette journée en tête à tête hier soir. Alors qu'elle était sous la douche, je suis descendu parce que j'avais oublié mon portable sur la table du salon et Olivier en a profité pour me soumettre l'idée de passer la journée avec elle. Bien que je ne sois pas contre, j'ai tout de suite pensé que je ferais mieux de lui demander son avis avant, mais impossible de le leur faire entendre. Peine perdue, Carène s'est emballée et a affirmé qu'il n'y avait pas mieux que de passer du temps en amoureux. Et puis que vouliez-vous que je réponde à la question : « Où est le problème de passer du temps avec ta petite amie ? » ? Rien, j'étais coincé et je n'ai plus eu qu'à reconnaître que c'était une super idée. Ensuite, eh bien, le pyjama pingouin, la douche où j'ai dû rester sage malgré un afflux sanguin mal placé, la discussion pour m'éviter de dormir par terre… Et cette histoire de passer le lendemain à deux m'est sortie de la tête. Ça aurait pu arriver à n'importe qui, non ?

Je termine de me sécher les cheveux et enfile une tenue propre. La nuit trop courte commence à se faire sentir, mais je ne regrette pas, rien que pour le moment passé ensemble ce matin. Et avec le programme que j'ai en tête, je ne céderai pas à l'appel de mon lit, je suis trop impatient ! Je jette un coup d'œil dans le miroir et attrape mon écharpe avant de descendre petit-déjeuner dans la cuisine en compagnie de mes parents. J'en profite pour leur demander si tout va bien et m'inquiète de savoir s'ils n'ont pas besoin de moi. Je me sens un peu coupable, je viens pour les voir et passer Noël avec eux et voilà que je suis davantage dehors – ou chez les Porek – qu'à la maison ! Heureusement qu'ils ne sont pas spécialement fans des fêtes de fin d'année, sinon j'aurais reçu le titre de pire fils de l'année sans même passer par les qualifications. Ou perdu mon héritage. Au choix. Peut-être les deux.

– À ton âge, c'est bien normal que tu aies envie de t'amuser, me rassure ma mère lorsque je partage mes états d'âme.

– Et puis, vous êtes si mignons, Manon et toi, complète mon père.

Je souris tandis qu'ils échangent un regard de connivence. J'ai envie de leur faire remarquer qu'ils parlaient déjà comme ça lorsque j'avais quinze ans et que je ne suis plus un môme, mais s'il y a bien une chose que j'ai comprise au fil du temps, c'est que les parents n'ont pas conscience que leurs enfants grandissent. Je bois le fond de mon café, avale mon dernier morceau de croissant, attrape un Pim's pour la route et vais rejoindre Manon, non sans les avoir embrassés avant de sortir en trombe.

Le point positif d'habiter aussi près : pas de trajet à prévoir. Le point négatif : ça laisse trop peu de temps pour prendre son courage à deux mains quand on en a besoin. Et autant je suis toujours heureux de la voir, autant je ne sais jamais comment je vais être accueilli. Va-t-elle finalement être contente de passer du temps avec moi ? Je peux toujours espérer qu'elle fasse contre mauvaise fortune bon cœur. D'accord, il y a plus de chances qu'elle ait un plan pour me faire disparaître quelque part entre sa maison et la forêt plutôt qu'elle se réjouisse de cette journée *en amoureux*… Et je suis sûr qu'elle aurait beaucoup d'imagination pour ça.

Tout à mes pensées, je parcours les quelques mètres sans m'en rendre compte, et me retrouve devant le lourd battant en bois. Je sonne sans attendre et il ne faut pas une minute pour que la porte s'ouvre. Je me mets à rire dès que je la vois : grosses bottes fourrées, pantalon de ski, doudoune double épaisseur, écharpe qui fait trois fois le tour de son cou et bonnet en laine bien épais… Elle n'a rien omis. Seuls son petit nez et quelques bouclettes de ses cheveux bruns dépassent et c'est adorable. Je la complimenterais volontiers, mais je ne m'y risquerais pas sans connaître l'état d'esprit dans lequel elle se trouve.

– Bon, on fait quoi ? me questionne-t-elle, comme une condamnée à mort.

Tu vas t'amuser ! ricane ma conscience.

Si même elle s'y met, ce n'est pas gagné !

– Tu verras ! dis-je avec entrain.

Entrain qui retombe, ça va sans dire, comme un soufflé à peine sorti du four. En fait, ma phrase me fait le même effet que quelqu'un qui essaie d'être optimiste à un enterrement : ça tombe à plat, au mieux.

Tu vois, à mourir de rire ! rigole ma conscience.

Nous nous mettons en marche une fois la porte de la maison verrouillée et j'esquive ses nombreuses tentatives pour savoir où nous allons. Pas question de le lui dire. Ce n'est pas parce que je n'ai pas prémédité cette sortie que je n'ai pas eu quelques idées pour faire de cette journée un bon moment. Enfin, bon, de quoi réveiller ses sentiments, tout du moins. De quoi *essayer* de réveiller ses sentiments serait une formulation plus juste. Comme je ne vends pas la mèche, nous nous contentons de marcher sans échanger un mot. Un silence que je ne qualifierais pas de confortable, vu que je n'ai aucune idée de ce qui se passe dans son esprit.

Pour la journée amusante, pleine de bonne humeur et qui nous rapproche, c'est mal parti.

MANON

Le salaud ! Il m'a amenée à la patinoire. Je sais que pour beaucoup, ce ne serait pas une raison de lui en vouloir, et qu'un lieu tel que celui-ci est assez banal, d'autant plus dans une ville comme la nôtre. Mais il ne l'est pas pour nous, bien au contraire. C'était notre QG, notre lieu de ralliement, là où on se retrouvait à la moindre occasion. C'est ici que se sont passés les meilleurs moments de ma jeunesse, mais aussi ceux que j'ai vécus avec lui. Je le regarde et je vois à ses lèvres qui s'étirent vers le haut qu'il sait très bien qu'il a visé juste, impossible de venir ici sans que des souvenirs inoubliables me – nous – reviennent en tête.

C'est ici que je fêtais mon anniversaire chaque année jusqu'à mes quinze ans, que je retrouvais mes amis de CM1 le samedi après-midi, que Julien et moi sommes venus après nous être embrassés pour la première fois, ou encore que je me suis cassé la jambe un jour de novembre, ce qui l'a conduit à s'occuper de moi pendant des semaines.

Un lieu chargé d'histoires, donc. Qui symbolise mon adolescence, et notre histoire d'amour.

Si j'ai réussi à conserver ma *poker face* jusqu'à maintenant et à ne pas prononcer une parole de plus que nécessaire, j'ai à présent beaucoup plus de mal. Je suis en colère et je dois le reconnaître. Je suis très émue, aussi. J'ai envie de lui crier d'arrêter de jouer aussi finement sa partie. J'ai envie de laisser tomber, de ne pas lui demander d'explications et de l'embrasser tout de suite. Non, j'ai envie qu'il s'explique ici et maintenant. Non, pas tout de suite… Rhaaaaa, je ne sais plus ce que je veux !

Dans ma tête, je ressemble à une petite fille indécise qui tape du pied par terre et devient folle de frustration. Dans la réalité, je laisse échapper ce qui ressemble à un grognement, bombe la poitrine et me dirige fièrement vers l'entrée de la patinoire comme si de rien n'était.

Tu tapes juste, mon gars, mais je ne me laisserai pas faire, la victoire sera bien plus dure à remporter que ça !

Je pensais bien m'en sortir, mais il a fallu que ma chaussure bute sur un morceau de glace et voilà que je me retrouve la tête la première dans la neige et, l'un ne va pas sans l'autre, les fesses en l'air. J'ai une seconde de naïveté intense où je pense que la chute a échappé à Julien avant d'entendre un ricanement qui ne peut venir que de lui. Ma fierté n'en prend pas un coup, non, elle s'en va au galop, et j'ai bien l'impression que je ne suis pas près de la retrouver. Je me retourne pour le fusiller du regard, mais ça n'a pas l'effet escompté puisqu'il éclate de rire, franchement cette fois, juste au moment où un petit tas de neige tombe de mon front.

Je déteste la patinoire, je déteste la neige, je déteste Julien, je déteste Gabriel le faux-petit-ami-malade – qui me dit qu'il est malade d'ailleurs ? Hein ? Il voulait peut-être juste des congés ! –, je déteste tout le monde !

Julien finit par venir m'aider et me tend sa main, que j'accepte. J'hésite à le tirer dans la neige avec moi pour lui faire passer l'envie de rire mais je suis soulagée d'avoir quelqu'un pour me relever et sur qui m'appuyer. Il s'enquiert de ma condition, notamment de ma cheville – qui a l'air, par je ne sais quel miracle, en parfait état – et m'invite enfin à patiner, non sans me taquiner au passage : « Si tu ne tiens déjà pas sur la neige, ce n'est pas gagné. »

Gnagnagna.

CHAPITRE 24

JULIEN

23 décembre

– Allons manger quelque chose pour nous réchauffer, proposé-je.

– Tu dois en avoir besoin, Monsieur le spécialiste du patinage ! me charrie-t-elle avec toute l'ironie dont elle est capable.

Je m'esclaffe. Il aura fallu que je me prenne une belle gamelle pour qu'elle rie. On ne pourra pas dire que je fais les choses à moitié, même si, pour être honnête, je ne l'ai pas du tout fait exprès. Je la suspecte d'avoir comploté pour que ça arrive.

– Vraiment, pour quelqu'un qui se moquait que je ne tienne pas debout sur la neige, tu peux parler ! ajoute-t-elle avec délectation.

– C'est ta faute ! J'ai eu peur ! me défends-je.

– Oooooh, regardez ce preux chevalier blanc !

Mes lèvres ne se courbent pas en un sourire, pas du tout, c'est une illusion d'optique.

– En tout cas, la mamie n'est pas près de s'en remettre !

J'éclate de rire cette fois. La situation est ridicule et j'en fais les frais. D'autant plus que nous avions retrouvé la complicité que nous avions ce matin dans la cuisine. Manon a fait remarquer, alors que nous patinions à vive allure, que l'un de ses patins était mal fermé, ce qui m'a fait me retourner tout de suite, inquiet tant ça peut être dangereux. Elle était sur le point de se mettre sur le côté pour remédier au problème, je n'aurais pas dû paniquer, elle est aussi habituée que moi à la pratique du patin à glace, mais il a fallu que je m'affole. Résultat : je me suis arrêté net sans m'inquiéter des autres. Une mamie qui patinait derrière moi m'a percuté de plein fouet et je me suis retrouvé sur les fesses avant d'être sur le dos, avec ma nouvelle amie sur moi. Le temps qu'on arrive à déloger Murielle – on a eu l'occasion de faire connaissance, vu les circonstances – qui n'arrivait plus à se relever, et j'avais le dos non seulement en compote, mais aussi gelé. C'est que ça pèse, une vieille dame qui se laisse aller sur vous !

– Je crois que le plus drôle aura été lorsqu'elle a voulu t'embrasser *chaleureusement*, continue de se moquer Manon, qui insiste sur ce dernier mot.

Je la pousse d'un coup d'épaule. Elle en rajoute, même s'il est vrai que Murielle s'est montrée un peu trop enthousiaste, sans doute parce que ça faisait bien longtemps qu'elle ne s'était pas retrouvée si proche d'un « beau jeune homme ». C'est à cause de moi qu'elle est tombée, pourtant elle ne m'en tenait pas du tout rigueur. Nous arrivons devant la vieille roulotte du vendeur de gourmandises qui jouxte la patinoire et que nous avons toujours connue là. Elle est bleu clair, mais nous avons rarement l'occasion de voir sa couleur d'origine puisqu'elle est souvent ensevelie de neige.

– Salut Nico, lancé-je quand c'est notre tour.

– Julien ! Manon ! Je suis content de vous revoir. Vous ne nous avez donc pas oubliés ?

Je ne peux retenir un sourire devant son enthousiasme. Ça fait chaud au cœur de voir qu'on a manqué à certaines personnes.

– Comment pourrait-on ? réponds-je alors que Manon lui confirme que c'est impossible.

– Alors, que puis-je vous servir ?

– Une gaufre chocolat-chantilly pour moi, ainsi qu'une crêpe mikado pour Manon, s'il te plaît.

Il se détourne déjà pour préparer la commande alors que je regarde Manon :

– C'est bien ça ?

– Oui, répond-elle sans plus de précision, l'air de retenir un sourire.

Non, je n'ai rien oublié te concernant, Manon.

Alors que nous attendons tranquillement notre commande, j'ai subitement très envie de l'embrasser, mais elle continue à me charrier et je me retrouve plutôt à me défendre : je ne suis pas aussi maladroit que ce qu'elle ne cesse de dire ! Nous récupérons nos commandes dans un concert d'arguments et allons nous installer sur l'une des tables libres. On a de la chance, elles sont rares, mais Noël approche et je suppose que beaucoup ont autre chose à faire – surtout parmi les habitants, la patinoire nous est accessible une grande partie de l'année –, ce sera plus chargé à l'heure du goûter, maintenant que les vacances scolaires ont commencé. Bienvenue à Froidieu. Quant aux touristes, pas sûr qu'ils supportent de manger dans le froid : nous sommes dehors et il ne fait pas si frais aujourd'hui, mais c'est parce qu'on est habitués au climat. Je me souviens qu'à mon arrivée, j'étais dans le même état qu'eux, et qu'il m'a fallu un bon moment d'adaptation, peut-être un hiver entier, pour m'habituer à manger les pieds dans la neige et le nez exposé à des températures négatives.

Elle attaque sa crêpe de bon appétit et je souris, j'ai toujours aimé ça chez elle : elle n'a jamais été du genre à faire attention à ce qu'elle mange. La salade ? Très peu pour elle ! L'éducation avec des parents comme les siens doit aider en ce sens. De mon côté, je suis assez vite exaspéré par les femmes qui ne pensent qu'à leur ligne. Manger sainement, c'est très bien, perdre pied à chaque gramme pris, non merci.

– Alors ? Que fait-on après ? me questionne-t-elle, la bouche pleine, alors que j'attaque ma gaufre.

– C'est une surprise, botté-je en touche.

– Une bonne, j'espère !

Hum. Pas sûr qu'elle considère que c'est le cas. Je suis bien décidé à continuer de la faire flancher et ça a l'air de l'agacer à certains moments, même si à d'autres, comme maintenant, elle semble plutôt bien s'amuser. J'ai hâte de découvrir comment elle réagira à ce nouveau lieu…

– Mange, me contenté-je de répondre, il va nous falloir des forces.

Elle fronce les sourcils, mais n'essaie pas d'en savoir plus. Je vois d'ici les rouages de son cerveau se mettre en route et je prie pour qu'elle ne trouve pas, sinon, pas sûr qu'elle accepte de me suivre.

Je lui essuie une trace de chocolat aux commissures des lèvres, elle a d'abord un réflexe de recul avant de me laisser faire. C'était délicieux, mais ce n'est pas une surprise, ça l'a toujours été. Pour ses collations simples (qui ont toujours eu notre préférence), mais aussi ses créations originales et plus élaborées, Nicolas a toujours été surnommé le « Cyril Lignac du coin » et il gagnerait à être connu en dehors du village. Cependant sa petite renommée alentour lui suffit amplement et la notoriété ne l'intéresse pas. Je me souviens encore de toutes les fois, lorsque nous étions petits, où on pensait qu'il nous offrait une crêpe ou un biscuit. J'ai appris plus tard que ma mère passait le voir chaque semaine pour lui régler ce qu'on avait mangé, même si ce qu'il lui réclamait était loin de couvrir tout ce que nous avions englouti au fil des jours… Il n’y a pas à dire, on est trop naïfs quand on est haut comme trois pommes !

Manon se lève, débarrasse nos assiettes dans une des poubelles qui entourent l’espace de restauration et se dirige vers Nicolas. Je la rejoins juste à temps pour l’entendre le féliciter, lui dire que c’est toujours aussi bon, et je m’empresse de me joindre à elle. Nous lui souhaitons une belle journée, elle avance de quelques pas et se retourne pour me sonder du regard. Je lui indique le chemin, celui qui conduit à la forêt, qui elle-même nous mènera à un endroit important de notre histoire, mais ça, elle ne le sait pas encore.

CHAPITRE 25

MANON

23 décembre

Cela fait quinze bonnes minutes à présent que nous marchons côte à côte dans un silence bien plus léger que précédemment. Je me suis laissée prendre à son piège et apprécie la journée, mais je préférerais sauter d'un train en marche plutôt que le reconnaître et le lui avouer. De toute façon, il me connaît et il ne fait pas de doute qu'il l'a remarqué.

Je profite de la sérénité du moment et du calme qui nous entoure pour finir tranquillement le sandwich que nous avons pris à la patinoire. Le silence n'est troublé que par le bruit de nos pas qui s'enfoncent dans la couche de neige, ce crissement si caractéristique. Rien n'est plus satisfaisant que d'être la première à passer dans un endroit enneigé. Je relève la tête lorsque je vois un repère qui m'est familier et regarde autour de nous. La vérité me tombe dessus telle la foudre sur un arbre, je sais où nous allons et je me retiens de jurer, il ne recule vraiment devant rien ! Je m'immobilise, ce qu'il remarque tout de suite, pour le dévisager.

– Que se passe-t-il ? demande-t-il, un air innocent sur le visage.

– Tu me prends pour une demeurée ?

– Je ne vois pas ce que tu veux dire, feint-il.

– Je crois que si !

– Pas du tout !

– Julien.

– Manon.

– Il n'est pas question que j'aille…

– Oh allez, me coupe-t-il, tu as toujours aimé cet endroit et je sais que tu n'as jamais su y résister !

Je fais la moue, il a raison, il le sait et, en effet, j'ai envie d'y aller depuis que je suis arrivée. Pourquoi a-t-il fallu que j'attende ? Au moins, si je m'y étais déjà rendue, j'aurais pu lui dire que ce n'était pas la peine que j'y retourne aussi vite. Je suis sur le point de mentir, mais il me fait son sourire « laisse-toi-faire-chérie-tout-va-bien-se-passer » et ce traître de cerveau ne perd pas une seconde pour se faire avoir et ordonner à mes jambes de se remettre en route.

Je déteste mon cerveau !

La vingtaine de minutes de marche qu'il nous reste passe très vite, en grande partie parce que le paysage est toujours aussi magnifique avec cette forêt tantôt fournie, tantôt clairsemée et habillée de son tapis de neige étincelante, quasiment vierge, mais aussi parce que je rumine, défaite. Je ne suis pas encore prête à m'avouer vaincue par son entreprise de reconquête, mais je ne me fais pas d'illusions, il tape juste à chaque fois qu'il me propose quelque chose. Et Dieu sait comment je vais pouvoir rester insensible à ce qui nous attend !

Mine de rien, ça grimpe, et pas qu'un peu, heureusement que Ju et moi sommes en bonne condition physique. Nos souffles se font courts dès que nous essayons de dire un mot et j'ai très vite abandonné l'idée d'affronter à la fois notre progression et Julien.

Et puis, un petit jeu s'est installé entre nous : je le regarde pour lui faire comprendre que je suis hors de moi qu'il m'emmène ici, il me sourit d'un air suffisant qui me fait comprendre qu'il sait que ce n'est pas vrai, je le regarde à nouveau pour lui faire comprendre que ça m'énerve qu'il le sache.

Nous arrivons enfin au sommet et je ne peux que retenir mon souffle, comme à chaque fois. Je me dirige vers mon endroit préféré au monde : un plateau de roche à flanc de colline, qui domine le village entier sous un énorme sapin capable de nous abriter du vent. Rien ne peut vous échapper d'ici, que ce soit le centre, bien sûr, mais aussi les limites de la ville, et parfois lorsqu'il fait beau, les villes alentour. Un torrent de souvenirs me traverse l'esprit tandis que je me pose contre le parapet de sécurité et embrasse la vue du regard.

Je suis venue ici pour la première fois avec mon père alors que j'étais toute petite, ç'a été magique. Mes yeux de petite fille ne savaient plus où regarder tellement c'était beau, avec la neige qui tombait légèrement et les lumières de Noël qui brillaient partout. C'est tout de suite devenu mon refuge. Quand ça n'allait pas, c'est ici que je venais. Ce lieu m'a terriblement manqué quand j'étais coincée et malheureuse à Paris juste après ma rupture avec Julien. Pendant toutes ces années, ce point de vue m'a accompagnée tant dans mes peines que dans mes joies. J'ai passé un temps infini à réfléchir ici, à me ressourcer, me consoler ou encore à admirer le paysage. Un vrai havre de paix dans lequel je reviens à chaque fois que je suis de retour à Froidieu, et Julien le sait.

Lorsque je me suis rendu compte que j'étais amoureuse de Julien, j'ai très vite pensé que je devais lui montrer ce lieu, alors que je refusais jusque-là de le partager avec quiconque. Je l'ai emmené sur place dès le lendemain. Pour mon plus grand bonheur, il l'a aussitôt aimé autant que moi. C'est ce jour-là, ici, alors qu'il faisait grand soleil et que la vue était dégagée comme rarement, que nous nous sommes embrassés pour la toute première fois. Le cadre était idyllique, le baiser n'était pas en reste, et j'ai su que c'était le bon, que j'avais trouvé mon âme sœur.

Si j'avais su ce qui m'attendait, pensé-je, mi-déçue mi-amère.

Ensuite, ce lieu est devenu le nôtre et non plus le mien et nous nous sommes retrouvés un nombre de fois incalculable ici. Parfois pour quelques minutes, juste pour contempler le panorama. Parfois pour des moments bien plus importants et romantiques, comme nos anniversaires respectifs ou la célébration de nos six mois ensemble.

J'expire un filet d'air, un sentiment de plénitude me traverse tandis que je sors de ma bulle pour chercher Julien. Je me retourne et le trouve à me fixer, un sourire aux lèvres, il arbore un air que j'ai du mal à déchiffrer. Insouciant ? Heureux peut-être…

– Tu as toujours été resplendissante dès que tu te retrouves ici, dit-il alors qu'il se rapproche de moi.

Resplendissante, je ne sais pas, mais je me sens si bien ici qu'il est impossible pour moi de rester de marbre. J'avais craint d'y revenir lors de mes précédents retours en ville après ma rupture avec Julien, mais je me suis vite rendu compte que cet événement n'avait rien changé au sentiment de plénitude que je ressens ici. Julien se place derrière moi, me prend par les épaules, pose son menton sur le haut de ma tête et regarde le village en contrebas. Je devrais me dégager et prendre de la distance, mais je n'en ai simplement pas envie. Je me laisse envelopper par l'illusion que tout ça n'est jamais arrivé, un petit moment, et cela fait tellement de bien. Il se détache de moi pour sc poster à mes côtés, nos têtes sont à quelques centimètres à peine.

– Si seulement tu avais bien voulu me croire, lâche-t-il. Nous pourrions enfin repartir sur le bon pied, nous pourrions reprendre là où nous nous sommes arrêtés.

Tandis qu'il pose son front contre le mien, je suis sur le point de lui dire que je n'ai jamais eu son explication, et que je suis disposée à l'entendre. Nos regards se synchronisent et l'ambiance change du tout au tout. J'oublie ce qu'il vient de me dire et j'ai l'impression que plus rien ne compte autour de nous. Il expire et son souffle vient frôler mes lèvres. Nos lèvres se trouvent si proches.

Une force irrésistible me pousse à l'embrasser. Mon inconscient me souffle que Julien est en train de gagner, qu'il a atteint son but et que je m'étais juré que ça n'arriverait pas, mais je l'ignore. J'en ai une envie folle et avant de réfléchir plus avant, je me penche jusqu'à ce qu'il n'y ait plus qu'une poignée de millimètre entre nous. C'est une question de secondes avant que ça n'arrive, il me prend le visage en coupe, se penche à son tour, je ferme les yeux…

Mais rien ne se passe.

Son téléphone se met à sonner et je sursaute, le bruit est tonitruant dans le calme environnant. Il l'ignore et attrape mon visage pour reprendre là où nous nous étions arrêtés, mais la sonnerie insiste. Il finit par décrocher et jure alors que les oiseaux s'envolent, effrayés.

– Oui pa'. Me déranger ? À peine, ricane-t-il.

Il écoute un petit moment :

– Oui, d'accord, j'apporte du pain en rentrant ce soir. Non, ne t'inquiète pas, je ne suis pas près de l'oublier. C'est ça, à tout à l'heure !

Il raccroche, l'air de vouloir reprendre là où on en était, mais c'est trop tard, le charme est rompu. Il ne semble cependant pas pressé de partir, pas plus que je ne le suis, et nous restons sans bouger à ne pas savoir que faire.

– On devrait peut-être…

– Tu…

Nous rions d'avoir parlé à l'unisson, nous sommes gauches et ça ne nous ressemble pas. Je sais qu'il allait proposer de repartir, mais il ne finit pas sa phrase. Je me retourne pour admirer le paysage une dernière fois lorsqu'une idée me vient en tête.

Je me demande si...

– Oui ? me relance Julien.

J'ai parlé à haute voix sans m'en rendre compte, mais ne lui réponds pas pour autant et me contente d'aller derrière le bosquet à notre droite pour dénicher l'objet auquel je pensais.

– Il est encore là ! m'exclamé-je lorsque je le trouve enfin.

Je reviens avec et je vois sur son visage qu'il lui faut un temps pour que ça fasse tilt.

– Notre banc ! Tu l'as gardé !

– Bien sûr que je l'ai gardé, comment aurais-je pu faire autrement ?

Je l'ai retiré de la place où il l'avait fixé parce que ça m'a fait trop mal de le voir là la première fois que je suis venue après la rupture, mais il m'a été impossible de m'en débarrasser pour de bon. C'est peut-être stupide, mais j'avais l'impression que ça effaçait notre histoire de manière définitive…

Je garde ces détails pour moi et inspecte le banc pour m'apercevoir qu'il est resté en assez bon état malgré tout le temps passé dehors. Il me rappelait trop de souvenirs, mais aujourd'hui, je suis presque… contente de le voir…

CHAPITRE 26

MANON

Un an et dix mois plus tôt

Je déteste ne pas savoir ce qui m'attend. Et Julien a beau me répéter que c'est une surprise et que je vais aimer, je ne peux m'empêcher de ronchonner. J'aimerais vous y voir : parcourir cinq cents mètres les yeux bandés, après avoir marché vingt minutes en côte, c'est loin d'être une partie de plaisir.

– Arrête de râler ! Je te promets qu'on va passer un bon moment.

– Mais je sais déjà où on va.

– Je veux que tout soit parfait, rétorque-t-il.

Ça ne peut qu'être parfait. Je suis avec l'homme que j'aime, on fête nos six mois de bonheur et on se dirige vers mon endroit préféré au monde. Mais pour une fois je m'empêche de répondre, après tout, j'ai l'impression qu'il se fait autant plaisir qu'à moi. Je resserre plutôt mon écharpe autour de mon cou.

Nous ne sommes peut-être pas en hiver, nous n'en restons pas moins à la montagne. Je me dis qu'il est heureux qu'il n'y ait qu'une toute petite couche de neige en ce moment, sinon, malgré le bras de Julien qui me soutient, ça ferait longtemps que je me serais cassé la figure.

Nous avançons d'un mètre quand mon petit ami m'arrête enfin et me signifie que nous sommes arrivés à destination. Je suis intriguée de sentir une source de chaleur devant moi, ce qui est une première ici et j'ai déjà les mains sur le bandana qui m'obstrue la vue, mais il m'arrête d'une tape sur la main en m'abandonnant pour « régler un dernier détail ». Je patiente encore, tout en me disant qu'il a intérêt à ce que ça en vaille la peine, mais je n'ai pas le temps de le lui dire que j'entends déjà ses pas qui reviennent. Il se place derrière moi, enlace ma taille pendant une petite minute, me fait un baiser dans le cou et me retire le bandana avec douceur.

J'ouvre les yeux, cligne des paupières pour m'accoutumer à nouveau à la lumière et reste sans voix.

– Waouh, soufflé-je, incapable de dire quelque chose de plus original.

Je referme les yeux avant de les rouvrir, afin d'être sûre que je ne rêve pas.

Mais non, la vue est la même que la première fois.

L'endroit qui est déjà si féerique est devenu magique et romantique. Julien a tracé un cercle avec des bougies électriques qui créent à elles seules une atmosphère enchanteresse. Au centre, un gros brasero est la source de la chaleur (aussi douce que réconfortante) que j'avais ressentie. À côté se trouve, dressée pour deux couverts, une table nappée de rouge avec des petits cœurs dorés qui la décorent, le tout agrémenté d'un vase avec un bouquet de freesia, mes fleurs préférées. Enfin, je vois qu'il a éparpillé plein de pommes de pin et le contraste avec la neige en fait un décor aussi simple que joli. C'est juste parfait. De ces moments que je n'oublierai sans doute jamais. Je me tourne vers lui alors qu'il se place à côté de moi.

– Joyeux six mois avec moi !

Sa formulation me fait rire, mais je me tais alors qu'il vient effleurer mes lèvres des siennes. Le baiser reste sage, tout en douceur, comme s'il voulait me transmettre combien il m'aime et qu'à défaut de mots suffisamment forts, il le faisait de cette façon. Je sens le bonheur m'envahir, mon cœur se gonfle comme jamais.

– Allez, à table ! lance-t-il avant de me prendre par la main pour m'emmener à ma chaise.

Je m'arrête devant le brasero et y expose mes mains.

– Ça ne risque rien ? demandé-je.

– J'ai demandé aux pompiers. Ce qui est mouillé ne prend pas feu.

Je ne comprends pas tout de suite et il fait un geste qui englobe notre environnement. Bien vu, il n'y a que de la neige. Je souris à l'idée que, pour une fois, il y a du bon au climat de la région. Julien se met derrière la première des chaises et m'invite d'une voix pompeuse :

– Si Madame veut bien se donner la peine.

Je glousse devant son air et le rejoins. Une fois que je suis bien installée, il nous sert un verre de vin blanc dont la bouteille reposait dans la neige avant de s'excuser et d'aller fouiller derrière un buisson. Il en revient avec un grand panier de pique-nique en osier qui contient des Thermos de différentes tailles. Il en saisit deux et se tourne vers moi :

– Je suis venu les déposer tout à l'heure, j'espère que ce sera encore bien chaud ! dit-il d'un air préoccupé.

– Je suis sûre que ce sera merveilleux, réponds-je, attendrie qu'il veuille tant que ce soit parfait qu'il doute de ces pauvres Thermos. Merci pour tout ça.

Il fait une révérence qui n'a rien à envier à la famille royale britannique avant de venir m'embrasser à nouveau. Il se redresse droit comme un I et reprend sa voix pompeuse :

– Je vous propose en entrée un velouté de butternut avec du pain de mie.

Il nous sert dans de gros mugs qui sont sur la table, mais j'ai envie de le taquiner un peu.

– Ça manque de description, tout ça. Tu prends la voix d'un maître d'hôtel de grand restaurant, mais il faut assumer après.

– Pardonnez-moi, Madame, s'abaisse-t-il cérémonieusement. Je vous présente donc un velouté de butternut et carotte, accompagné de ses petites chips de lardon et sa larme de lait de coco. Servi avec son pain de mie maison. Bon appétit.

Je ne peux plus résister et éclate de rire pour de bon cette fois. Il s'installe à mes côtés et nous ne disons plus un mot, ni ne touchons à nos mugs, trop subjugués que nous sommes par le panorama qui se trouve devant nous. Le soleil baisse à l'horizon et la montagne s'étire à l'infini. De la neige à l'infini, avec une vue imprenable sur notre village et ceux alentour.

– C'est magnifique, dis-je enfin.

– Je suis bien d'accord.

Je me tourne vers lui, mais il ne contemple pas le paysage, il me regarde, moi. Je rougis, et comme je ne sais que répondre, je me plonge dans mon mug pour déguster ma première cuillerée. Une soupe bien chaude dans cet environnement froid est réconfortante et je laisse échapper un petit soupir de contentement.

En plus, c'est délicieux !

Je le lui dis et il me répond qu'il s'est appliqué et qu'il a pris conseil auprès de ses parents. À chaque fois que je crois ne pas pouvoir être plus touchée, je le suis davantage.

Je lui demande comment il a pu mettre tout ça en place sans que je me rende compte de rien et il m'explique qu'il n'y avait rien de bien compliqué, il suffisait de faire pas mal d'allers-retours. Je suis assez dubitative, rien que le brasero a dû être une plaie à apporter ici. Je trouve ça honorable : je devine les efforts qu'il fournit, mais il ne cherche pas du tout à se jeter des fleurs. Je l'embrasse, nous terminons nos mugs et il se relève sans attendre pour débarrasser.

Retour au panier qu'il a déposé près de nous ; il en sort de petites boîtes isothermes qu'il dépose sur une table que je n'avais pas remarquée avant, tout comme une forme bizarre cachée par une grande étoffe de tissu qui me rend curieuse. Il me laisse dans l'expectative alors qu'il dresse les assiettes, avant de venir nous servir :

– Madame, pour la suite, je vous propose un poulet basquaise et son riz au cumin et safran. Bon appétit !

– Merci ! C'est vraiment très beau, dis-je en admirant comment il a su dresser l'assiette à partir d'un plat aussi basique, tu es doué !

– Ce n'est pas grand-chose, mais je te remercie du compliment.

Il s'installe et nous prenons notre première fourchetée ensemble. C'est tout aussi bon que le velouté et j'espère que Julien est prêt à me préparer à nouveau cette recette tant elle est exquise. Le plat ne traîne pas, parce que nous sommes affamés et que c'est divin, mais aussi parce qu'on déjeune dans le silence. Un silence serein, qui n'est pas désagréable. Nous sommes dans notre bulle, avec la sensation d'être seuls au monde, et communiquons par regards, sourires et effleurements.

Le jour commence à faiblir très tôt en montagne, et nous profitons des superbes teintes du ciel, chanceux que nous sommes d'être devant une de ces fins de journées limpides et sans nuages. La nature est magnifique. Nous rapprochons nos chaises et je me laisse aller contre lui alors qu'il met son bras sur mes épaules.

– Je voudrais ne plus jamais bouger, on est trop bien, là.

– Je suis d'accord, acquiesce-t-il. Mais j'ai encore une surprise pour toi.

Je me redresse aussitôt, intriguée.

Qu'a-t-il pu faire de plus que tout ça ?

Plutôt que de répondre à mon air interrogateur, il se lève et me tend la main avant de m'amener vers le tissu à la forme bizarre que j'ai repéré plus tôt.

– Je sais que tu viens souvent et que tu passes des heures ici.

J'acquiesce sans comprendre où il veut en venir.

– Je sais aussi que ça fait une éternité que tu demandes à la municipalité d'installer de quoi se poser. Eh bien… Tu n'auras plus besoin d'insister !

Il soulève d'un geste théâtral le tissu et je reste ébahie. Je me retrouve devant un banc de deux places en bois, assez rudimentaire certes, mais qui semble suffisamment robuste pour durer. Les quatre pieds sont de petits rondins tandis que le reste est fait de simples planches, même si on remarque bien que le bois est de qualité. Le tout laissé brut, sans peinture. Julien y a installé des coussins qui semblent moelleux à souhait et je n'ai qu'une envie, m'y asseoir !

– Ce n'est pas grand-chose, mais si tu veux, on pourra l'améliorer et je n'ai pas mis de couleur pour que tu puisses choisir. Vaut mieux ne pas laisser les coussins ici, mais tu pourras les emporter à chaque fois que tu viendras. Je n'ai pas encore fixé le banc, comme ça, tu choisiras où on le m…

Je ne le laisse pas finir et l'embrasse. Je ne sais plus comment le remercier avec les mots, alors j'essaie de lui communiquer toute ma reconnaissance et mon amour comme cela. Le baiser se fait plus passionné et je meurs d'envie d'aller plus loin, mais il m'arrête :

– Je veux que ce soit parfait, ce qui exclut la neige et le froid.

Je ricane alors qu'il me prend la main et que nous nous installons. Nous nous appuyons sur le dossier du banc et nous mettons à observer le magnifique panorama qui s'offre à nous. Je ne sais si c'est l'occasion particulière du jour, mais j'ai l'impression qu'il est encore plus beau que d'habitude. Il sort ses sempiternels Pim's, petit en-cas avant le dessert, visiblement, et je ricane. Il ne s'en sépare donc jamais !

Il m'enlace et je m'installe contre lui, avec l'impression d'être au paradis.

CHAPITRE 27

JULIEN

23 décembre

Je rumine. Tel un enfant. Je n'arrive pas à croire que juste au moment où j'allais enfin pouvoir l'embrasser, il a fallu que ce téléphone de malheur sonne ! Pour du pain en plus ! Non mais, mes parents mangent du pain combien de fois par semaine ? Ou par an ? C'est si rare qu'on pourrait les compter sur les doigts d'une main, mais il a fallu qu'ils en aient besoin *aujourd'hui* et que mon père m'appelle *deux fois* pour que j'aille le chercher, ce qui – est-il nécessaire de le préciser ? – n'arrive pas en temps normal non plus. Si ça, ce n'est pas un signe que l'univers veut me mettre des bâtons dans les roues…

– Quelque chose ne va pas, Julien ? me lance Manon avec un sourire diabolique.

Elle joue la carte de la nonchalance, mais je sais, je vois, qu'elle est aussi frustrée que moi.

Ou peut-être est-elle soulagée ? Elle avait l'air plus que partante pour ce baiser, c'est elle qui a fait le premier pas d'ailleurs, mais elle est peut-être heureuse que ça ne se soit pas passé, finalement ? Ce n'est éventuellement pas plus mal, elle aurait pu le regretter ? Je ne sais pas, je ne sais plus, et je ne saurai jamais ce qui se serait passé, ça me rend fou. Je me rassure comme je peux : après le coup de fil, c'est elle qui a traîné là-haut et qui a déplacé le banc depuis l'endroit où elle l'avait abandonné… ça doit bien vouloir dire quelque chose, non ?

– Pas du tout, feins-je tout de même, je m'assure juste de ne pas oublier le pain pour mon père, c'est *tellement important.*

– Bien sûr, dit-elle en me faisant bien comprendre qu'elle n'est pas dupe.

– Il faut savoir reconnaître les priorités. C'en était clairement une…

Selon mon père, en tout cas.

– Ça semblait primordial, oui.

Ça ne fait pas de doute...

Je bois une gorgée de mon chocolat chaud en refrénant à grand-peine un sourire amusé. Nous nous sommes réfugiés dans le café du coin pour nous réchauffer. Là-haut, le froid nous a empêchés de profiter plus longtemps du banc. Je pensais vraiment que malgré les difficultés techniques elle s'en serait séparée… Voir que ce n'était pas le cas m'a touché et ravi et je ne peux m'empêcher de penser que mon entreprise de reconquête n'est pas si vouée à l'échec que ça. Je souffle sur mes mains congelées, c'est peut-être magnifique là-bas, mais il fait un froid à fendre les pierres ! Si on oubliait que nous sommes en décembre, on peut compter sur Froidieu pour nous le rappeler, ça ne rigole pas à cette période…

Le café est idéalement situé pour nous : pile entre la patinoire et la montagne. C'est dire à quel point nous venons souvent ! Il est tenu par une petite dame du nom de Valentine, douce et chaleureuse, qui l'a repris après le départ du vieil Alfred il y a quelques années. L'endroit n'est pas très grand, à peine plus qu'un chalet d'habitation et tout l'espace est occupé par des coins cosy, tables en bois brut, canapés, tables basses et fauteuils confortables chinés ici et là. Bref, le genre d'endroit où on a envie de rester des heures.

Je mets mes mains autour de ma tasse pour profiter de la chaleur du breuvage et ça a un côté réconfortant. Qu'a-t-on inventé d'aussi bon que le chocolat ? À voir l'expression de Manon en regardant sa tasse, elle doit être d'accord avec moi.

– Bon, et si nous allions faire des emplettes ? la questionné-je après quelques minutes de silence.

Je n'avais pas prémédité les courses, mais mon plan de départ de l'opération je-vais-la-faire-succomber-aujourd'hui est tombé à l'eau, il faut bien innover. Pas question que je reste sur ce fichu échec !

Saloperie de téléphone !

Elle boit une nouvelle gorgée de sa boisson avant de me répondre.

– Des emplettes ? répète-t-elle, étonnée.

– Oui, tu sais, des courses. Ce truc où tu entres dans un magasin, prends ce dont tu as besoin et paies à la fin, la charrié-je. Ça se fait très souv…

– Tais-toi, idiot, rit-elle. Je voulais dire : pourquoi devrions-nous faire des courses ?

En voilà, une excellente question. « Pour rester ensemble encore un peu », ne semble pas une réponse valable… *Réfléchis !* Rien ne me vient d'instinct, ce qu'elle ne manque pas de remarquer. Ses lèvres se recourbent vers le haut, et tel que c'est parti, c'est un sourire bien plus moqueur que bienveillant auquel je vais avoir droit.

– Pour offrir des cadeaux ! m'exclamé-je soudain.

– Des cadeaux ?

– Oui, euh… À tes parents.

– J'en ai déjà.

– Oui, mais pas moi.

Elle lève les sourcils, l'air de me demander si c'est son problème.

– Tu en as pour les miens ? continué-je.

Nouveau froncement de sourcils, mais cette fois il ressemble plus à un : « Pourquoi n'y ai-je pas pensé plus tôt ? »

– En tant que *petit couple parfait*, nous devons offrir des cadeaux à nos beaux-parents adorés, rajouté-je pour la convaincre pour de bon.

– D'accord, acquiesce-t-elle, semblant convaincue. Tu m'as eue, allons faire des courses.

Je suis sur le point de rebondir sur le « Tu m'as eue », mais à quoi bon ? C'est la vérité et elle a très bien compris que ma seule raison était qu'on ne se quitte pas tout de suite. En tout cas, même en voyant clair dans mon jeu, elle accepte, et encore une fois, mon cœur fait un bon devant ce nouveau signe positif.

– Tu te souviens lorsque tu as renversé du chocolat chaud sur le vieux Eralde ? demande-t-elle alors qu'elle boit une nouvelle gorgée. Le pauvre, il était ébouillanté comme une écrevisse.

– Ce n'était pas moi !

– Oh si ! Tu t'es répandu en excuses, à tel point que tu as fini aussi rouge que lui.

J'étrécis les yeux et la fixe. On sait tous les deux que ce n'est pas tout à fait la vérité. Elle s'amuse de ma réaction, parce qu'elle s'en souvient très bien, mais elle a toujours aimé rire de ma maladresse. Le fait est que c'est elle qui m'a bousculé alors qu'on se dirigeait vers notre table, elle voulait à tout prix y être avant moi pour pouvoir manger seule tous les mini-muffins qu'Alfred, le gérant de l'époque, avait posés sur la table pour nous. J'ouvre la bouche pour lui répondre, mais elle ne m'en laisse pas le temps.

– Allons-y ! L'heure avance, s'égaye-t-elle alors qu'elle termine sa boisson et se lève d'un seul mouvement.

L'idée des courses ne lui semble soudain plus si farfelue que ça.

Je proteste qu'elle ne me laisse pas rétablir la vérité, mais elle fait mine de ne pas m'écouter et se dirige vers le comptoir d'un pas décidé. Je rassemble mes affaires, la devance pour payer – pas question qu'elle règle à nouveau – et nous nous retrouvons sur le trottoir où nous prenons le temps de nous couvrir de nos bonnets et de nos gants avant de nous diriger vers les magasins.

Lorsque vous habitez une petite ville comme la nôtre il n'y a pas beaucoup de choix : c'est le « cauchemar ». On appelle comme ça le centre commercial qui se trouve derrière la place centrale parce que c'est le rassemblement des touristes, qui ont tout leur temps et ne prennent pas en compte les habitants du village qui eux, ne l'ont pas forcément. Autant dire que vous avez intérêt à ne pas être pressé.

Cela ne nous empêche pas d'y aller avec bonne humeur. Pas besoin de se prendre la tête pour des courses de Noël, et puis il n'est que 15 h 30, on a le temps ! D'autant que Manon est dans un bien meilleur état d'esprit que ce matin et que ça n'en est que plus agréable de faire les boutiques avec elle.

Arrivé devant le bâtiment, je réfléchis à ce que je pourrais offrir à Carène et Olivier. Je les connais depuis un bon moment, mais je ne suis pas sûr de savoir ce qui leur ferait plaisir et je ne voudrais pas me contenter de choses banales. Non, j'aimerais un cadeau qui les touche réellement, pour les remercier de m'avoir accueilli aussi gentiment ces derniers jours. Je questionne Manon, mais elle me dit que de grands enfants comme eux se contenteront d'à peu près n'importe quoi.

Très utile Manon, merci beaucoup !

Elle me demande ce qu'il en est des miens et je lui confie que ce n'est jamais une mince affaire de leur offrir un cadeau : mon père n'aime rien de plus que de déguster un bon verre de vin, mais a déjà une cave qu'un palace pourrait lui envier ; ma mère n'aspire à rien d'autre qu'à tricoter devant la télévision, mais a assez de laine pour habiller la ville entière, peut-être celle d'à côté avec.

– Voilà qui m'aide beaucoup ! râle-t-elle.

– Bienvenue dans mon monde, plaisanté-je.

– Au moins, les miens c'est plus facile. De quoi cuisiner et une décoration de Noël et c'est gagné.

– Justement non, la contredis-je. C'est difficile d'être original, du coup.

– Original avec eux ? C'est aussi utile que de s'inquiéter de savoir quelle sorte de bonbon donner à des enfants.

J'éclate de rire devant cette métaphore que je trouve très à-propos. Nous entrons enfin dans le bâtiment et le chauffage est le bienvenu ! Je me serre contre Manon, non pas pour en profiter, mais parce qu'on n'a pas le choix si nous ne voulons pas être séparés et passer notre temps à nous chercher… C'est que le centre commercial – qui n'en a que le nom d'ailleurs, car on imagine un truc immense, mais ici, c'est tout au plus quelques magasins placés dans le même immeuble – a été conçu pour les habitants, alors pendant les fêtes, c'est vite la cohue.

Manon me sort de mes pensées lorsque nous nous trouvons devant le premier magasin de matériel de cuisine que nous croisons, persuadée que c'est dans ce genre de boutique que nous trouverons notre bonheur pour sa mère. C'est le début d'une longue séance de lèche-vitrine, de débats, d'hésitations, et on l'espère, d'achats qui feront leur effet…

CHAPITRE 28

JULIEN

23 décembre

Le taxi a à peine le temps de s'arrêter que Manon jaillit de la voiture pour s'élancer vers le spectacle qui s'offre à nous. Quand j'ai dit « le premier arrivé au stand de vin chaud se verra offrir la tournée », je ne pensais pas qu'elle le prendrait au sérieux à ce point. Le temps de chercher mon portefeuille – la tricheuse ! –, elle avait déjà disparu dans la foule.

En sortant du centre commercial un peu plus tôt, fatigué des chants de Noël, de la foule et de la chaleur, je mobilisais ce qu'il me restait d'énergie pour trouver une nouvelle idée d'activité à proposer à Manon. Je voulais à tout prix que cette journée continue… Mais c'est finalement elle qui a évoqué la fête foraine. Je mentirais si je disais que je n'ai pas senti mon cœur faire un petit looping lorsque je l'ai entendue faire cette proposition. Et pas seulement parce que j'adore cet endroit… Surtout parce que c'est elle qui lançait une activité pour passer du temps ensemble. Cela veut bien dire que j'ai gagné un peu de terrain pendant cette journée, non ?

Point positif de notre virée shopping, nous avons fait une bonne partie des cadeaux ! Nous avons en revanche fait l'impasse sur les petites choses qui constitueront les présents de la veille de Noël – autre tradition de la famille Porek. Il faudra y penser…

Le chauffeur se racle la gorge pour me ramener au présent et me fixe d'un air que je ne suis pas sûr de décrypter : est-il agacé que je lui fasse perdre du temps ou me prévient-il que je n'ai pas intérêt à partir comme Manon vient de le faire ? Je le paie, non sans laisser échapper un ricanement, j'aurais mieux fait de réfléchir avant de parler, non seulement je vais devoir payer le verre comme convenu, mais je suis aussi quitte pour le taxi.

Il me salue et je m'empresse de me mettre à la recherche de cette peste de Manon, ce qui ne constitue pas un énorme défi puisqu'il me suffit de faire quelques mètres pour la voir effectuer une petite danse de la victoire. Je la rejoins et elle me lance d'un ton guilleret :

– Ça te coûtera donc six euros !

– Ça t'amuse, hein, dis-je en lui tendant la somme, mais tu ne perds rien pour attendre. Je prendrai ma revanche !

– Je suis ouverte aux idées, répond-elle avec un petit sourire.

Je ne réponds pas tout de suite, prends une gorgée de vin chaud et regarde autour de moi. Des chalets proposant quelques plats typiques nous entourent, mais ce n'est pas ce que je cherche. Je pousse le regard un peu plus loin et repère enfin l'objet de mon désir : une roulotte de tir à la carabine.

– Si j'arrive à gagner une peluche à la carabine du premier coup, c'est à toi de payer ta tournée.

– Ce n'est pas juste ! ronchonne-t-elle sans tarder. Je sais très bien que tu es très fort au tir, c'est pas du jeu.

– Et sauter du taxi encore en marche en me laissant avec un chauffeur qui a une tête de repris de justice, c'est du jeu ? levé-je les sourcils.

Elle s'esclaffe et s'en va déjà vers le stand. La voir aussi légère est un vrai bonheur et j'aimerais que ça ne s'arrête jamais. Je la rejoins, mais m'abstiens de tout commentaire avant de payer le responsable du stand. Le but est simple : je dois faire tomber huit des dix boîtes avec mes dix cartouches pour avoir la peluche qu'a repérée Manon.

Je lui adresse une mimique pleine d'arrogance, me prépare et tire. Raté, elle n'a pas hésité à me chatouiller les côtes, ce qui m'a déconcentré et m'a fait rater mon coup. Je cache mon amusement, pas question de la laisser faire. Je feins d'appuyer sur la détente, elle recommence son manège, mais sans que j'use de cartouche, et j'en profite pour tirer les neufs qu'il me reste. C'est un carton plein.

– Appelle-moi Bond, James Bond, dis-je, fier, le fusil posé sur mon épaule.

Elle rit, mais bougonne aussi. Je repose le fusil, sans faire plus attention à l'air étonné du vendeur qui me tend la peluche que j'offre sans attendre à Manon. Elle le serre contre elle comme si elle était une petite fille et je trouve ça vraiment adorable. Mais c'est moi qu'elle devrait serrer dans ses bras !

Je secoue la tête, dépité.

Jaloux d'une peluche, tssss.

Manon respectant sa promesse, nous retournons au stand de vin chaud. Nous décidons ensuite de flâner et suivons la foule qui déambule elle aussi. La fête foraine est en périphérie de la ville et suit un arrondi, les chalets et les différents stands qui nous entourent, dos à la forêt, et conduisent à la grande roue que nous apercevons au fond et qui en est la dernière étape. Comble du bonheur, le temps est parfait car même si le froid est toujours présent, il fait sec.

Nous faisons notre premier arrêt au Luna Park où Manon laisse une somme indécente tant elle refuse de laisser tomber. Nous rions en rencontrant un clown qui arbore un maquillage scintillant et qui me fait tourner en bourrique : il me fait croire à quatre reprises que sa sculpture en ballon – en forme de chien – est terminée et que je peux la prendre, mais les quatre fois, il la reprend *in extremis* sous prétexte qu'à la réflexion, elle n'est pas achevée. Nous faisons une bataille à la pêche aux canards, mais n'arrivons pas à nous départager parce qu'elle soutient mordicus que j'ai triché en en attrapant un à la main. Et nous hurlons de concert sur une machine tout droit sortie des enfers qui nous fait tourner dans tous les sens à une hauteur à laquelle je préfère ne pas penser.

On joue, on rit, on se taquine, on se défie. L'heure défile sans que nous nous en rendions compte et c'est parfait. Une de ces journées dont on aimerait ne jamais voir la fin. Une de celles dont on sait qu'on gardera longtemps un bon souvenir.

Nous arrivons à hauteur d'un vendeur de confiseries qui confectionne des barbes à papa et Manon en veut une. Je la taquine sur sa faim qui ne semble jamais se tarir et elle rétorque que s'attaquer à ce que mange une femme est dangereux.

– Va donc, dis-je, les mains en l'air. Après tout, qui suis-je pour juger ?

– C'est déjà mieux, me lance-t-elle. Tu en veux ?

– Non merci, réponds-je. Je t'attends dans les parages.

Je fais quelques pas et m'arrête devant un artisan qui fabrique de jolies décorations de Noël, dont une collection impressionnante de photophores, et prends le temps d'admirer l'étalage. C'est lorsque je pense à en offrir un à Manon comme souvenir de cet après-midi que j'entends mon prénom non loin.

– Julien ?

Je me fige. Ma première pensée est que j'ai bien fait de profiter de ces moments de complicité avec Manon depuis ce matin, parce qu'il n'y a aucun doute, ça ne va pas durer.

Oh non, aucune chance !

Je tente le coup et fais comme si je n'avais rien entendu, mais on m'appelle à nouveau. Je pourrais me retourner, chercher d'où vient la voix, même vérifier que j'ai bien identifié à qui elle appartient, mais ça ne sert à rien, car je le sais très bien. Tout comme je sais qu'il ne va pas falloir une éternité à Manon pour revenir, sa barbe à papa à la main. Et je suis tout aussi sûr que si ces deux-là se rencontrent, il va y avoir des étincelles. Elles ne se sont croisées qu'une fois après mon « écart » et je m'en souviens comme si c'était hier… Ce n'était pas beau à voir !

– Julien, enfin, tu ne m'as pas entendue ? Pour un peu, je croyais que je m'étais trompée.

Je laisse échapper un long soupir avant de me retourner.

– Marina, laissé-je échapper dans un souffle. Si, j'ai bien entendu, mais tu sais bien que je ne veux plus te parler…

– Eh bien, quel accueil chaleureux ! Quand voudra…

– Jamais, la coupé-je. Le fait que je ne réponde pas à tes messages ne t'a pas mis la puce à l'oreille ? Alors maintenant, laisse-moi tranquille, Manon va arriver.

– Voyez-vous ça, sourit-elle, mielleuse, vous êtes toujours ensemble ?

– Laisse-nous, je t'ai dit, botté-je en touche.

– Il y a prescription, balaie-t-elle d'un coup de sa main avant de la poser sur mon bras.

Je réprime un frisson alors que je me dégage, non pas qu'elle me dégoûte, même si je n'ai plus aucune attirance pour cette fille, mais elle me rappelle mon erreur, celle que j'essaie tant de rattraper. Je n'essaie pas d'avoir le beau rôle, on était deux à faire cette connerie. À la différence de Marina, je me sens coupable, ce qui n'a été son cas à aucun moment. Elle savait pertinemment que Manon et moi étions ensemble et est allée jusqu'à avoir l'espoir que l'on se mette ensemble le jour même de ma rupture. Inutile de préciser que je ne l'ai jamais envisagé. Elle continue de m'en vouloir et m'écrit de temps en temps depuis, comme pour tester la température.

– D'accord, j'ai un peu exagéré, mais elle n'est pas si grand…

Derrière Marina, je vois la silhouette de Manon approcher. À mesure qu'elle avance, ses traits se durcissent. Sa mâchoire se crispe, ses yeux deviennent deux fentes qui nous fusillent tour à tour, ses mains serrent le bâtonnet qui supporte sa barbe à papa jusqu'à blanchir. Elle finit par l'abandonner, l'énorme masse rose s'écrasant au sol sans bruit.

– Tu ne lâches jamais le morceau, toi, hein ? dit-elle à Marina.

Les hostilités commencent. Elle la regarde, ses yeux lançant des éclairs :

– Tu as épuisé ta liste de mecs avec qui coucher ? Tu recycles ?

Marina ouvre la bouche, mais ne sait manifestement pas quoi répondre sur le moment… Ou alors elle a peur. C'est qu'on n'en mène pas large devant une Manon fâchée. Je suis sur le point de sourire lorsqu'elle se retourne vers moi.

– Toi, commence-t-elle… Tu sais quoi, laisse tomber.

Elle tourne les talons, j'ouvre la bouche pour tenter de la retenir, mais elle se ravise, revient vers moi, me pousse et me lance un « salaud » accompagné d'un regard empli de la douleur de la trahison. Elle finit bel et bien par partir, furieuse. Marina s'en va sans ajouter un mot, mais a la décence d'avoir l'air ennuyée pour moi (mouais) tandis qu'une vague de désespoir me traverse.

N'y a-t-il donc pas moyen de passer du temps avec elle sans que quelque chose dérape ?

Fichue Marina !

Mais Manon a raison, les apparences sont contre moi, même si je n'ai rien à me reprocher cette fois ! Je pense à la rattraper pour le lui expliquer, mais je suis resté planté comme un con bien trop longtemps et elle a déjà disparu dans la foule… Ce n'est peut-être pas plus mal qu'elle ait un moment à elle pour se calmer.

Je parviens enfin à bouger pour rentrer à mon tour, le cœur lourd, déçu de l'occasion gâchée. *La journée promettait de si bien se finir…*

CHAPITRE 29

23 décembre

Manon :
– Salut, dis-je alors qu'Antonina décroche enfin.

Julien :
– Hey ! dis-je alors que Jérôme lance son sempiternel « Yo ! ».

Manon :
– Je te jure, c'était terrible, déjà qu'on passait une journée exécrable !

Julien :
– La journée était si bonne en plus. Je t'assure, on se marrait comme jamais, ça faisait longtemps que ça ne nous était plus arrivé !

Manon :
– On passe devant un stand de barbe à papa, je ne peux pas résister, tu vois. Je lui demande s'il en veut une. Trop bonne que je suis, quoi ! J'avais prévu de la lui offrir, évidemment… Bon, il n'en voulait pas, mais tu vois l'idée. Je t'ai déjà dit qu'il m'avait obligé à le suivre presque toute la journée ? Et quand je reviens, voilà que Madame-couche-toi-là est là ! Et vas-y que je te souris, et vas-y que je te touche le bras…

Julien :
– Elle était si enthousiaste ! Je suis sûr qu'elle m'aurait pardonné au moment de nous dire au revoir. D'ailleurs, c'est elle qui m'a proposé d'aller à la fête foraine, c'est bien la preuve… Et voilà que Marina rapplique ! J'ai bien essayé de la faire partir, je me suis dégagé quand elle m'a touché, mais Manon l'a quand même vue.

Manon :
– Je suis sûre qu'il remettrait bien le couvert avec elle !

Julien :
– Je te jure, je ne peux plus la voir.
Déjà, elle me rappelle mon erreur,
mais en plus, je sais qu'elle
n'a aucun remords d'avoir fait
de la peine
à Manon.

Manon :
– Ça, tu peux compter sur moi !
Il va bien ramer maintenant !

Julien :
– Non, mais je suis sûr qu'elle va se
calmer toute seule. Après tout,
c'était un hasard total, cette
rencontre, je ne l'ai pas invitée à
boire un verre, non plus… Elle a été
en colère sur le coup, mais je suis sûr
qu'elle se rendra compte que je n'y
suis pour rien.

CHAPITRE 30

JULIEN

24 décembre

Je regarde pour la centième fois mon portable. En vérité je ne fais que ça. J'ai envoyé un message à Manon, mais je n'ai récolté qu'un « vu », ce qui n'est agréable pour personne. Je n'ai pas cru qu'on se réveillerait ce matin comme s'il ne s'était rien passé hier, non, mais j'avoue l'avoir espéré, et surtout ne pas comprendre Manon. C'est vrai, après tout, qu'est-ce que j'ai fait de mal ? En dehors des événements d'il y a un an et demi, je veux dire. Ce n'était qu'une rencontre due au hasard, que j'aurais préféré ne pas vivre, d'ailleurs. Si j'avais eu le choix, j'aurais préféré ne jamais croiser cette pimbêche de Marina pour que cette journée parfaite avec Manon s'achève dans cette si belle alchimie qui m'avait tant manqué. Comment peut-elle en douter ?

Parce que ta trahison a laissé des traces, mec.

Je me passe la main sur le visage, désespéré. J'ai vraiment coupé les ponts avec Marina, c'est elle qui ne me lâche pas, et croyez-moi, j'ai essayé ! Comme promis à l'époque, je me suis privé d'un tas de soirées pour être sûr de ne pas la croiser, mais elle est comme les mauvaises herbes, impossible d'en arriver à bout une fois pour toutes.

Si encore elle nous avait vus nous enlacer ou nous embrasser, je comprendrais, mais elle n'a pas pu ne pas voir que j'ai tout de suite écarté le bras… Et puis, ce n'est pas comme si je n'avais jamais reconnu mes torts, au contraire, je suis du genre à assumer ce que je fais. On n'a qu'à en parler… Jérôme m'a conseillé de laisser tomber et de passer Noël de mon côté, au moins, ça mettrait fin à toute cette mascarade avec nos familles. Je dois avouer que j'y ai réfléchi, mais il n'a jamais été de bon conseil quand il s'agit de la femme que j'aime.

Je sors de mon lit, jette un coup d'œil à mon réveil et constate que je ne suis pas en avance. Je suis censé être chez les Porek dans une demi-heure, avec mes parents. Ma mère va me tuer si je suis en retard. C'est à nouveau une longue journée qui nous attend, à commencer par une course de luge, ce qui promet à nouveau d'être épique : disons que ce n'est pas la spécialité de Manon…

Je file dans la douche et m'habille sans lésiner sur les couches de tissu lorsque j'en sors. La luge est une de mes activités préférées, mais mieux vaut être bien couvert, même si remonter la pente à pied donne chaud ! Je souris au souvenir de la première fois où Manon et moi en avons fait : elle avait juré que, cette fois, nous n'aurions pas froid, et était allée acheter des sous-vêtements molletonnés. Ils étaient affreux et j'avais refusé d'enfiler celui qu'elle m'avait pris, malgré son insistance. Tout plutôt que porter ces horreurs, y compris ses blagues douteuses sur mon membre qui rétrécirait au contact de la neige. J'aurais mieux fait de l'écouter au final, je crois que je n'ai jamais eu aussi froid que ce jour-là. Depuis, j'ai appris à m'habiller en conséquence.

C'est lorsque je vérifie à nouveau mon téléphone pendant que je descends l'escalier et avise à nouveau ce « vu » qui me nargue que je prends une décision : aujourd'hui, quoi qu'il arrive, je parle à Manon. Il est temps qu'elle sache que je ne l'ai pas prise pour une idiote et que cette situation se termine. Je deviens un pauvre gars réduit à attendre un geste de sa part et ça, c'est hors de question. Certains diront que je le mérite, ils auraient sans doute raison, mais j'en ai assez. Cette relation d'amour-haine n'est pas saine, il faut que ça cesse. Mes sentiments sont trop forts pour continuer comme cela, mes nerfs, pas assez solides.

Je retrouve mes parents qui prennent leur petit déjeuner et me sers une tasse de café après les avoir embrassés. Ma mère me répond d'un air joyeux alors que mon père grogne. Je dissimule mon amusement derrière ma tasse, il déteste autant la luge que ma mère, elle, l'adore. À vrai dire il a horreur de tout ce qui touche à la neige, ou plutôt aux activités dans la neige. Le climat, d'accord, les activités qui y sont liées, c'est non. C'est sans aucun doute une des grandes différences entre mes parents, elle a tout de suite adoré sa nouvelle vie, lui s'y est fait, l'aime à présent, mais n'a jamais rien apprécié autant que rester bien au chaud aussi souvent que possible. Un comble pour un bûcheron à la montagne.

Il est l'heure, nous mettons nos vestes et partons. Je fais remarquer à mon père qu'il n'a pas enfilé sa tenue de ski comme maman et moi et il me répond qu'il a bien l'intention de ne pas participer à la course de luge et probablement de ne pas s'éterniser, ce qui me fait ricaner. J'ai hâte de voir ça, quand tout le monde se mettra à insister ! C'est qu'il est difficile de refuser de participer à une tradition aussi importante pour les habitants de Froidieu. Ils ne rigolent pas avec ça !

Maman toque à la porte et c'est Olivier qui vient nous ouvrir, il ne lui faut pas trente secondes pour dire à mon père qu'il va devoir aller se changer et ma mère rit. Moi, je me mets immédiatement à la recherche de Manon et la trouve dans la cuisine, occupée à préparer des boissons pour tout le monde avec sa mère.

Je m'approche doucement, pas sûr de la façon dont je dois me comporter. Pour un peu, j'essuierais bien mes mains moites sur mon pantalon tant cette situation me stresse. Carène me fait la bise et me dit qu'elle est contente de me voir, avant de me mettre une tasse de chocolat chaud entre les mains. Manon se rapproche et me donne un baiser bref et sans chaleur. De toute évidence, elle est encore remontée, mais tient à poursuivre la comédie, qui, je m'en rends soudain compte, n'en a jamais été une pour moi, au passage.

– Alors, est-ce que tout le monde est prêt pour l'aventure du jour ? lance Olivier tandis que nous nous regroupons autour de l'îlot central. Enfin, sauf toi, Mathieu, mais je suis sûr que tu vas remédier à ça, prends exemple sur Marie !

Ma mère montre sa tenue comme si elle paradait tel un mannequin, ce qui déclenche le rire de tout le monde, sauf de papa qui lâche quelque chose ressemblant à un « ça va, ça va ». Je me tourne vers ma fausse petite amie et elle n'a pas l'air beaucoup plus enchantée que la minute précédente. J'essaie de la détendre et lui donne un gentil coup de hanche, mais elle se ferme plus encore. Message reçu…

– Cette année, comme le thème était « le monde du Père Noël », nos luges sont décorées en hotte de Père Noël, nous apprend Carène. N'est-ce pas merveilleux ?

– Trop génial, répond Manon sans joie.

– Et c'est ma magnifique épouse qui les a confectionnées, lance Olivier. C'est sûr, le bonus est pour nous !

Tout le monde sourit et remercie Carène avec chaleur, sauf… Enfin vous avez compris.

– Elle a tous les talents ! la félicite ma mère.

– Malheureusement, lâche mon père, pince-sans-rire. Je vais finir par être complexé…

Olivier rit de bon cœur, tandis qu'un sourire amusé s'affiche sur les lèvres de Carène.

– Je te rassure, on finit par s'y faire ! lance le premier.

– Tu devrais, commence-t-elle en se tournant vers mon père, avant de se raviser et d'englober son mari dans le lot : non, *vous devriez* en prendre de la graine ! jette Carène, malicieuse.

Son mari ouvre la bouche, prêt qu'il était à embrayer, lorsque les paroles de sa femme atteignent apparemment sa conscience. Seul un « Eh ! » un peu emprunté franchit ses lèvres, et tout le monde éclate de rire, moi le premier.

– Hum… ajoute-t-il lorsque le groupe s'est calmé, j'espère que tout le monde a embarqué son pull de Noël ! N'oubliez pas que comme pour les plus belles luges, celui qui a le plus kitsch fait gagner un temps précieux à son équipe grâce à un bonus !

– Avec ce froid, hors de question que j'ouvre mon manteau pour montrer mon pull ! bougonne Manon.

Personne ne réagit, sans doute parce que ça ne fait pas de doute qu'elle finira par le faire. On ne résiste pas aux traditions à Froidieu, c'est presque magique.

– En tout cas, ajoute ma mère, je vous remercie de nous accepter parmi vous pour participer à la course comme chaque année !

– C'est naturel, répond mon père. On forme une *dream team* !

Tout le monde se ressert du chocolat chaud, ou plutôt Carène en prépare à la chaîne telle une magicienne et remplit les tasses vides. Si seulement c'était de l'instantané, mais non, c'est du vrai chocolat, confectionné dans les règles de l'art ! C'est définitif, elle doit avoir un pouvoir secret pour réussir à tout faire tout le temps sans avoir l'air de fournir le moindre effort.

Les conversations vont bon train, mais je n'écoute rien, trop concentré sur Manon. Elle aussi me fixe, et si moi, j'essaie de lui faire passer un message, le sien est on ne peut plus clair. La journée va être grandiose… si on aime la mauvaise humeur.

Ce manège dure depuis une dizaine de minutes lorsque je me dis que ça suffit et qu'il est temps de lui parler une bonne fois pour toutes. Je traverse la pièce, la rejoins et lui demande de me suivre. Nous allons nous réfugier dans la salle à manger et je m'arrête net : la table est déjà dressée pour ce soir. *Comment diable Carène et Olivier ont-ils eu le temps de s'en occuper ?*

– Bon, alors ? Qu'est-ce que tu veux ?

– Qu'on arrête de… C'est quoi, cette distance depuis hier ? demandé-je, les mains dans les cheveux. On était bien, on s'amusait et tu fais la gueule parce que j'ai…

– Passé du bon temps avec l'autre je-couche-avec-le-mec-d'une-autre ! Non, mais, après tout ce qui s'est passé, tu oses…

– Il ne s'est rien passé ! m'énervé-je. Hormis ma première erreur que tu as pardonnée, il ne s'est rien passé ! Ni à l'époque ni maintenant !

– Non, bien sûr ! Je rêve, c'est ça ?

– Tu…

Je suis interrompu par ma mère qui vient nous prévenir que nous sommes sur le point de partir pour cette fichue course de luge. Je me retiens tout juste de l'envoyer paître, tandis que Manon rougit, peut-être parce qu'elle se rend compte que nous avons sans doute été entendus. Pour ma part, ça m'est complètement égal… comme tout le reste.

– Merci Marie, dit-elle, trop contente d'éviter la conversation.

Je reste un petit moment sans bouger et attends de me calmer, ça ne serait pas une bonne idée de partager notre mauvaise humeur avec les autres, tout comme ça va être coton de faire comprendre quoi que ce soit à cette tête de mule. Elle m'énerve autant que je l'aime, c'est dire !

Aidez-moi, Seigneur.

Je finis par rejoindre les autres juste au moment où ils enfilent vestes, écharpes et autres gants. Manon, elle, évite mon regard à tout prix.

CHAPITRE 31

MANON

24 décembre

Qu'il m'énerve, mais qu'il m'énerve ! Marie m'énerve aussi d'ailleurs, à venir nous interrompre. Décidément, entre elle et Mathieu… ils se sont donné le mot. Je m'énerve parce que c'est une bonne chose qu'on ait été interrompus et je ne devrais pas croire le contraire. Tout le monde m'énerve ! *Hormis ma première erreur que tu as pardonnée, il ne s'est rien passé ! Ni à l'époque, ni maintenant !* Tout juste ce que je devais entendre pour avoir envie de l'écouter malgré ma colère excessive. Je ne suis pas sûre que je devrais lui en vouloir après la journée d'hier, je sais que Marina est une peste de première, et qu'elle a dû être absolument ravie de voir qu'elle avait créé des histoires, mais je ne peux pas m'en empêcher. J'étais sur le point de m'installer et de l'écouter enfin et il a fallu que sa mère nous interrompe, pour venir ici à cette course débile que j'ai toujours détestée. *Hormis ma première erreur que tu as pardonnée, il ne s'est rien passé !* Qu'est-ce que je fais avec si peu d'information, moi, maintenant ? Quand je pense que c'est plus que j'en ai jamais eu… La vie est si ironique.

J'aimerais pouvoir le voir et le sommer de continuer cette conversation, mais il est en grande discussion avec mon père, tandis que tous les autres félicitent ma mère pour les décors en forme de hotte. Un beau moment de camaraderie avant ce qui va être, je le sais, la foire d'empoigne pour former les équipes de deux. C'est qu'ils ne rigolent pas, il s'agit de gagner coûte que coûte. La magie de Noël pendant l'heure qui arrive ? Aux oubliettes !

J'avise les autres participants et ils sont déjà prêts à concourir, preuve que nous ne sommes pas tant en avance, ou alors tout le monde l'est ! Loin de moi l'idée de critiquer qui que ce soit, mais disons que j'ai la famille la plus bavarde du village, alors…

La mairesse s'avance au milieu de ce qui est chaque année la piste de luge. Elle se trouve en dehors de la ville, à flanc de montagne, et est prêtée par un particulier. Tout le monde se tait, y compris notre groupe qui semble s'être déjà mis d'accord sur les équipes. *Aussi vite, ça doit être un record !* L'élue approche le mégaphone de sa bouche et déclare :

– Bienvenue à tous ! Merci d'être à nouveau aussi nombreux à participer à la grande course de luge annuelle. Comme à chaque fois, le décor de votre luge a été jugé et le plus réussi vous donnera droit à un point bonus.

Tout le monde crie, enthousiaste.

– Mais laissons un peu de suspens flotter, continue-t-elle. Cette fois encore, nous jugerons vos pulls de Noël lorsque la compétition sera finie et le plus kitsch vous fera aussi gagner un point.

Nouvelle envolée de joie.

– Mais pour le moment : place à la course ! Vous connaissez les règles. Chaque groupe a trois équipes de deux, chaque équipe se lance groupe après groupe, et on comptabilise l'ensemble de vos temps. Que les meilleurs gagnent !

Je regarde la mairesse se dégager du chemin et m'amuse du joli pull à pingouin qu'on devine sous son manteau à moitié ouvert. Peut-être que les politiques auraient plus de succès avec ce genre de vêtements ?

– Manon, m'appelle Mathieu, alors que je pouffe de mes propres pensées, tu es avec Julien !

Ben tiens !

Le contraire m'aurait étonnée. Je le rejoins et me demande un moment si nous ne pourrions pas parler maintenant, mais avec toutes les oreilles indiscrètes et le brouhaha qui nous entoure, c'est impossible. *Et dire qu'il y a une demi-heure à peine je ne voulais rien avoir à faire avec lui !*

– Tu te mets devant ou derrière ? me questionne-t-il.

Je hausse les épaules. Quel que soit mon rôle, on perdra. Je n'ai jamais gagné une course, quel que soit mon coéquipier. Qu'importe si je me mets devant et fais en sorte que le traîneau tienne bon, ou que je sois derrière et le dirige. Non, je suis celle qui termine quoi qu'il arrive sur les fesses, ce qui fait rire tout le monde, sauf moi, pour des raisons évidentes.

Julien se place à l'avant, je m'installe donc derrière lui et nous attendons patiemment. Chaque premier duo de chaque groupe s'élance et nous sommes les derniers. J'ai tout le temps d'admirer le grand savoir-faire de chacun et de m'inquiéter chaque fois un peu plus pour mon sort, parce que ça n'a rien de drôle de se casser la figure à tous les coups !

Je note au passage – mais qui est-ce que ça étonnera ? – que chaque membre de ma famille a le regard aimanté sur la descente, déjà à fond dans la compétition. Ils nous encouragent, Julien et moi, à faire mieux. Ils semblent tous oublier que je suis archi-nulle, quant à s'inquiéter pour mon postérieur… n'en parlons même pas, ils s'en tamponnent. Seul Julien me demande à plusieurs reprises si ça va et je lui rends toujours le même haussement d'épaules résigné. Nous savons tous les deux que ça va mal finir, de toute façon. Il se contente de me répéter : « Ça va bien se passer. »

Tu parles Charles !

Un quart d'heure passe – il y a pas mal de familles et la piste est grande – lorsque vient notre tour. Julien me fait taper dans sa main et je dis adieu à mes proches, qui (non, mais !) concluent que j'exagère et rigolent. Mon coéquipier faux-petit-ami-que-je-déteste-mais-plus-tant-que-ça me demande si je suis prête, mais n'attend pas ma réponse avant de s'élancer. Je crie, mais personne ne fait attention, après tout, tout le monde crie.

Le premier tiers de la piste se passe bien, il ne faut pas changer de direction, il n'y a pas de porte en plastique à franchir. C'est après que ça se complique, lorsque je dois me pencher devant ces satanés obstacles. Vous êtes en droit de penser que décaler une luge d'un centimètre pour passer un obstacle ce n'est pas grand-chose : je voudrais vous y voir ! Je me penche donc, mais rien ne se passe, enfin si, mais pas assez vite ! Je me penche davantage, mais c'est trop rapide. L'objet de malheur sur lequel nous glissons tangue à tel point qu'il s'apprête à se renverser et je n'ai pas besoin de réfléchir à ce qui se passe, je sais que je vais à nouveau finir le cul mouillé… Ou en l'air, allez savoir.

C'était oublier que je passe un Noël particulier, et qu'il est bien décidé à l'être jusqu'au bout !

Je suis sur le point de tomber, mais la luge s'est trop rapprochée du satané poteau qui supporte ce fichu obstacle et donc les patins de notre moyen de transport (tu parles !) se bloquent dans le piquet et l'engin fait un vol plané, commc personne, j'en suis sûre, n'en a jamais vu dans sa vie !

Trois choses me passent en tête l'une après l'autre : je vais avoir la mort de Julien sur la conscience ; je vais mourir aussi ; je n'ai pas rédigé de testament !

Pas le temps d'en avoir le cœur net, le vol est terminé et je touche terre, enfin neige, ou plutôt glace. C'est aussi une chose à retenir : la poudre blanche si jolie se transforme en une espèce de neige bien dure et gelée, mais pas encore complètement (encore heureux !) quand il fait aussi froid qu'à Froidieu. Quand on tombe durement dessus, on le sent passer ! Merci, mon Dieu, il restait de la neige, fraîche malgré tout, c'est sans doute ce qui m'a amortie et sauvé la vie.

Autre question qu'on pourrait se poser : que ressent-on lorsque l'on tombe comme cela ? Eh bien… ça fait mal, très mal, partout, mais surtout à l'endroit qui a été le plus malmené. Je sens tout de suite que le problème se situe sur le côté gauche, celui qui est tombé sur la glace. J'ai donc la moitié droite du corps au sec, l'autre, transie de froid et souffrante. Je me mets sur le dos et entame une check-list mentale :

Les pieds ? Tout va bien.

Les jambes ? OK.

La tête ? RAS.

Les bras ? Aïe !

Le poignet gauche me fait souffrir comme jamais. Je regarde et ne vois rien de particulier, mais je suis sûre qu'il est *au minimum* cassé, il n'y a qu'à voir (sentir serait le mot le plus juste) l'effet que me procure le moindre geste.

Ouh non, ça ne sent pas bon ça…

Au moins l'os ne sort pas, on se rassure comme on peut !

Ça a duré une minute à peine, mais ce n'est pas du tout mon ressenti, j'ai vécu ça au ralenti comme au cinéma. J'entends ma mère crier alors qu'elle accourt, tandis que je vois mon père aider Julien à se relever. Il a l'air en bonne condition et ça me rassure, mais je peste : ça n'aurait pas pu être lui, le blessé ?

Je n'ai jamais dit que j'étais une sainte…

Son air me désarçonne en revanche, il semble furieux. M'en veut-il à ce point ?

– Non, mais qu'est-ce qui t'a pris ? Tu es folle ou quoi ? me crie ma mère, ce qui m'empêche de creuser davantage le cas Julien.

Ben tiens, comme si c'était voulu…

CHAPITRE 32

MANON

24 décembre

– Le jour de Noël ! Il a fallu que ma fille se blesse le jour de Noël, mon Dieu ! Comment on va faire ? Le réveillon, Noël, tout est fichu !

Euh… Je souffre, au passage, hein. Elle n'a pas l'air de s'en rendre compte et je laisse assez vite tomber, il est clair que le réveillon de ce soir la tracasse bien plus.

– On ne pourrait pas aller plus vite ? demande-t-elle à l'infirmier qui surveille mon poignet pendant que l'ambulance fonce sur les routes. Parce que c'est le réveill…

– Chérie ! Tout va bien se passer, la rassure mon père. On sera dans les temps, il ne faut pas une journée entière pour un plâtre…

– Je suis blessée, on peut s'en rappeler ? lâché-je, excédée de l'entendre s'en faire pour le dîner.

– Oh, oui, bien sûr, dit ma mère. Tu sais, je m'en fous du réveillon. Enfin, c'est sûr que le plus important c'est que tu ailles vite mieux. Pas vite parce que…

– Ce qu'elle essaie de te dire, la coupe mon père, c'est qu'elle est morte de trouille et se concentre donc sur autre chose que ton accident, sur quelque chose qu'elle peut contrôler.

– Je suis vraiment désolée, ma puce, me lance-t-elle. Tu… Enfin, je… Tu es ma fille et…

– Elle va bien, la coupe mon père, ce n'est qu'un poignet cassé.

Ma colère s'envole aussi vite qu'elle est arrivée. Ils sont fous, mais c'est comme ça que je les aime, c'est juste que mon voyage aurait sans doute été plus calme sans eux à mes côtés. Je retiens un sourire à l'idée de demander que l'on s'arrête pour les laisser sur le bord de la route. L'idée est horrible, mais a le mérite de m'occuper l'esprit.

Et dire qu'ils ne devraient pas être là ! Imaginez, à vingt-quatre ans, avoir vos deux parents dans l'ambulance pour un simple poignet cassé… Mais ma mère a tellement paniqué et insisté que les ambulanciers l'ont embarquée. Et tant qu'à faire, autant prendre le père aussi, peut-être arrivera-t-il à canaliser la maman en panique.

Quelle famille !

Quand nous arrrivons sur place quelques instants plus tard, ma mère m'aide à descendre du véhicule comme si c'était une jambe que je m'étais cassée et nous entrons tous les trois dans l'hôpital. Ma mère convainc mon père de rentrer me chercher des vêtements de rechange et de quoi me restaurer, je crois qu'elle s'imagine que je vais rester ici une semaine entière, et lorsque je lui fais remarquer que ce ne sera pas le cas, elle me répond : « On ne sait jamais, mieux vaut être prévoyant. » Mon père finit par décider d'y aller – non pas parce qu'il partage l'avis de ma mère, me dit-il tout bas, mais pour récupérer la voiture que nous avons laissée sur le lieu de la course – et commande un taxi. Heureusement, Julien et ses parents ne tardent pas à arriver : ces derniers sont bien plus calmes et m'apaisent un peu lorsqu'ils m'accompagnent à l'accueil tandis que Julien va nous chercher du café. Il n'a pas dit un mot depuis tout à l'heure et tire une drôle de tête, l'air contrarié, mais je remercie le ciel qu'ils soient là, lui et ses parents. Parce que si l'avantage d'avoir des parents qui vous aiment si fort est d'être sûr d'être choyé quoi qu'il arrive, l'inconvénient est qu'ils paniquent au moindre problème… *Tout ce monde qui m'accompagne pour un poignet cassé ! J'en viens presque à espérer qu'il le soit vraiment… Sinon je mourrai peut-être de honte.* Merci à ma mère et son exagération légendaire.

Je passe une radio pour être sûre qu'il s'agit d'une fracture ne nécessitant pas de chirurgie et on nous confirme vite que ce n'est pas bien méchant, en tout cas rien qu'un simple plâtre ne saurait guérir. Nous attendons ensuite en salle d'attente que ce soit mon tour de me faire soigner. En cette saison à Froidieu, avec toutes les plaques de verglas et autres accidents de patinoire, ma fracture n'est pas très originale, il y a du monde et il faut faire preuve de patience. Je profite de ce temps pour discuter un peu avec mes « beaux-parents » et il me vient à l'esprit que je les connais au final assez peu. Je me promets de remédier à ça dès que possible, même si ça ne va pas plus loin avec mon faux petit ami. Julien ne cesse de me demander s'il peut faire quelque chose et sa sollicitude me touche autant qu'elle me déroute : qu'est-ce qui lui arrive de souffler le chaud et le froid en passant du mec énervé au mec attentionné comme ça ? S'il se met à devenir bizarre lui aussi, je ne suis pas sortie de l'auberge ! Après une demi-heure, alors que mon père est revenu, le docteur nous apprend que je serai prise en charge sous peu pour la pose de mon plâtre et mes parents s'apaisent enfin. Nous rions de leur frayeur, tout le monde les chambre avec bonne humeur, et je ne sais pas ce qui est le plus amusant : voir ma mère gênée d'avoir perdu les pédales, ou mon père qui essaie maintenant de minimiser les faits pour cacher qu'il était aussi secoué que sa femme ?

Le médecin vient enfin me chercher et commence alors un nouveau débat : tout le monde veut être auprès de moi. C'est à se cacher, ne peuvent-ils pas rester sages plus de cinq minutes ? Le docteur nous apprend qu'en temps normal, il est seul avec le patient, ce que ma mère refuse, il n'est pas question que personne ne mc soutienne pendant cette « épreuve ». Je finis par choisir Julien, c'est encore le plus calme, et puis après tout, c'est mon compagnon… d'accident à défaut d'amour. Son rictus de mauvaise humeur est de retour et je me demande encore une fois ce qui lui prend depuis tout à l'heure, c'est à en perdre son latin… Que je ne maîtrise pas, mais vous avez compris l'idée. J'ouvre la bouche pour l'interroger une bonne fois pour toutes, mais je n'ai pas le temps de commencer une phrase que le docteur nous interrompt pour qu'on le suive.

Il ne faut pas longtemps au médecin pour me poser ce qui, m'apprend-il, m'accompagnera pour les deux semaines qui viennent. Il me demande si je suis entourée et aurai des personnes prêtes à m'aider car le quotidien n'est pas aussi simple qu'on le pense avec une main en moins. Je suis sur le point de lui demander s'il a vraiment besoin d'une réponse après avoir assisté à la scène qui vient de se dérouler sous ses yeux, mais Julien me prend de vitesse et répond qu'il sera là. Je ne dis rien devant le docteur, mais je suis étonnée que Julien agisse comme si tout était réglé entre nous. Nous retrouvons les autres et une fois que le médecin a répondu aux nombreuses – très nombreuses, trop nombreuses – questions de maman, nous repartons.

Malheureusement, je n'ai pas pu esquiver le retour à la maison en voiture avec mes parents. J'ai bien essayé d'y échapper, mais il était difficile de dire que si l'accident ne m'avait pas tuée, ce trajet allait sûrement m'achever. Les premières minutes se passent en silence et je suis en train de me convaincre qu'il en sera peut-être de même tout au long de la route, je sens mon corps se détendre et me coule un peu plus dans mon siège lorsque…

– Tu vas voir chérie, je vais m'arranger pour te faciliter au maximum la vie ! Plus question que tu fasses le moindre effort, il faut absolument reposer ce… oh ! Peut-être que quelqu'un devrait dormir près de toi !

– Maman, je n'ai besoin de personne dans ma chambre !

– Tu crois ? Mais s'il te faut… Je ne sais pas, un verre d'eau ?

– Je me débrouillerai !

– Je me demande quand même si tu ne devrais pas…

Je ne l'écoute déjà plus. Je regarde par la fenêtre sur laquelle je laisse aller ma tête et me laisse bercer par les mouvements de la voiture. Je profite du calme (relatif, vous l'aurez compris) avant la tempête et me dis que les prochains jours vont être longs, très très longs ! Ça aurait pu être pire : le docteur m'a dit devant mes parents que rien ne m'interdisait de reprendre le travail à la rentrée comme prévu et ne m'a donc pas donné de certificat médical…

Non, je n'ai pas expiré de soulagement. Vous n'avez aucune preuve.

CHAPITRE 33

JULIEN

24 décembre

Quiconque me verrait maintenant pourrait penser que je reviens d'un enterrement. Non seulement je n'ai pas pu avoir la discussion escomptée avec Manon, mais voilà qu'elle est blessée à présent ! Je veux me persuader que je ne suis pas responsable, mais mon cerveau n'est pas d'accord avec cette affirmation. Je ne cesse de me dire que si on l'avait écoutée lorsqu'elle nous disait qu'elle ne voulait pas y aller… Non, c'est ridicule, on rigolait et on ne pouvait pas le prévoir.

Elle va bien, et c'est tout ce qui compte. Cependant, indépendante telle qu'elle est, il n'est pas difficile de savoir à quel point la convalescence ne va pas être une partie de plaisir.

Lorsque je sors de la voiture, j'hésite une seconde à aller la rejoindre, mais je me décide à rentrer chez moi et à lui laisser de l'espace. Je suppose que ce n'est pas le meilleur moment pour avoir cette fameuse discussion, d'autant plus que je l'imagine aisément asphyxiée par l'anxiété de ses parents. Mon père a remarqué mon déchirement intérieur et m'interroge, mais je lui dis que tout va bien. Il me connaît assez pour voir que je mens et insiste, ce qui ne lui ressemble pas. Je suis sur le point de l'envoyer paître, mais je reconnais que ça me ferait du bien de parler à quelqu'un, de me confier et de cesser, enfin, de jouer la comédie. Il me fait signe de le rejoindre sur la vieille balançoire de notre jardin pendant que ma mère, qui a compris qu'une discussion père-fils se profilait, rentre dans la maison avec un sourire attendri.

– Je t'écoute mon fiston. C'est en rapport avec le froid qu'il y a entre Manon et toi ? me questionne-t-il d'une voix douce.

– Tu as remarqué ? m'étonné-je.

Il rit.

– Oui, tout comme ta mère, Carène ou Olivier. Vous, les enfants, croyez toujours que vous pouvez cacher des choses importantes à vos parents, mais on voit tout, ou presque.

Je sens bien qu'il y a un sous-entendu derrière ses mots et ma respiration se bloque. *Auraient-ils deviné ?*

– Alors, commencé-je, vous savez que…

– Vous nous jouez la comédie depuis le début de la semaine ? me coupe-t-il. Pourquoi crois-tu qu'on s'amuse à être aussi intrusifs avec vous ? On s'est payé votre tête comme vous n'avez pas hésité à vous payer la nôtre.

Il rit et me donne un gentil coup d'épaule.

Je dois faire une de ces têtes !

Et moi qui n'ai rien vu venir. Incroyable ! Je souris en me demandant comment le prendra Manon lorsqu'elle l'apprendra, elle qui ne voulait pas de moi au début et a consenti à tous ces efforts pour rien !

– Il y a d'autres choses comme ça dont vous êtes au courant ?

– Mis à part que vous sortiez ensemble sans nous le dire ? Et que vous vous êtes séparés soudainement il y a un peu plus d'un an alors que vous alliez vivre ensemble ?

– Vous…

J'en reste bouche bée cette fois. Pourquoi n'ont-ils donc rien dit pendant tout ce temps ? Toutes ces fois où Manon et moi avons pensé que nous étions discrets. Remarquez, ce secret était assez idiot quand on y pense, et vers la fin il n'avait plus aucun sens.

– Incroyable, laissé-je échapper.

– Si tu es père à ton tour, tu apprendras que nous sentons ces choses-là. Lorsqu'un enfant devient adolescent, le rôle des parents n'est pas de le laisser complètement indépendant, c'est de lui faire croire qu'il l'est : ça lui apprend la vie, mais on le protège malgré tout. Ça nous force à le suivre de près, à faire attention à tout, au moindre détail. Alors, tu penses bien que vous deux en couple…

– Ça alors.

Mon hébétude le fait franchement rire cette fois.

– Allez, raconte-moi les détails qui me manquent maintenant. Je sens que ça ne va pas depuis un moment et que tu as besoin de te confier.

Alors je lui déballe tout : mon infidélité, notre rupture suite au quiproquo, mon idée de la reconquérir et la raison pour laquelle nous jouons la comédie depuis plusieurs jours. Il est patient, à l'écoute, et ne m'interrompt pas une seule fois. Je me sens, lorsque j'ai terminé, plus léger et libéré d'un poids. Je ne m'étais pas rendu compte que j'avais tant besoin de parler à quelqu'un. Mon père met un moment à me répondre, il semble analyser toute l'histoire et peser ses mots.

– Eh bien…

Il lève la tête en l'air et poursuit :

– Je ne vais pas te féliciter pour ton comportement avec elle à l'époque, mais ça explique mieux la soudaine distance qui s'est installée entre vous, et son départ du jour au lendemain.

– Je sais, dis-je en la tête basse, honteux.

– Et tu veux toujours la reconquérir ?

– J'aurais aimé, mais c'est déjà le réveillon ce soir et j'ignore quand elle repart. J'ai eu une chance et encore une fois je n'ai pas su la saisir, je le crains.

– Tu dois trouver un moyen de lui parler, d'autant plus si elle t'a pardonné ta première faute et que la seconde est un quiproquo. Tu es sûr quc c'en est un, n'est-ce pas ?

– Oui ! m'exclamé-je.

Je me prends la tête entre les mains et commence à ruminer. Si mon propre père semble en douter, comment Manon, elle, pourrait donner du crédit à ce que je lui affirme ?

– Parle-lui, me conseille-t-il. Il te reste encore toute la journée d'aujourd'hui, sans oublier demain !

– Je ne sais pas si elle a la tête à ça, réponds-je, la tête relevée pour le regarder.

– Parce qu'elle est blessée ? Ce n'est que le poignet, Julien ! Et puis, si elle t'aime, elle l'aura. Si ce n'est pas le cas, tu peux arrêter d'essayer tout de suite, car sans amour ça ne fonctionnera pas… Mais quelque chose me dit que ce n'est pas terminé entre vous. Et rien n'est plus fort que l'amour.

J'expire un filet d'air en me passant la main dans les cheveux.

– Tu as sans doute raison, je vais y aller. C'est juste qu'après cette rupture, je ne sais pas si…

– Tu sais, me coupe-t-il, ta mère et moi avons rompu une fois aussi.

Je le regarde, encore plus étonné que je ne l'ai été jusqu'à maintenant. Mes parents, séparés ? Je n'ai jamais entendu parler de ça ! Et j'ai un mal fou à l'imaginer, ils ont toujours été comme les deux doigts de la main.

– Eh oui, continue-t-il, un petit sourire aux lèvres devant ma tête.

Décidément !

– Mais que s'est-il passé ?

– On ne voyait pas les choses de la même manière, ta mère était déjà bien plus mature que moi.

– Tu ne voulais pas t'engager ?

– Entre autres. Elle a tout de suite annoncé vouloir déménager aussi. Et puis, je ne voulais pas d'enfant, elle, si.

Cette révélation me cueille à froid et me fait un peu mal. *Est-ce que...* Il voit mon expression et sursaute presque :

– Non, pardon, je n'aurais pas dû dire ça comme cela ! Tu as été désiré Julien, n'aie pas d'inquiétude là-dessus. C'est juste que ta mère était prête dès ses dix-huit ans, moi, il m'a fallu plus de temps... Mais ta venue au monde est le plus beau jour de ma vie et je t'aime plus que tout.

J'acquiesce, soulagé, le cœur gonflé d'amour face à ces paroles. Je me fais pensif aussi : je n'ai jamais osé laisser mes pensées chavirer vers ce point, mais il est vrai que je me suis plusieurs fois demandé si avoir rompu ne signifiait pas la fin définitive de notre histoire. Ce que vient de dire mon père m'est précieux, pour notre histoire, à Manon et moi, mais aussi pour la réussite éventuelle d'un couple après une séparation. Je me sens requinqué.

– Allez, va la rejoindre ! lance mon père, un doigt pointé sur la maison voisine. Sinon tu n'oseras plus jamais !

Je me lève et me mets en route, il a raison. Je suis si pressé que j'oublie de lui répondre, je reviens donc sur mes pas et le remercie, l'embrasse et lui dis que je l'aime moi aussi. Il rit et me fait signe d'y aller. Je me dirige à nouveau vers le foyer de Manon.

Cette fois, c'est la bonne !

CHAPITRE 34

MANON

24 décembre

Sortez-moi de là, je vous en supplie ! J'en viens à prier les cieux, quel que soit mon sauveur, je lui serai reconnaissante à vie. Cela fait trois longs quarts d'heure que nous sommes rentrés et mes parents sont aux petits oignons avec moi, comme si j'étais en sucre, ou comme si j'avais perdu une jambe. Je me frappe l'arrière de la tête sur l'oreiller à l'idée que j'en ai pour plusieurs jours à ce régime, alors que mes nerfs lâchent déjà ! Si encore il n'y avait que mon père, ça irait, il a de la sollicitude, mais reste gérable. Mais non, il y a ma mère, Carène Porek dans toute sa splendeur : elle court partout, s'assure que je vais bien toutes les cinq secondes et me propose toutes sortes de choses à boire et à manger. Elle sort un oreiller de ma penderie pour que je sois mieux installée et me le tend. Ma tête doit être explicite parce que je vois sa mine changer. Je crois apercevoir une pointe de tristesse passer par ses iris. Pourtant, je ne vois pas pourquoi elle serait triste. D'accord, je suis blessée, mais pas à ce point.

– Je t'ennuie, hein, lâche-t-elle soudain.

Ah, c'est donc ça qui la tracasse. Je ne réponds pas tout de suite, incapable de savoir comment m'y prendre. La réponse est oui, mais je ne veux pas la blesser.

Elle fait le tour du lit et s'assied à côté de moi.

– Je suis désolée.

– Mais, tu n'as pas à…

– Laisse-moi finir. Je me rends compte que nous n'avons jamais parlé de mon côté… excessif, dit-elle après une hésitation qui me fait sourire. Écoute, j'ai eu cette conversation avec ton père il y a longtemps déjà, mais jamais avec toi. J'ai conscience que je suis parfois directive, impétueuse, étouffante…

– Ça fait beaucoup, ris-je. Arrête, tu es une maman aimante, c'est tout !

– C'est vrai ?

– Mais enfin maman, qu'est-ce qui te prend ?

– Je voulais juste… Je ne sais pas. Je vois bien que parfois je te gêne ou que j'en fais trop. Et… J'essaie de me contrôler, mais…

Je la fixe un instant. Je ne comprends pas pourquoi elle me parle de ça, ni même pourquoi elle se met soudain dans un tel état. Oui, elle peut être exactement tout ce qu'elle vient de dire, mais ça a toujours été pour moi de l'amour mal canalisé.

Elle nous aime tant qu'elle en fait trop, mais ça ne fait pas d'elle une mauvaise personne.

– Oh, maman ! Si tu savais comme je t'aime ! réponds-je. Oui, tu peux être étouffante et tu peux parfois en faire trop, mais je ne vais certainement pas me plaindre d'avoir une mère aimante ! Parfois j'aimerais que ce soit différent, mais ça ne dure jamais. Ne change pas, tu es parfaite comme tu es.

Elle est sur le point de répondre, mais est interrompue par la sonnette de la porte d'entrée. Elle se lève aussitôt pour aller voir de qui il s'agit pendant que je reste étonnée de la conversation que nous venons d'avoir.

Je finis par tendre l'oreille afin de tenter de savoir ce qui se passe, mais c'est peine perdue, depuis l'étage je n'entends que des brouhahas. Je cesse de jouer les espionnes et me rencogne dans mon lit, trouvant du mieux que je peux une position confortable, ce qui n'est pas une sinécure avec un plâtre. Et puis qu'est-ce ça gratte, ce truc ! Ma mère remonte et j'espère que nous ne parlerons plus de tout ça. Je n'aime peut-être pas quand elle est étouffante, mais je déteste la voir triste.

– Maman ? C'était qui ?

– C'est moi. (Julien passe la tête dans l'encadrement de la porte avec un petit sourire.) Je peux ? ajoute-t-il en désignant la chambre.

Je l'y autorise d'un signe de la tête et le regarde se diriger vers moi. Je ne sais pas si c'est l'épreuve que je vis ou si c'est le fait de le voir après tant de temps passé avec ma mère (une heure complète ! Essayez, vous verrez), mais je le trouve plus attirant que jamais. À moins que ce soit l'air qu'il arbore ? Il semble… gêné.

– Je ne te dérange pas ? s'enquiert-il.

– Oh non ! Tu me sauves au contraire ! Ma mère me rend folle, ris-je. Enfin, quoi que… Elle est… Laisse tomber, finis-je, sans trouver mes mots.

– Comment tu te sens ?

– Bien. C'est plus désagréable que vraiment douloureux.

– Il faudra qu'on fasse des dessins dessus, sourit-il, le regard fixé sur le plâtre.

– C'est ça, pour que tu dessines des choses obscènes ?

Il prend un air offensé et nous nous sourions. Il se met à regarder par la fenêtre qui est derrière mon lit, l'air pensif. Je ne sais pas ce qu'il a, mais il semble plus sérieux que d'habitude.

– Je voulais te parler, de… Tu sais…

– Ah, la grande conversation que tu veux avoir depuis une semaine, souris-je, oubliant aussi vite le reste.

Depuis notre échange de ce matin, quelque chose a changé, je veux savoir. J'ai toujours aussi peur de ce qui va en sortir, mais je suis lasse de faire comme si ça importait peu. Il est temps, plus que temps.

– Je suis désolé, répond-il, la tête basse, tu n'as peut-être pas envie de ça alors que tu es dans cet état.

– Non, reste, ça va, le retiens-je alors qu'il se lève déjà. S'il te plaît, tout le monde me traite comme si j'allais mourir, alors que ce n'est qu'un poignet cassé ! gémis-je. Je suis d'accord pour qu'on en discute. Moi aussi, j'en ai marre de ce petit jeu entre nous. En revanche, tu vas devoir être convaincant parce que ce que j'ai entendu ce jour-là était assez clair !

Il souffle un coup et regarde à nouveau au-dessus de moi, l'air absorbé par ses pensées. Il semble réfléchir à comment me dire les choses. Quant à moi, les doigts de ma main libre se mettent à jouer avec le drap. J'ai la gorge sèche tout d'un coup, j'espère que ces révélations valent la peine et ne me feront pas souffrir davantage…

CHAPITRE 35

MANON

Un an et cinq mois plus tôt

Je suis ravie ! L'avenir semble se dessiner comme je l'avais prévu. Non seulement une place m'attend aux bureaux de Ludo&Co, la maison d'édition dans laquelle je vais travailler, mais en plus je viens d'apprendre que nous allons pouvoir signer le bail de l'appartement que Julien et moi allons partager. Il sera libre pour la rentrée de septembre, nous pourrons nous installer et commencer notre nouvelle vie à deux comme nous le souhaitions !

Je me dirige vers le bureau des parents de Julien, où il les aide. Il l'a toujours fait pendant ses études et a repris cette habitude maintenant que ce sont les grandes vacances. Il a effectué un remplacement à Froidieu jusqu'à présent avant de prendre un poste à Paris en septembre. J'espère ne pas les déranger, mais je ne peux pas attendre une seconde de plus pour le lui annoncer.

Mon sourire s'élargit un peu à l'évocation de nos études, mes parents pensaient que ce n'était pas utile d'aller jusqu'à Paris pour étudier. Mais il fallait se rentre à l'évidence : les facultés alentour (et encore, impossible de vivre à Froidieu, il fallait tout de même déménager) ne proposaient pas de cursus en communication, quant à la spécialisation « édition »… même pas en rêve ! Sans parler des longues séparations pour notre couple. Sur ce point-là, personne ne savait, mais nous étions tous deux forcément inquiets de notre capacité à rester liés à distance. Résultat : je suis éditrice et il est professeur, au grand dam de ses parents qui voulaient le voir reprendre leur entreprise. Mais non, Julien voulait un métier qui ait du sens, où il pourrait aider les autres. De plus, il a toujours eu un feeling particulier avec les enfants. Et voilà que nous déménageons la semaine prochaine pour prendre notre envol d'adultes !

J'étais si excitée que j'avais envie de marcher et profiter du soleil plutôt que de m'enfermer dans une voiture, mais qu'importe, ce n'est pas loin et je me sens assez en forme pour traverser un continent entier. Je sautillerais presque tant le bonheur coule dans mes veines ! Je salue tout le monde avec joie, je prends le temps d'admirer la nature qui a repris ses droits maintenant qu'il fait bon, je me dis que la vie est de plus en plus belle, de jour en jour et au fil de mes pas qui me rapprochent de mon amoureux.

La seule ombre au tableau est Antonina qui va me manquer maintenant que les études sont terminées. J'ai longtemps eu du mal avec cette idée, mais elle m'a assuré que rien ne changeait de son côté et qu'elle comptait bien que l'on reste en contact. Ça sera différent, mais on sera toujours là l'une pour l'autre. Et puis, on ne vivra plus ensemble, mais elle reste à Paris, alors…

Lorsque j'arrive enfin, je croise son père et lui demande s'il sait où est Julien. Il m'apprend qu'il est dans la forêt derrière le bâtiment principal avec une cliente et je vais tout de suite l'y rejoindre en empruntant la pelouse bordée de parterres de fleurs plus colorées les unes que les autres. Il ne me faut pas une minute pour le trouver parmi les arbres qui laissent filtrer la lumière et qui nous offrent un magnifique camaïeu de vert. Mon cœur réagit dès que je l'aperçois.

Ma première pensée est que je le trouve encore plus beau qu'au premier jour. *Comment cela se peut-il ?* J'ai le plus beau mec de la Terre, c'est sûr. Une chance qu'il soit venu vivre à Froidieu dans la maison en face de la mienne. Mais lorsque je fais un pas de plus, cela me frappe : il ne discute pas, il est tendu et se dispute avec quelqu'un. Je fronce les sourcils, pourquoi se disputerait-il avec une cliente ? Je deviens tout de suite suspicieuse, mes démons reviennent, je décide de me faire discrète et de prendre un autre chemin pour arriver jusqu'à eux.

– C'était une erreur, Audrey ! entends-je dès que je suis à portée de voix. Comme toutes les autres fois, je ne sortirai plus avec toi. Je veux m'éloigner de toi, tu as fait assez de mal comme ça.

– Mais enfin, c'était génial hier, on s'est bien amusés !

Hier ? Il a passé la journée avec moi, et il était censé sortir avec Jérôme le soir. Alors que faisait-il avec elle ?

– Désolé, mais hier, c'était le coup de trop…

Je n'écoute déjà plus la suite, je n'en ai pas la force.

Il a recommencé !

Comment a-t-il pu ? Comment ose-t-il ? Quelle conne j'ai été de lui avoir pardonné la première fois ! Bien sûr qu'un homme qui trompe une fois recommence, je suis la seule idiote à avoir cru que ce ne serait pas le cas !

Je suis sonnée et je me laisserais bien tomber au sol, mais il en est hors de question. Je ne veux pas que ce salaud me voie affectée par ses actes. Je m'éloigne donc sans bruit et cette fois je regrette de ne pas avoir pris de moyen de locomotion, parce que le chemin du retour me semble déjà beaucoup plus long. Heureusement, je ne dois pas repasser par la scierie, car je ne saurais pas faire bonne figure devant Marie ou Mathieu…

Je pleure tout du long du chemin, par miracle les piétons semblent trop occupés pour se soucier de moi et personne ne me remarque. Il y a cinq minutes, j'étais la plus heureuse au monde, maintenant, je suis la plus triste. La vie est pleine de surprises et de rebondissements, mais je me serais bien passée de celui-ci. J'arrive enfin chez moi, la maison est vide, mes parents sont au travail. Je monte sans attendre dans ma chambre et m'écroule sur le lit avant de me laisser aller à mon chagrin. Ça dure un temps infini, je n'arrive pas à me calmer, je ne parviens pas à y croire. C'est lorsque je reçois un appel de mon – désormais, je le sais – ex-petit ami que j'ai un sursaut : il faut que je parte, tout de suite ! Je n'aurai pas la force de l'affronter, d'écouter à nouveau ses explications vaseuses. Je pourrais me laisser convaincre, je le sais. L'amour est plus fort que tout et j'ai déjà commis l'erreur une fois, pas moyen que ça recommence !

CHAPITRE 36

MANON

24 décembre

– Bien, dit-il comme s'il s'apprêtait à commencer un exposé. Le plus difficile pour moi lorsque tu es partie de manière aussi abrupte a été de savoir ce qu'il s'était passé. Après tout, on était heureux, tout allait bi…

– Oh, je t'en prie ! ne puis-je m'empêcher de le couper, ayant du mal à croire qu'il joue à ce petit jeu. Tu ne vas pas me dire…

– Laisse-moi finir, m'interrompt-il à son tour. Il m'a fallu des jours pour analyser chaque heure de nos derniers moments ensemble et comprendre. Et lorsque j'ai fini par déduire ce qui avait été l'élément déclencheur de tout ça – c'est la conversation avec Audrey, n'est-ce pas ? –, j'ai failli en rire…

– Parce que tu trouves ça drôle ? explosé-je. En fait, tu sais quoi ? Je me suis trompée, je n'ai plus envie de t'écouter !

– S'il te plaît Manon, attends, calme-toi. Tu verras que ce n'est pas ce que tu crois. Non je ne trouve pas ça drôle ! Tu m'as quitté je te signale, ça fait plus d'un an qu'on est séparés, plus d'un an que je souffre, plus d'un an que je rêve de ce moment où on peut recommencer là où on s'est arrêté, alors crois-moi, *je ne rigole pas !*

– Julien, soupiré-je, fatiguée de tout ça. J'ai souffert au moins autant que toi, mais tu sais que je ne pouvais pas accepter que tu…

– Qu'as-tu entendu au juste ?

Je fronce les sourcils.

Il le fait exprès ? Ça l'amuse de me faire mal ?

– Tu comprendras où je veux en venir, promet-il.

Je vois dans son regard qu'il est sincère et qu'il ne veut qu'une chose : tout arranger. Alors je lui dis ce que j'ai entendu, mot pour mot, ce n'est pas difficile, ces phrases sont gravées dans ma mémoire tellement je les ai ressassées :

– C'était une erreur Audrey ! Comme toutes les autres fois, je ne sortirai plus avec toi. Je veux m'éloigner de toi, tu as fait assez de mal comme ça.

– Mais enfin, c'était génial hier, on s'est bien amusés !

– Désolé, mais hier c'était le coup de trop…

Il acquiesce au fur et à mesure, avec un air qui semble vouloir dire que tout s'explique et je suis perdue : il assure ne pas m'avoir trompée une deuxième fois, mais confirme que c'est exactement ce qu'ils se sont dit.

Ça n'a pas de sens !

– J'étais fou de rage contre elle. Lorsque tu nous as entendus, je lui disais que je ne voulais plus sortir avec elle *en soirée*. Que la veille avait été une erreur *parce qu'on n'aurait jamais dû l'accepter avec nous*. Comme toutes les autres fois *parce que ce n'est pas la première qu'elle nous fait un sale coup* et que, *justement*, c'était le coup de trop *qu'elle s'en prenne à Jérôme...*

Il a à chaque fois insisté sur les mots qui expliquaient la situation et je n'ai jamais été aussi désarçonnée de ma vie. Jamais je n'aurais cru que c'était de ce genre d'histoire qu'il était question. J'ouvre la bouche, mais il m'arrête d'un geste :

– Je parlais donc de la soirée de la veille, me révèle-t-il. Celle à laquelle j'étais avec Jérôme. Audrey est une... Je ne sais pas comment on dit ce genre de chose poliment... Mais c'est une garce dans toute sa splendeur. Elle a toujours adoré manipuler son monde et prendre plaisir au malheur des autres. Je ne sais même pas comment elle a atterri dans notre groupe d'amis, mais elle a fini par blesser tout le monde. Si on la tolérait encore, c'est parce que Jérôme était fou amoureux d'elle, alors pour lui, on se taisait et on faisait avec... Un jour elle a cédé aux avances de mon ami, il était fou de joie, il était heureux et je l'étais pour lui, mais le fameux soir avant que tu ne me quittes, on a appris qu'elle s'était foutue de lui, que c'était juste pour se venger : Antoine, tu sais, l'autre meilleur ami de

Jérôme, l'a repoussée un nombre incalculable de fois, elle s'est dit que sortir avec Jérôme rendrait peut-être Antoine jaloux. Jusqu'ici, quand elle s'en prenait aux gens, je ne disais rien, par facilité je suppose, mais lorsqu'elle s'est foutue de mon meilleur ami…

Il s'interrompt, se passe la main dans les cheveux et semble rassembler le reste de ses souvenirs.

– Tu n'as pas pu rester sans réagir et tu as décidé qu'il fallait la sortir de votre groupe d'amis, finis-je pour lui.

Il acquiesce et je réfléchis. Ça fait sens. Bien sûr que les détails n'étaient pas dans la conversation que j'ai entendue, Julien n'avait pas besoin de préciser, cette Audrey était bien placée pour les connaître sans qu'il ait besoin d'expliciter. Je me sens tellement conne ! *Qu'est-ce que j'ai fait ?*

J'ai laissé parler mon cœur, qui avait déjà été malmené par son infidélité et j'en ai tiré des conclusions, voilà ce que j'ai fait. Peut-être mon *ego* aussi… Les conclusions étaient donc fausses.

– On aurait gagné du temps si tu avais lu ma lettre, finit-il.

– Ta lettre ? réponds-je, perplexe.

– Oui, celle que Jérôme t'a remise à Noël dernier.

– Je n'ai jamais reçu de lettre de ta part ! Je ne parle même plus à Jérôme depuis ce fameux jour.

Il a l'air de ne plus rien comprendre quand un détail me revient et que l'histoire ne colle plus : si tout ça tourne autour de son meilleur ami, alors…

– Pourquoi n'a-t-il rien dit ? continué-je à voix haute cette fois.

– Qui ça ?

– Eh bien, Jérôme.

CHAPITRE 37

MANON

Un an et cinq mois plus tôt

C'est lorsque j'ai fini de boucler ma dernière valise que quelqu'un sonne à la porte. Je me redresse vivement et reste figée. Pourvu que ce ne soit pas Julien, je n'ai pas la force de lui faire face, de l'écouter, de lui résister. Je sais que si je lui laisse l'occasion de me dire quelque chose je n'aurai pas la volonté de le quitter pour de bon.

Le visiteur sonne une deuxième fois et je me résous à aller lui ouvrir. Je ne peux pas faire la morte alors que je veux m'en aller au plus vite. Je descends les marches et me dirige avec détermination vers l'entrée. Je prends quelques secondes pour rassembler mon courage et ouvre enfin.

– Jérôme ? laissé-je échapper, étonnée.

Il entre sans me demander mon avis et je suis si stupéfaite que je ne réagis pas. À la place je referme la porte derrière lui, et c'est le moment qu'il choisit pour me faire un câlin, maladroit, à la manière des *hugs* à l'américaine.

– Je t'ai vue traverser le village dans tous tes états, me dit-il. J'ai pensé que tu serais avec Julien, mais je me suis rappelé qu'il travaillait, alors…

– Je… commencé-je. Ça t'intéresse vraiment ?

Cette conversation est de plus en plus étrange.

– Bien sûr ! Je ne suis pas un monstre Manon. On n'a pas beaucoup de choses en commun, mais te voir si bouleversée…

Je dois retenir mes larmes devant cette sollicitude que je n'attendais pas, surtout venant de lui. Il désigne deux chaises et me propose de lui raconter ce qui m'arrive. Je veux tout d'abord refuser, je ne suis pas sûre que ce soit une bonne idée d'en parler avec lui, on n'a jamais eu d'atomes crochus, et ce n'est rien de le dire. Mais je cède, sans savoir pourquoi, sans doute à cause de mon état émotionnel.

Il reste calme tout au long de l'histoire, m'écoute avec patience et ça me fait un bien fou. J'étais méfiante au départ, mais je dois reconnaître qu'il est parfait comme confident.

– Je ne comprends pas pourquoi il me fait ça, me lamenté-je, les larmes aux yeux. Nous sommes si heureux lorsque nous sommes ensemble.

– Tu n'as rien à te reprocher, ce n'est pas ta faute. Certains hommes ne peuvent pas s'en empêcher, c'est comme ça, on ne les change pas, mais toi, tu n'y es pour rien.

Je relève la tête, étonnée qu'il enfonce ainsi son ami.

– Quoi ? Ne t'y trompe pas, c'est mon meilleur ami et je serai toujours près de lui, mais ce n'est pas pour autant que je suis d'accord avec tout ce qu'il fait !

Je ne sais pas ce qui cloche, mais je me sens mal à l'aise tout d'un coup, sans doute parce que mes larmes se sont taries et que j'ai un peu honte de m'être laissée aller devant Jérôme. Je le remercie d'être venu me voir et lui promets de ne pas faire de bêtise avant qu'il ne me laisse enfin tranquille. Je remonte et entreprends de descendre mes affaires afin que tout soit prêt. Lorsque c'est fait, je vais à la cuisine boire un verre d'eau et réfléchis à la dernière chose à faire : affronter mes parents. J'aimerais ne rien leur dire, mais ça serait cruel.

Une nouvelle demi-heure passe avant que je n'aie le courage de me saisir de mon téléphone pour les appeler et les prévenir de mon départ. Je compose le numéro sans encore savoir comment aborder la chose, mais si j'attends davantage je ne le ferai jamais.

– Ma chérie ! décroche ma mère. Tout va bien ? Tu ne m'appelles jamais en pleine journée.

Mon cœur se serre et ma gorge se noue. Julien et moi, nous étions censés annoncer à nos parents la semaine prochaine que nous étions ensemble, non, que nous étions ensemble *et* que nous allions vivre dans le même appartement à Paris… À la place, voilà que je pars comme une voleuse parce que je ne peux pas faire face à mon chagrin ici, si près de lui.

Un sanglot m'échappe et il est miraculeusement étouffé par je ne sais quel bruit à l'autre bout du fil. J'éloigne le combiné, souffle plusieurs coups pour me calmer du mieux que je peux et me lance :

– Coucou maman, je suis désolée, j'espère que je ne dérange pas ?

– Voyons, comme si…

– Il faut que je parte, l'interromps-je. Il y a… Il…

Je m'arrête à nouveau. Vais-je survivre au chagrin qui envahit chaque parcelle de mon corps et de mon âme ?

– Mon nouveau bureau vient de m'appeler, ils sont débordés par un livre qui a l'air de faire un carton et m'ont demandé si je pouvais commencer plus tôt alors… Mon train part dans une heure.

Pardon pour ce mensonge, maman…

Un moment de silence s'étire avant qu'elle ne reprenne la parole et mon cœur se fait lourd à l'idée que je la blesse de partir aussi soudainement.

– On est retenus ici chérie, il nous est impossible de venir avant que tu t'en ailles, me dit-elle à regret.

Je ferme les yeux, ça me fait encore plus mal que je ne le pensais. J'hésite un instant à partir sans les voir, mais ça serait aussi cruel pour eux que pour moi et je finis par lui dire que c'est moi qui viendrai…

Il va juste falloir que j'arrive à jouer la comédie pendant quelques minutes…

CHAPITRE 38

JULIEN

24 décembre

– Je ne comprends pas, réagis-je dès que Manon a fini de me raconter l'histoire. Il était au courant que je ne te trompais pas, pourquoi n'a-t-il rien dit, bon sang ? Et cette histoire de lettre…

– Je ne sais pas, répond-elle avec un geste d'épaule, tout ce que je sais, c'est que ça m'aurait certainement empêchée de partir… Maintenant que j'y pense, ajoute-t-elle après un moment de réflexion, je t'ai dit que je m'étais sentie mal à l'aise d'un coup. Je n'ai pas fait attention, j'étais trop bouleversée, mais peut-être que… Mon Dieu, on aurait pu éviter plus d'un an de rupture si je n'avais pas muselé mes intuitions ! Pour la lettre… Je n'en ai jamais entendu parler. Peut-être l'a-t-il confiée à une tierce personne ? En tout cas, je te le jure, elle n'est pas arrivée jusqu'à moi.

Je ne réponds pas, toujours médusé par cette révélation.

Pourquoi ?

La question tourne en boucle dans mon esprit. Je suis tenté de me dire que ce n'est pas possible, mais ça me mène dans une impasse : ça voudrait dire qu'elle me ment. Non seulement je refuse de le croire, mais en plus, ça n'a aucun sens, elle n'a pas de raison de le faire.

Non, je la crois. Mais il aurait pu la détromper, lui expliquer les circonstances, peut-être même la retenir, et il n'a rien fait de tout ça. Le comble, c'est qu'il ne m'a pas appelé, il m'a même délibérément caché cette conversation. Alors qu'il est allé exprès chez Manon. Ça n'a aucun sens. Et cette putain de lettre ! Il m'a assuré vingt fois la lui avoir donnée. Je pense d'emblée qu'après autant d'années d'amitié, je dois lui laisser la possibilité de s'expliquer, mais je sens mes poings et ma mâchoire se serrer. Il a intérêt à être convaincant !

– Julien ? Manon me ramène au présent.

– Je reviens, me contenté-je de lui répondre.

Je ne perds pas de temps et quitte sa chambre puis sa maison, sans m'adresser à personne. Plus les minutes passent, plus je sens la colère m'envahir et j'ai beau m'enjoindre au calme, rien n'y fait. Je traverse le village en une vitesse record, arrive devant chez lui et le repère d'un coup d'œil devant son garage, en train de discuter avec d'autres amis.

– Laissez-nous, lancé-je aux autres dès que je suis assez proche.

– Mais qu'est-ce qui te prend ? me demande Laura, choquée de mon attitude.

Je ne fais pas attention à elle et m'adresse à mon meilleur ami.

– Comment as-tu osé ? éructé-je. Tu savais que ce n'était pas la vérité, tu savais que tu pouvais la retenir, putain !

Les autres comprennent que c'est sérieux et partent sans rien ajouter. Mon ami, lui, se contente d'expirer, le regard vissé au ciel.

– Je savais que ce jour finirait par arriver dès que je vous ai vus à nouveau aussi proches.

– Jérôme, grondé-je, à bout de patience. Tu as intérêt à t'expliquer et vite !

Il se passe la main sur le visage, l'air gêné, et ça ne me calme pas. Tout dans son attitude s'assimile à un aveu et me fait comprendre que ce que Manon a raconté est juste, non pas que je ne la croyais pas, mais j'espérais un énième malentendu.

– Je suis désolé mon vieux, finit-il par dire.

J'attends la suite, mais rien ne vient et je commence à bouillir de l'intérieur. *S'il croit s'en sortir aussi facilement...*

– Mais encore ?

– Écoute, de toute évidence Manon t'a tout raconté, à quoi ça sert de…

– Je veux l'entendre de ta bouche, je veux que tu m'expliques pourquoi tu as fait ça, le coupé-je.

– Très bien ! s'énerve-t-il à son tour. J'étais triste, Audrey venait de me larguer devant tout le monde après avoir dit qu'elle n'en avait rien à foutre de moi, alors quand j'ai vu Manon traverser le village dans le même état que moi je me suis dit que je pouvais peut-être, je ne sais pas, qu'on pouvait souffrir ensemble, je…

– Attends, l'interromps-je déjà. Pourquoi aurais-tu voulu ça ? Tu la détestais, et c'est toujours le cas d'ailleurs. En plus, tu ne savais même pas ce qu'elle avait, puisque je ne le savais pas non plus.

Il ricane méchamment et ça me met mal à l'aise, je ne l'ai jamais vu comme ça, il donne l'impression de devenir fou au fur et à mesure que la conversation avance. Ça me fait mal aussi, je sais qu'il n'est pas méchant, ce n'est pas lui, ce n'est pas l'ami que j'ai toujours connu. Je découvre une nouvelle facette de lui. Et je n'en reviens pas.

Où est passé le Jérôme que je connais ?

– Je ne l'ai jamais détestée, au contraire ! Je détestais juste la voir avec toi !

– Tu veux dire que… commencé-je, choqué.

– Que ? se joue-t-il de moi.

– Tu es amoureux d'elle, c'est ça ?

Il explose de rire cette fois et je dois faire appel à mon sang-froid pour le laisser poursuivre.

– C'est de toi que je suis amoureux Julien, depuis toujours, dès que je t'ai rencontré, je…

Attends, quoi ?

Il doit voir la stupeur sur mon visage parce qu'il me sourit, l'air de dire : « Tu ne t'y attendais pas à celle-là, hein ? » Et il a raison, jamais je n'ai soupçonné le moindre sentiment amoureux de la part de mon meilleur ami.

– Qu'est-ce que tu racontes ? Je…

– Je sais, tu ne t'en es jamais rendu compte. Tu n'as jamais su à quel point c'est difficile, à quel point je me déteste de ne pas savoir passer à autre chose, à quel point…

– Mais il fallait m'en parler, bordel !

– Parce que ç'aurait changé quelque chose ?

– Je…

Je ne sais quoi lui dire. Sur mes sentiments non, il reste mon meilleur ami et je suis hétéro, ça n'aurait conduit à rien, mais au moins j'aurais su, j'aurais été au courant de ses tourments… Je ne sais pas, moi, j'aurais pu faire… quelque chose !

– Et tes aventures avec les filles ? Avec Audrey ?

– Je suis bi Ju, et c'était souvent plus pour t'oublier qu'autre chose.

Je me passe la main dans les cheveux. Celle-là, je ne l'avais pas vue venir !

– Je ne t'ai jamais aperçu avec un homme, pensé-je d'un coup.

Il secoue la tête.

– Tu es le premier qui m'a intéressé et aucun n'a su te faire oublier.

C'est insensé ! Toutes ces années d'amitié, plus de dix ans, à faire semblant. Je ne comprends pas pourquoi il n'a jamais osé me parler : pas seulement de ses sentiments, mais aussi de sa bisexualité. N'avait-il pas confiance en moi ? Je suis perdu, je dois bien le reconnaître. Je ne pense pas avoir un jour dit ou fait quelque chose qui aurait pu lui laisser croire que ça me poserait un quelconque problème. Ça ne me pose pas de problème, nom de Dieu ! Pourquoi ne m'a-t-il pas fait confiance ? Pourquoi avoir souffert comme ça plutôt que de parler ? A-t-il sérieusement cru que ça jouerait sur notre amitié ? L'étonnement le dispute à cette sensation de malaise : il a fait une fixette sur moi pendant tout ce temps, a nourri des sentiments dont je n'avais aucune idée, cultivé du ressentiment envers moi, sur la vie, sur l'injustice de la situation. C'est tout sauf sain, surtout après autant de temps. Et Manon dans tout ça ? Que vient-elle faire là-dedans ?

– Mais alors, quand tu es allé la voir, c'était…

– Je ne sais pas, répond-il, las, je voulais savoir ce qu'elle avait, je me disais que deux personnes malheureuses pouvaient se comprendre.

Je ricane.

– Alors quoi ? me fais-je mauvais. Si tu ne peux pas être avec moi, autant piquer ma petite amie ?

– Non, je voulais juste parler. Quand j'ai compris que tu étais la cause de sa détresse, qu'elle a commencé à me parler de toi, je me suis contenté de ne pas la contredire.

Juste ?

Juste.

JUSTE !

Il lève les épaules dans un geste décontracté, l'air de dire « Que veux-tu ? » et la colère revient d'un seul coup.

– Et tu ne t'es pas arrêté là…

Il acquiesce.

– Je l'ai même confortée dans ses opinions. Je n'en suis pas…

– Pourquoi ?

La question qui me brûlait les lèvres a enfin franchi ma bouche et je le regrette. Non pas que je ne veuille pas entendre ses raisons, ça me hanterait de toute façon, mais une page va se tourner, je le sens. Je connais Jérôme depuis mon arrivée à Froidieu, c'est avec lui que j'ai tous mes souvenirs ici. Je n'imaginais pas la vie sans lui.

– Je ne sais pas, OK ? J'étais triste, détruit même. Elle était là et ne pensait qu'à toi, ne faisait pas le moins du monde attention à moi. (Il rit sans joie.) Tu l'as trompée, elle croyait que tu avais recommencé et il n'y en avait encore que pour toi ! Tu fais du mal à tout le monde, Julien !

Il a craché ces derniers mots, plein de haine.

Comment peut-il me dire ça ?

Est-ce vraiment ce que pense de moi celui que je prenais pour mon meilleur ami ? Il me déteste à ce point ?

– Alors c'est ce que tu fais à tes amis ? Non, pardon, à ceux que tu aimes ? Tu détruis leur relation pour te sentir mieux ? Et sans remords ?

– Bien sûr que j'en ai eu ! lance-t-il alors qu'il me repousse.

À mon tour de ricaner.

– Ah oui ? Tu m'excuseras d'avoir du mal à le croire ! Même quand tu as eu l'occasion de te rattraper et de lui remettre une simple lettre, tu n'as été fichu de le faire !

– Tu l'avais trompée ! éructe-t-il. Et à la moindre occasion elle doute de toi, votre relation allait dans le mur de toute manière ! Je m'en suis voulu, oui, mais… ça me rendait fou que tu emménages avec elle. Tant que c'était une amourette, ce n'était pas facile… mais là, ce serait devenu du sérieux, tu vois ! Et si je lui avais donné cette putain de lettre, tu aurais découvert que je…

Je l'attrape par la veste et le plaque contre la porte de son garage. Il me dévisage, étonné, il sait que je n'ai jamais été violent. Son regard me ramène à la raison, je relâche ma prise, je n'ai pas été éduqué comme ça. Je le relâche et recule, sonné par ma propre attitude, mes mains plaquent mes cheveux en arrière.

– Elle a eu des doutes parce que je t'ai défendu auprès d'Audrey, putain !

J'ai hurlé ces mots. Mon histoire avec Manon a failli s'arrêter à cause de lui, on a été séparés plus d'un an parce qu'il n'a rien dit !

Enfoiré !

Il a l'air abattu, désolé, défait. Je ne saurais expliquer pourquoi, mais ça m'énerve d'autant plus.

Il n'a pas le droit, c'est lui qui a fait du mal ! Il n'a pas commis une erreur irréfléchie, sur un coup de tête, putain, c'était fait sciemment ! Et plus d'une fois ! Tout mon monde s'écroule.

– Ça suffit comme ça mon grand, dit une voix calme, que je reconnais comme étant celle de mon père.

Je hurle, toute ma fureur contenue depuis tout à l'heure sortant d'un coup, mais il reste stoïque, jusqu'à ce que je me calme enfin. Je ne sais pas ce qu'il fait là mais je n'ai pas l'énergie de me poser plus de questions, je me laisse guider par mon père vers la voiture, sans un regard vers Jérôme. Je serre les dents pour ne pas en rajouter, conscient que ça n'apporterait rien de plus, tout a été dit.

Le pire est que je suis triste de perdre mon ami.

Nous démarrons et ne disons pas un mot les premières minutes du trajet. Mon père me jette des coups d'œil de temps à autre, comme pour vérifier que je me calme, et je fournis un effort incommensurable pour essayer de faire redescendre la tension.

– Je ne veux pas que tu frappes quiconque, et surtout pas un ami, me dit-il lorsque nous sommes arrivés. Ce n'est pas toi, d'accord ?

– Pa', il a…

– Je sais ce qu'il a fait, j'ai intercepté Manon alors qu'elle voulait te rejoindre, elle a eu peur que les choses tournent mal entre Jérôme et toi, je lui ai proposé de m'en charger. Avec son poignet c'est pas le top de marcher sur du verglas. Mais s'il te plaît nc joue pas le sale type parce que tu en as un devant toi.

Je ne sais pas si ce sont mes nerfs qui lâchent, mais je me mets à rire, à n'en plus finir. Je crois que l'adrénaline redescend et que ça ne me réussit pas d'être un « sale type ».

– Tu ne peux pas t'empêcher de me sermonner, hein ? Même maintenant, dis-je alors qu'il coupe le moteur.

– Je reste ton père, sourit-il. Quant à Jérôme, toi seul sauras si le temps pourra arranger les choses. À présent, profite juste de Manon et de ce que vous avez, le reste attendra.

Je lui explique tout de même la partie de l'histoire que Manon n'a pas pu lui dire. Je lui fais part de mon étonnement, de ma tristesse, de mon incompréhension.

– Ce n'est pas toujours facile de se confier, me dit-il. Il a sans doute craint ta réaction. Froidieu est une petite ville et les gens peuvent être stupides. La situation n'a pas dû être simple pour lui, ce qui n'excuse pas son comportement ensuite. Mais tout n'est pas blanc ou noir dans la vie. Penses-y.

– Mais on parle de moi, là, son meilleur ami. Je ne peux pas croire qu'il ait pu penser que ça changerait quoi que ce soit pour moi. On a partagé tellement de choses. Il a préféré ruminer jusqu'à me détester et vouloir se venger. Il craignait peut-être que ça détruise notre amitié. Parce que je le rejetterais ? La blague ! Parce qu'il n'aurait pas supporté que je lui confirme que ses sentiments n'étaient pas réciproques ? Qu'importe. Je ne suis pas sûr que je pourrai lui pardonner.

– Laisse le temps faire son œuvre, personne ne peut te dire quoi faire, se contente-t-il de me répondre.

Je regarde en direction de chez Manon et je me rends compte qu'il a raison, on verra bien. Je ne suis pas sûr que tout soit réglé avec elle, après tout, je suis parti sans qu'on ait fini de parler. Je me perds dans mes pensées quelques instants et finis par m'excuser auprès de mon père avant d'aller la rejoindre. Tout ça a assez duré et il est hors de question de faire traîner les choses davantage !

Olivier est occupé à ranger des bûches dans l'abri lorsque j'arrive. Il me dit tout de suite que Manon est à l'étage. Il me demande juste de me signaler à Carène qui s'affaire en cuisine, qu'elle sache que ce n'est pas un criminel sanguinaire qui entre. Je m'exécute donc – encore une fois impressionné par Carène qui virevolte en cuisine comme une virtuose – et rejoins vite ma j'espère-à-nouveau-petite-amie.

– Te revoilà ! me dit-elle avant que je n'aie le temps de dire quoi que ce soit. Tu ne peux pas partir comme ça ! Tu avais l'air si en colère que j'ai cru que…

Ses yeux s'humidifient.

– Tout va bien, ne t'en fais pas, la rassuré-je, décidé à ne pas développer ce qui s'est passé. Je n'ai pas fait de bêtise. Enfin, pas de grosse, je ris.

J'entre dans la pièce et me rapproche de son lit, un peu gauche. Je ne sais pas comment je suis censé me comporter.

– Est-ce que… Je veux dire… Je… Tu… Nous…

– Il, tu l'as oublié.

– Quoi ?

– Je vois que tu révises ta conjugaison. Eh bien entre le « tu » et le « nous », il y a « il ».

Elle se met à pouffer.

– Ah ah ah, très drôle ! réagis-je quand je comprends enfin qu'elle me singe lors de notre rencontre à la gare.

– Pour quelqu'un qui est si sûr de lui d'habitude, c'est assez amusant de te voir si hésitant, dit-elle. Oui, si la question est de savoir si tout est arrangé, la réponse est oui.

Je n'attends pas qu'elle me le dise deux fois, franchis les derniers pas qui nous séparent et me penche pour l'embrasser. Et c'est comme si je renaissais, ce baiser n'a rien à voir avec tous ceux qu'on a échangés cette semaine : celui-ci est vrai, profond, appuyé. Il dure un long moment et lorsque nous nous arrêtons, nous nous retrouvons aussi essoufflés que souriants tous les deux.

– Au fait, dis-je après un moment, tu savais que nos parents étaient au courant de tout ?

– Oui, souffle-t-elle, encore rouge de notre baiser. Mathieu me l'a confié. Lorsque tu es parti, je voulais que quelqu'un te cherche, mais je n'avais aucune envie de tout expliquer à mes parents, j'étais sur le point de te rejoindre, mais ton pèrc est intervenu et lorsque j'ai voulu lui raconter les faits, il m'a coupée pour m'apprendre qu'il les connaissait, qu'ils les connaissaient tous. Tu imagines ma tête !

Nous éclatons tous les deux de rire.

– Pas trop agacée d'avoir dû faire tout ça pour rien ? la taquiné-je.

– Je ne l'ai pas fait pour rien, répond-elle en fronçant les sourcils. On est à nouveau ensemble et ça ne serait jamais arrivé sans tout ça. C'est tout ce qui compte !

Je dois avoir une tête de benêt, tant cette phrase me fait plaisir. Je retire mes chaussures et m'allonge à côté d'elle, au plus près, sans toucher son poignet blessé, et je me sens bien pour la première fois depuis longtemps.

– J'ai hâte d'être à ce soir, m'apprend-elle. Ma mère a continué à me rendre folle, il a fallu que je lui rappelle qu'il y a le réveillon pour qu'elle me laisse et aille cuisiner. On a eu une conversation où elle s'excusait d'être « étouffante », j'ai fait l'erreur de la détromper et… Bref, une fois qu'on sera à table, qu'on mangera ou qu'on échangera nos cadeaux bidon…

– Meeeerde !

Je me redresse d'un coup, j'ai complètement oublié les cadeaux bidon après ma rencontre avec Marina ! C'est une vieille tradition des Porek qui veut qu'on offre des cadeaux pas chers le 24 avant de découvrir les vrais le 25, je la connais parce que

Manon s'est pris plus d'une fois la tête à propos de ces présents, mais cette année il m'en faut aussi. Je n'ai rien et je ne peux pas ne pas en avoir ! Je le dis à Manon (qui bien sûr a déjà tout prévu, elle) avant de remettre mes chaussures. Je consulte ma montre : 17 heures, les magasins ferment dans une heure, il faut que je me dépêche !

– Je t'aime, lui dis-je avant de l'embrasser.

Je quitte la pièce… précipitamment serait un euphémisme !

CHAPITRE 39

MANON

24 décembre

– Non, non, non ! s’insurge ma mère. Va t’installer à table, je me débrouille très bien. Et ce n’est sûrement pas dans ton état que je vais te laisser travailler.

Je lève les yeux au ciel devant son obstination, sans parler du fait qu’elle refuse d’admettre que mon poignet ne m’empêche pas de mettre quelques cure-dents sur des tapas ou de mélanger une sauce. Je me tais néanmoins parce que ce n’est pas la raison pour laquelle je l’ai retrouvée dans la cuisine au départ et que j’ai la gorge un peu sèche à cause de ce qui va suivre.

– ’Man, je voulais te dire… Je…

Elle ressent mon hésitation et arrête aussi vite de préparer ses canapés au saumon, un air perplexe et une lueur de panique dans le regard.

– Tout va bien, la rassuré-je aussitôt. Je voulais juste te demander pardon… Je veux dire, pour mon départ à l'époque de ma… Tu sais, ma rupture avec Julien.

– Oh, ce n'est rien, répond-elle comme si tout le poids du monde quittait ses épaules. Tu n'as pas à…

– Si, je t'ai menti pour le travail qui commençait plus tôt et en plus je t'ai laissée sans explications. Désolée.

Elle s'apprête à répondre, mais nous sommes interrompues par François qui vient demander si on peut commencer l'apéro. Maman lui répond qu'on arrive avant de revenir à moi :

– Je t'assure que tout va bien. Tu joues très mal la comédie et nous avons deviné que ça n'allait pas… Il a ensuite suffi de voir le comportement de Julien après ton départ pour faire le lien. Je ne t'en ai pas voulu une seconde, non, s'il y a une chose qui m'a tracassée c'est de te savoir seule là-bas. J'ai failli venir ou même en parler à Julien, mais j'ai fini par me dire que ce n'étaient pas mes affaires.

Elle me prend dans ses bras et elle me fait un câlin comme seule une mère peut en donner avant que je ne me recule et la tienne par les épaules :

– Attends, *toi*, tu as su ne rien faire ?

– Oui, bon, ton père m'a un peu aidée je dois dire. Ça, le fait de savoir que tu avais ton appartement et qu'Antonina était avec toi. Allez, ouste maintenant ! Olivieeer !

Mon père ne devait pas être loin parce qu'il pousse la porte au moment où elle l'appelle.

– Tu es bien installée ?

– Oui, maman.

– Tiens ma chérie.

– Merci, papa, réponds-je alors qu'il place un assortiment de choses à grignoter à portée de ma main intacte.

– Si tu as besoin de quoi que…

– Promis maman, la coupé-je.

Je fais preuve de calme et de patience, en surface du moins, parce qu'en réalité j'ai envie de hurler. Je sais qu'ils s'inquiètent et ne veulent que mon bien, mais ils sont invivables. Maman fournit bien des efforts, mais chassez le naturel et il revient au galop ! D'autant que c'est comme si l'univers s'acharnait : à présent qu'elle est plus calme, mon père prend le relais… Et ce n'est pas l'arrivée de mes grands-parents ou de mon oncle et ma tante qui y a fait quelque chose : ils ont bien essayé d'intercéder en ma faveur, mais mes parents ont continué comme si de rien n'était. Je profite d'une accalmie pour admirer la table. Maman s'est encore surpassée, c'est à se demander où elle trouve le temps de faire tout ça. Si vous lui posez la question, elle vous répondra que c'est la magic de Noël qui lui en donne de la force, un peu comme le côté obscur de *Star Wars*, mais en positif. De mon côté, je commence à suspecter qu'il y a des petits lutins quelque part, comme les elfes de maison de Poudlard, mais version Noël.

Je ne suis pas certaine que le Père Noël en personne ait une table telle que celle-ci : nappe blanche, chemin de table rouge, parsemé d'étoiles de tailles diverses et de couleur or, rouge et verte. Le centre de table est un petit sapin de Noël, avec des branches coupées de part et d'autre de la table pour rappel, et des pommes de pin disposées çà et là. Le tout est complété par une guirlande lumineuse. Pour le reste, les assiettes sont blanches avec un cercle de houx tout autour, les couverts sont décorés de petits Père Noël peints et les serviettes en tissu sont ornées de rennes. Noël partout, de toutes les couleurs, à toutes les sauces !

– Désolé de mon retard ! s'exclame soudain Julien en entrant dans la pièce.

Ou, plutôt il déboule plus qu'il n'entre, les cheveux en bataille, chargé de plus de sacs qu'il me pensait être possible d'en porter et son écharpe défaite est sur le point de tomber par terre. Je pouffe.

– J'étais… hum… J'avais quelques emplettes à faire, ajoute-t-il comme s'il s'excusait quand il remarque que tout le monde le regarde, les yeux exorbités.

– Tu n'as rien raté, le rassure ma mère, on prend juste l'apéro. Va… Eh bien ! Débarrasse-toi de tout ça et viens t'asseoir.

Je n'arrive pas à me calmer : j'ai de plus en plus de mal à retenir mon hilarité. Il bredouille quelque chose que je ne comprends pas et quitte la pièce pendant que mon père sert les boissons et que ma mère apporte un florilège de tapas qui suffiraient à elles seules à nous couper toute faim. Enfin, ça, c'est pour les autres, moi, j'ai déjà ce qu'il faut… J'ai un assortiment dans une assiette géante près de moi car c'est bien connu, quand on a un poignet dans le plâtre on ne peut pas se servir comme le commun des mortels. Pour une fois, je ne vais pas m'en plaindre, c'est délicieux !

Julien revient, bien plus présentable, et vient m'embrasser avant de s'installer à côté de moi. Je lui demande discrètement s'il a pu compléter tous ses cadeaux et si ça s'est bien passé, et il me regarde avec l'air de me dire : « Faire des emplettes un 24 décembre à la dernière minute… Bien se passer ? » et j'éclate de rire.

Nous voilà donc tous les dix autour de la table. Les conversations vont bon train, les uns plaisantent avec les autres, chacun lance sa petite blague et tout le monde est d'une bonne humeur sans égal. Je suis heureuse et détendue. Surtout, j'aime l'idée que mon petit ami soit aussi bien intégré à ma famille et j'adore le voir aussi à l'aise parmi nous. J'aurais dû en profiter, je ne savais pas encore que notre quart d'heure avait sonné, à Julien et moi :

– N'empêche, lâche ma mère comme si de rien n'était, je suis sûr que je n'oublierai pas ce Noël de sitôt. Merci ma chérie, Julien et toi m'avez bien divertie.

Je lâche un hoquet de surprise, Julien rit avec nos parents et mon père raconte rapidement l'essentiel de ce qu'ils ont raté aux autres invités.

– Mon Dieu, oui, enchaîne mon père. Tu te souviens de leur tête quand on a fait dormir Julien ici après la soirée cinéma ?

– Et quand ils ont dû passer la journée ensemble ? J'ai bien cru que Manon allait me sauter à la gorge lorsque je lui ai dit qu'elle ne venait pas nettoyer avec nous…

– Quant à moi je ne suis pas peu fier d'avoir participé à cette réconciliation en taisant le coup de fil de Manon à la maison, renchérit Mathieu.

– Mais c'est vrai ! réagit Julien. J'ai oublié de t'en parler… Elle a donc bien téléphoné ?

– Bien sûr que oui ! Je vois que tu m'as crue, merci ! réponds-je vivement.

Tout le monde éclate de rire et je dois avouer que je suis le mouvement aussi. Finalement la situation est si ubuesque que c'est impossible de ne pas en plaisanter…

Maman passe son temps à nous motiver à manger toujours plus de petites bouchées alors qu'un festin nous attend. Papa rit de bon cœur avec les parents de Julien, et moi, eh bien je profite simplement de ce bon moment, et du fait qu'on semble enfin avoir oublié que je suis estropiée : un soulagement.

Une bonne heure passe avant que nous n'attaquions les entrées, une crème de potiron avec ses copeaux de bacon et croûtons, et nous nous mettons à jouer à l'histoire sans fin. Le but ? L'un de nous commence avec une phrase, le suivant en dit une autre et ainsi de suite, le tout pour raconter une histoire. Ça tient toujours debout au début, mais ça part vite en cacahuète, surtout lorsque ça dure. Cette fois il est question de lutins au service du Père Noël depuis de longues années, qui construisent des jouets qui n'ont ni queue ni tête, à la suite de la consommation d'un joint de sucre d'orge de Noël. Impossible de rester sérieux !

Je ne sais pas ce qu'il en est des autres, mais je n'ai déjà presque plus faim lorsque ma soupe est avalée. Par bonheur, ma mère déclare qu'il est l'heure de la première pause et d'échanger nos cadeaux bidon. C'est une sorte de Secret Santa, mais vous vous doutez bien que nous ne le faisons pas comme tout le monde. Il a très vite été décrété qu'un cadeau chacun, ce n'est pas assez noëlesque ! Nous achetons donc dix cadeaux chacun, qui ne coûtent pas plus de cinq euros : l'originalité étant qu'on ne sait pas quel cadeau finira entre les mains de qui. Nous nous levons tous dans un joyeux brouhaha pour récupérer nos paquets et nous rasseyons, dans l'attente des instructions de mon père, qui joue le maître de cérémonie comme chaque année.

– Bien : je déclare le premier des dix tours du *Porek Secret Santa* ouvert ! Et cette année, je suis bien curieux dc découvrir le cadeau de Julien. Julien, dit-il en se tournant vers lui alors qu'il plonge la main dans une soupière où se trouvent des papiers à nos noms, ton cadeau sera pour… Manon !

Tout le monde rit, le destin fait bien les choses. Julien se tourne vers moi, l'air bien trop taquin pour que ça sente bon pour moi, et me tend son paquet. Je l'ouvre avec impatience, aussi curieuse que les autres, et découvre un déguisement de… *licorne ?!?* Qu'est-ce que…

– Il n'y avait vraiment plus grand-chose, s'excuse-t-il, l'air contrit, même si je suis sûre qu'il ne l'est pas tant que ça.

Évidemment tout le monde éclate de rire et me presse de l'enfiler tout de suite. Il n'en est pas question ! Je sens que je suis en train de perdre la bataille et me dis que je vais devoir y passer (je prie pour que mon plâtre ne passe pas dans la manche) lorsque quelqu'un sonne à la porte. Tout le monde s'interrompt et tourne la tête vers l'entrée. En ce qui me concerne, je me sens juste soulagée, qui que ce soit, il m'a sauvé la mise !

Ma mère se lève pour aller ouvrir. Toute la tablée suit le son de ses pas dans le couloir, comme elle tente d'écouter ce qui se dit une fois la porte ouverte, mais c'est peine perdue, nous n'entendons que des voix étouffées. Nous sommes tous occupés à échanger des regards interrogatifs, aucun de nous n'a la moindre idée de ce qui se passe lorsque ma mère revient :

– Manon, je peux savoir pourquoi un homme se présente à notre porte et affirme être ton petit ami ?

Elle me regarde comme un parent regarde son enfant lorsque ce dernier l'a déçu, un hoquet de stupéfaction général se fait entendre – même s'il reste à déterminer si le hoquet de François est bien dû à la surprise – et Julien a des éclairs dans les yeux lorsqu'il me regarde.

Moi ? Eh bien, puisque je n'ai pas de petit ami en dehors de Julien, je vous laisse imaginer ma stupeur.

Je me lève sans me presser et murmure un « Je ne sais pas » avant de me diriger vers le corridor pour élucider ce mystère.

Qu'est-ce que c'est encore que cette histoire ?

– Gabriel ? lâché-je après quelques secondes d'hésitation.

– Ah, ma chérie ! lance-t-il, les bras déjà autour de moi. Excuse-moi d'arriver aussi tard, je…

– Non, mais… tenté-je de le couper.

– C'est qui, ce mec ?

Julien est maintenant derrière nous et tout dans son comportement indique qu'il n'est pas vraiment ravi de me voir dans les bras d'un autre. D'ailleurs, je me défais rapidement de son étreinte.

– Et vous ? demande Gabriel, en parfait comédien.

– Tu peux arr…

– Tu as un petit ami ? s'étonne Gabriel lorsque Julien me prend à son tour par la taille. Alors pourquoi… continue-t-il lorsque j'acquiesce.

– Oui, elle a un petit ami, rugit Julien, alors casse-toi !

– Du calme ! crié-je enfin. Gabriel, tu peux arrêter ! Julien, maman, ce n'est pas mon petit ami, c'est… Qu'est-ce que tu fais là d'ailleurs ?

Cette situation est si irréelle ! Ça n'a pas de sens. Le contrat a été annulé lorsque j'ai appris qu'il était malade et je n'ai plus eu de nouvelle depuis. Il ne peut tout de même pas ne pas être au courant que sa mission ne tient plus, si ? Et bon Dieu, comment m'a-t-il retrouvée ?

– Explique-toi ! s'emporte Julien.

– Tout ça est bien étrange, continue maman.

– Alors, qu'est-ce qui se passe ? s'enquiert papa qui arrive à son tour de la salle à manger.

Je me pince le nez. Dans quelle situation je me suis encore mise ? Je voudrais pouvoir m'en sortir sans avouer que j'ai demandé à Gabriel ses… services ; mais comment ?

– Euh… Eh bien… Gabriel est juste un ami, tenté-je.

– Qui te prend dans ses bras ? s'étonne ma mère.

– Qui était prêt à t'embrasser ? complète Julien.

– En fait… essaie, Gabriel.

Mais personne ne l'écoute. Ils continuent leur liste de questions, réclament des explications, et il est maintenant clair que je ne m'en sortirai pas aussi facilement. En même temps, quelle idée d'arriver la bouche en cœur comme ça !

– C’est-à-dire que… lancé-je. Eh bien, comme chaque année vous me bassinez avec le fait que je sois encore célibataire… Je m’étais dit que j’allais engager un… *ami*.

– Un *ami* ?

Tout le monde a réagi en même temps. *Ils font exprès de ne pas comprendre ?* J’ai dû faire une grosse connerie dans une autre vie pour en arriver là…

– Gabriel est… euh…

– *Escort boy*, finit-il pour moi.

Merci Gabriel, quelle finesse, quelle façon délicate de dire les choses !

Tous les membres de la famille sont maintenant dans le dos de mon père et se mettent sur la pointe des pieds pour voir ce qui se passe dans le couloir tandis que Julien, ses parents et les miens semblent avoir perdu la parole. Nous sommes donc onze dans la petite entrée et ça commence à faire beaucoup, je les invite à s’installer dans le salon et une fois qu’ils sont tous assis j’avoue tout : à quel point je ne pouvais plus supporter qu’on me taquine sur mon célibat, Antonina qui me parle du site, mon choix porté sur Gabriel, le fait qu’il soit tombé malade et que le contrat ait été abandonné ; tout y passe.

– La seule chose que je ne sais pas, c’est qu’est-ce qu’il fait ici et comment il a eu notre adresse, terminé-je.

Tout le monde me regarde, ébahi par ma petite histoire, avant de se tourner vers Gabriel dans une synchronisation parfaite. J'aurais trouvé ça très drôle si je n'avais pas été l'élément central de cette mascarade. J'ose jeter un coup d'œil vers Julien et j'ai peur qu'il soit énervé, mais il a plutôt l'air amusé. Il semble même se retenir à grand-peine d'éclater de rire.

– Je me sens mieux depuis hier, nous apprend Gabriel. J'ai demandé des nouvelles de toi à ma cheffe, mais elle n'en avait pas. J'ai essayé de t'appeler mais je n'ai pas eu de réponse, nous avons donc écrit à la personne de contact de ton formulaire : Antonina. Elle nous a dit que ma présence ne serait pas de trop et nous a donné ton adresse. Comme je n'ai pas de famille et que ça ne me dérangeait pas de travailler, on a décidé que je viendrais voir si tu avais besoin de moi. Je suis désolé d'avoir dit être ton petit ami, je m'attendais à te voir toi, alors quand j'ai aperçu ta maman, j'ai sorti la première chose qui m'est venue à l'esprit.

J'acquiesce. Tout ça est rocambolesque, mais se tient. À un détail près, du moins : *pourquoi donc Antonina a-t-elle jugé bon de*... Je n'ai pas le temps d'aller plus loin dans mon questionnement que la sonnette retentit à nouveau. Nous nous tournons tous vers le couloir d'un même mouvement et le fixons, comme si l'un d'entre nous allait pouvoir voir au travers.

– Eh bien, réagit ma mère qui est la première à se lever. Ce réveillon va de surprise en surprise !

Elle s'en va ouvrir et laisse échapper un hoquet de satisfaction. Il ne nous faut pas longtemps pour comprendre : c'est Antonina. Elle a plu à mes parents dès que je les ai présentés, pas étonnant que ma mère soit contente de la voir.

– Salut tout le monde, lance ma meilleure amie. Désolée de débarquer à l'improviste, mais je me suis décidée à la dernière minute.

– Mais qu'est-ce que tu fais là ? la questionné-je.

– Merci pour l'accueil Manon ! Et pour répondre à ta question, je suis venue à ton secours, figure-toi.

– Quoi ? À mon secours ? Qu'est-ce que tu racontes ?

Elle continue à embrasser tout le monde alors qu'on discute et je suis obligée d'attendre qu'elle ait fini avant d'avoir ma réponse.

– Vu ton dernier SMS, tu n'avais pas l'air de passer de bonnes vacances !

Mais qu'est-ce qu'elle raconte ?

– Je ne t'ai jamais dit que ça allait mal !

– Ah si ! Attends voir, dit-elle, son portable en main. Ah, voilà : « Je ne sais pas si ça s'améliorera. Je ne suis pas sûre qu'il va s'excuser, il n'a pas changé ! C'est toujours le même enfoiré qui perd tous ses neurones dès qu'il croise une poupée refaite de A à Z ! » Tu m'excuseras, mais ça n'a pas franchement l'air d'aller.

Je l'avais oublié, celui-là ! Je le lui ai envoyé hier soir, persuadée que la rencontre de Julien avec Marina n'était pas due au hasard et que je n'obtiendrais pas d'excuses. Avec cette journée sans fin, j'ai oublié de lui donner des nouvelles. Ma mère qui déteste toute forme de grossièreté laisse échapper un hoquet de protestation, Julien me regarde avec les sourcils levés et une moue qui semble dire : « Tiens, tiens » tandis que les autres me dévisagent.

– Oui, alors, euh… Je ne suis pas sûre d'avoir utilisé ce genre de mots, dis-je en toute mauvaise foi.

Je fais les gros yeux à Antonina pour qu'elle n'en rajoute pas, mais elle ne doit pas avoir compris le message parce que :

– Si, si, regarde, j'ai le texto juste ici !

Je baisse la tête et me masse le front. Il n'y a pas à dire, j'ai dû être très méchante dans une autre vie.

CHAPITRE 40

JULIEN

24 décembre

Eh bien, si quelqu'un craignait de passer un Noël banal et ennuyeux il est servi parce qu'il ne l'est pas, loin de là. Manon nous a présenté à tous ses excuses, même si pour ma part je n'en avais pas besoin, j'étais assez satisfait de voir sa gêne devant ces détails exposés. Ses parents en revanche semblent un peu déçus de ses mensonges, et surtout qu'elle ait pu croire que seule sa vie sentimentale compte à leurs yeux. Heureusement, ils ont eu l'air de lui pardonner assez vite, tout juste lui ont-ils demandé de ne plus faire appel à des « hommes comme lui » en désignant le pauvre Gabriel, non sans ajouter : « Avec tout notre respect », ce qui m'a fait rire sous cape, je dois l'avouer. Je ne le connais pas, et il est injuste de le prendre en grippe, mais le simple fait que ma petite amie l'ait choisi pour jouer le prince charmant me hérisse. Par contre, je suis ravi de voir Antonina, que j'avais croisée quelquefois à l'époque où Manon faisait ses études.

Nous nous sommes tous réinstallés autour de la table du dîner, Carène et Olivier ont insisté pour que Gabriel et Antonina restent, et ils ont accepté avec plaisir. De toute manière, difficile de retourner chez eux maintenant, quant à trouver une chambre libre dans les gîtes alentour un 24 décembre… Il y a donc douze personnes à table maintenant : Carène, Olivier, Manon, Joséphine, François, Henriette, Christian, mes parents, Gabriel, Antonina et moi. Le tout forme un joyeux brouhaha, d'autant plus qu'il a fallu mettre deux couverts de plus, trouver des sièges supplémentaires, et que Carène n'a pas pu s'empêcher – plutôt que de déplacer simplement les objets – de réharmoniser toute la décoration !

Une fois chacun installé, Olivier relance la distribution des cadeaux laissée en suspens tout à l'heure : Manon offre une paire de moufles pingouin à sa mère, ma mère donne la peluche d'un renne dont le nez s'allume à mon père, Olivier se retrouve propriétaire d'un mug en forme de Père Noël grâce à mon père, lui-même a trouvé un bonnet or et rouge pour ma mère et enfin, moi, je reçois un magnifique assortiment de pin's de la part de Carène. Je ne sais pas quand j'aurai l'occasion de les porter, mais ils sont très beaux.

Trois quarts d'heure bien tapés s'écoulent pour les rounds suivants, mais il y a tant de bonne humeur et de fous rires que nous ne voyons pas le temps passer. Je ne suis pas près d'oublier les caleçons avec le nez des rennes qui s'allume que François a offerts à Olivier, le flamant rose en plastique que Carène a reçu de mon père (quelle idée !) ou la lampe en forme de Père Noël que Joséphine a offerte à Henriette, accompagnée des remarques bien senties de la part de la vieille dame.

– Antonina, Gabriel, je suis désolée, mais cette fois je dois m'avouer vaincue, nous n'avions pas prévu de cadeau pour vous… Bien, s'exclame maman quand tous deux lui assurent que ce n'est pas grave, il est temps d'enchaîner avec le plat principal.

Gabriel et Antonina proposent une fois de plus de passer leur tour, puisqu'ils n'étaient pas prévus. Débat que nous avons déjà eu lorsque nous avons ajouté leurs couverts. Nous sourions tous, c'est mal connaître la maîtresse des lieux pour croire que deux personnes de plus posent problème !

Cette dernière revient cinq minutes plus tard et pose un énorme chapon au milieu de la table. Enfin, il devait être énorme, au vu du nombre de tranches présentes sur le plat. Olivier suit avec des pommes de terre et la sauce, sa femme revient avec trois plats remplis à ras bord : poires cuites au vin avec airelles, purée de marrons et poêlée de champignons. Enfin Olivier fait un dernier voyage pour apporter un plat de haricots « pour se donner bonne conscience », malgré les morceaux de lardons qui vont avec. Si après tout ça nous arrivons encore à fermer nos pantalons, nous serons face à un petit miracle.

Le reste du dîner se passe tranquillement. *Il est là, le miracle !*

Nous faisons connaissance avec Gabriel, qui nous explique en détail son métier, et détrompe Carène qui était persuadée qu'il était payé pour coucher avec ses clientes. Les Porek s'organisent pour s'entraider à la reprise de janvier qui est une période difficile vu qu'ils ont toujours un peu le cafard après les fêtes. Et bien sûr je ne rate pas une occasion de taquiner Manon sur ce que j'ai appris ce soir, bien qu'elle me promette très sérieusement de me le faire payer.

Minuit arrive alors que nous finissons le plat et nous prenons le temps de nous souhaiter chaleureusement un joyeux Noël dans une explosion de câlins et de baisers qui durent de nombreuses minutes. Nous passons ensuite au dessert et tout le monde y fait honneur même si je suis persuadé que chacun est dans le même cas que moi : prêt à exploser. L'enthousiasme de Carène fait chaud au cœur et il est difficile de lui refuser quoi que ce soit quand elle est comme ça. Sa joie est communicative et elle rayonne d'être entourée de ceux qu'elle aime.

– Tu es vraiment un estomac sur pattes, dis-je à Manon alors qu'elle se ressert du dessert.

Elle me lance un regard qui se veut sévère.

– Retire ça tout de suite, me menace-t-elle.

Je pouffe de rire, mais fais « non » de la tête. Elle plisse les yeux avant de continuer :

– Fais gaffe, j'ai de quoi te faire taire !

– Ah oui ? J'aimerais bien voir ça, dis-je en me penchant un peu plus vers elle.

Elle ne répond pas tout de suite, mais au moment où le pousse-café arrive, Manon semble déterminée à me faire taire, me faisant sursauter. Si jusqu'à présent elle avait la main posée bien sagement sur mon genou, elle a commencé à remonter sur ma cuisse et se retrouve maintenant sur mon entrejambe. Une érection douloureuse et subite me vient et je ne sais plus où me mettre : d'un côté nous ne sommes pas seuls, loin de là ; d'un autre, c'est extrêmement excitant. Je ne sais pas ce qu'il en est pour elle, mais ma libido est au point mort depuis notre séparation, je l'ai attendue, cela explique sans doute que je sois si vite excité. Je lui demande de se calmer, mais elle sourit, diabolique, et serre un peu plus. Nom de Dieu !

Heureusement personne ne se doute de rien, ils sont tous plongés dans leur conversation. Et tout aussi important : il se fait tard et j'ai bon espoir que l'on pourra s'éclipser sans trop éveiller les soupçons. J'en parle à Manon et elle semble du même avis que moi. Elle se lève et annonce que nous allons nous retirer, je ne suis pas d'emblée le mouvement et elle fronce les sourcils… C'est que ça se voit sur un homme, lorsqu'il est excité !

Je le lui fais comprendre d'un regard vers le bas et elle glousse.

Pense à autre chose, pense à autre chose, pense à autre chose !

Olivier me demande si tout va bien et je lui réponds de manière un peu tendue que j'ai vraiment trop mangé, mais le remercie mentalement, rien de tel que de parler au père de votre petite amie pour vous calmer. Je me lève enfin et nous prenons le temps de souhaiter bonne nuit à chacun. Il est convenu qu'Antonina et Gabriel dorment ici et que nous les verrons demain matin. Je remercie avec chaleur Olivier et Carène pour leur accueil et pour le repas et finis par demander à mes parents s'ils n'ont pas besoin de moi. Leur « pour quoi faire ? » me fait sourire.

Une fois tout cela fait, nous montons l'escalier, direction la chambre de Manon, plus vite que jamais…

J'ai à peine passé la porte qu'elle la claque et me plaque contre le battant pour m'embrasser avec fougue. Le genre de baiser qui vous essouffle, et qui fait un tel effet que vous ne l'arrêteriez pour rien au monde. Manon finit par s'écarter tout juste ce qu'il faut pour défaire la boucle de ma ceinture et je ris devant son impatience, que je ressens aussi, ce qui nous rend tous les deux maladroits. Elle jure parce qu'elle n'y arrive pas d'une main et je finis par l'aider. J'ai du mal à lui retirer son pull qui s'accroche dans ses boucles d'oreilles et c'est à son tour de rire, d'autant plus que je ronchonne.

J'arrive enfin à le lui ôter et ne m'arrête pas là. Je passe tout de suite à son tee-shirt, elle se retrouve en soutien-gorge et je ne peux m'empêcher de profiter du spectacle pendant quelques secondes. Elle me déshabille à son tour et je me retrouve torse nu.

– Tu es encore mieux foutu qu'avant ! me complimente-t-elle alors qu'elle me caresse les abdos.

La combinaison de son compliment et de ses caresses me rend dingue. Je crois ne jamais avoir eu autant envie de quelqu'un que maintenant.

– Ce n'est rien comparé à ta beauté !

Je l'embrasse à mon tour, son visage en coupe entre mes mains. Échauffé par notre baiser, j'en veux plus et glisse mes doigts dans son dos pour dégrafer son sous-vêtement. Je caresse son dos, mais l'urgence du moment me pousse à aller plus loin. Tout en continuant de l'embrasser, j'essaie d'atteindre sa poitrine, mais nous sommes trop collés l'un à l'autre pour que je puisse y accéder. Un gloussement résonne, le sien, face à ma difficulté. Je suis obligé de m'écarter d'elle pour la toucher, et de rompre ainsi notre baiser. Je déteste les lois de la nature qui nous empêchent de faire ce que l'on veut !

Elle me repousse d'un centimètre avec un doigt planté dans mon torse et finit de retirer ma ceinture, je l'aide à défairc le bouton de mon jean avant de retirer mes chaussures et mes chaussettes, et me retrouve en boxer. Je suis dans un tel état que mon érection en devient douloureuse. Ma respiration se bloque soudain lorsqu'elle me caresse l'entrejambe, d'abord doucement puis de plus en plus rapidement. Mes jambes flageolent, je voudrais me raccrocher à quelque chose, mais dans notre hâte nous avons avancé au milieu de la pièce, si bien qu'il n'y a rien. Manon ne s'arrête pas là, enlève mon dernier vêtement et reprend ses mouvements, d'un rythme lent, mais efficace, ce qui me fait gémir.

– Viens, me dit-elle alors qu'elle m'entraîne vers le lit, mon sexe encore dans sa main.

Je n'ai donc pas d'autre option que de la suivre. De toute façon je n'irais nulle part ailleurs, pour toute la fortune du monde. Elle me fait basculer sur le lit et me fait signe de m'installer, mais elle ne monte pas avec moi et reste devant. Elle entreprend de se toucher de sa main intacte, elle se frôle les seins, ce qui les fait pointer encore un peu plus, joue avec ses tétons, se malaxe la poitrine et je suis dans un état proche de la mort cérébrale, sûr que ces images ne quitteront plus jamais mon esprit. Je fais un geste pour la rejoindre, mais elle me dit de ne pas bouger, de toute évidence elle veut contrôler ce moment. Je me rencogne donc dans les coussins : loin de moi l'idée de lui ôter ce plaisir. Elle reprend ses tétons, ses lèvres se pincent, ce qui attire mon regard sur son rouge à lèvres et ce détail m'excite encore un peu plus. Ses mains descendent sur son ventre, s'arrêtent à la frontière de son jean et celle qui n'a pas souffert descend sous son pantalon. Le reste m'est seulement suggéré puisque je ne peux rien voir, mais ça n'en reste pas moins érotique. Elle s'arrête le temps de retirer ses chaussures ainsi que son pantalon, son sous-vêtement suit et elle se retrouve nue devant moi, belle, sensuelle, désirable. Mon membre gonfle encore, si c'est possible, et je vis une exquise torture.

Elle recommence à se cajoler de sa main, introduit un doigt, laisse échapper un gémissement et je n'y tiens plus : j'attrape mon propre sexe pour me soulager un peu. Elle s'arrête tout de suite :

– Non, non, reste sage et regarde-moi.

– Mais je ne tiens plus ! m'indigné-je.

– C'est le but, sourit-elle, machiavélique.

Elle doit cependant avoir pitié de moi parce qu'elle cesse et me rejoint dans le lit pour venir vers moi d'un mouvement sensuel, malgré son plâtre qui la rend maladroite. Elle s'arrête au niveau de mon sexe et je me tends par anticipation. Ses lèvres frôlent mon gland, mais elle relève aussitôt la tête et vient m'embrasser à la place. Elle joue avec moi, mais je me laisse volontiers faire, c'est si bon qu'elle peut continuer aussi longtemps qu'elle voudra.

Le baiser dure encore, après quoi elle entreprend de semer des petits bisous sur mes joues, ma mâchoire, mon cou, avec lenteur. Elle joue avec mes tétons, embrasse mon sternum, passe à mes abdos, mon monde s'arrête à ses lèvres, plus rien ne compte, je ne suis qu'une boule de sensations, mon corps est en fusion. Elle suit maintenant la ligne de poils qui mène de mon nombril à mon sexe, le prend en main, le masturbe à nouveau. Je me tends vers elle, presque sans en avoir conscience. Sa main s'arrête et sa bouche prend sa place, elle lèche toute la longueur de mon membre, embrasse mon gland puis me prend en bouche, petit à petit, avant de m'avaler en entier.

Je lâche une flopée de jurons, je ne sais plus qui je suis. *Bordel, c'est si bon.* Je continue à la laisser faire, à son rythme, et elle gère comme personne ! Elle accélère, me caresse la base en même temps et je ne vais pas tarder à jouir. Je le lui dis, mais ça n'a pas l'air de la calmer, au contraire, elle accélère même et je ne tiens plus, je me laisse aller. J'étouffe avec peine son nom alors qu'elle continue et je me laisse tomber sur l'oreiller. C'est à peine si je ne vois pas trente-six chandelles.

– Bon Dieu ! lâché-je. C'était extraordinaire.

Je trouve la force de me soulever pour me mettre sur mes coudes et la vois qui me regarde, souriante, l'air fier d'elle.

– Tu ne perds rien pour attendre, lui dis-je, toujours essoufflé.

– Ah oui ? se fait-elle tentatrice.

– Hum, hum, acquiescé-je.

– J'ai hâte de voir ça !

– Laisse-moi une minute, dis-je, feignant de mourir alors que je me laisse retomber une nouvelle fois sur l'oreiller.

Elle rit et je souris comme un imbécile. Il me faut un moment pour me remettre de ce qu'elle vient de me faire subir. Trente secondes passent avant qu'elle ne me rejoigne et caresse paresseusement mon ventre, ce qui réveille mon corps. Je ne pensais pas cela possible, mais de toute évidence mon appétit pour elle me rend vigoureux. De toute façon, avec ce que j'ai prévu, j'ai encore un peu de temps pour revenir en forme.

Je plonge sur ses lèvres. J'approfondis mon baiser, m'interromps pour lui mordiller la lèvre, avant de recommencer et de faire danser nos lèvres les unes contre les autres. Je quitte sa bouche pour son cou, me fais sensuel, frotte mon bassin contre le sien et suis content de l'entendre gémir, non par vanité, mais parce que je sais que j'arrive à lui faire du bien. Je passe à sa poitrine, joue avec un de ses tétons pendant que je lèche l'autre. Elle enfouit une de ses mains dans mes cheveux en se cabrant vers moi. Ma main quitte le sein dont elle s'occupait pour migrer vers son entrejambe et se met à caresser son clitoris. Elle aspire de l'air d'un coup et ce son est le plus érotique du monde. Je l'embrasse à nouveau sans cesser de la caresser, elle me supplie de faire « plus ». Je souris, cesse tout et descends le long de son corps, je sème des baisers sur ma route, alors qu'elle se fait de plus en plus impatiente.

J'approche mon visage de son sexe et souffle légèrement dessus, ce qui la fait hoqueter. Je ris et ai droit à une petite tape sur la tête pour me punir. Je me venge et m'occupe à nouveau d'elle et dès que ma langue touche ses lèvres son amusement s'éteint, remplacé par un son rauque. Je me contente de la lécher pour commencer avant d'accélérer le mouvement et d'enfoncer enfin la langue. Elle se tortille, bascule son corps vers moi, se raccroche au drap et souffle mon prénom à plusieurs reprises. C'est aussi bon pour elle que pour moi.

– Julien, s'il te plaît, j'ai…

Elle gémit.

– … J'ai… Je veux…

– Oui ? la relancé-je en arrêtant ce que je fais, après une bonne minute de silence.

– Je te veux en moi, s'il te plaît. Et cesse de sourire comme un malin.

Je me marre mais ne me fais pas prier. Je relève ses jambes sur mes épaules et avance mon sexe vers le sien, décide de la torturer un peu et caresse ses lèvres de mon gland, elle grogne de frustration et me regarde comme si elle était prête à m'étrangler, beaucoup moins patiente que moi tout à l'heure. Je m'introduis en elle, y vais doucement et me penche pour l'embrasser et avaler ses gémissements. Une fois complètement en elle, plus romantique que bestial, je commence de lents va-et-vient. Elle me tire doucement les cheveux, me griffe le dos, lâche un « Plus vite » qui tient plus de l'ordre que de la demande.

Au temps pour moi, va pour le bestial.

Je me fais moins précautionneux, accélère, ne me retiens plus et nous ne sommes plus que membres entrelacés, mus par une danse charnelle et féroce, dans un concert de grognements, de gémissements, de bruits de gorge. Je prie pour qu'elle vienne rapidement parce qu'en ce qui me concerne soit je jouis vite, soit je meurs d'une crise cardiaque. Le sexe entre nous a toujours été exceptionnel, mais cette fois surpasse toutes les autres.

Je me redresse et continue à la pénétrer aussi vite tout en caressant son clitoris d'une de mes mains, elle commence à crier mon nom que j'étouffe d'un baiser, résiste encore quelques instants et finit par exploser dans un cri que j'ai la présence d'esprit d'étouffer aussi. Je bouge encore une fois et c'est à mon tour de venir. Je fournis un effort surhumain pour me contenir, conscient que nous ne sommes pas seuls dans la maison, alors que j'ai envie de réveiller tout le quartier. Heureusement, la chambre de Manon est à l'opposé de la salle à manger !

Je me laisse tomber sur elle.

– C'était… commencé-je alors que je me retire.

– Oui, me coupe-t-elle. C'était…

Mais elle ne termine pas non plus, ce qui nous fait pouffer. Je suis sur le point de me relever lorsqu'une idée me frappe.

– Merde ! Manon, on ne s'est pas… Je n'ai pas mis de capote !

Elle se redresse d'un coup et jure. Je me passe la main dans les cheveux, mon premier réflexe étant de m'inquiéter, mais après quelques secondes je me rends compte qu'il n'y a pas de quoi, surtout de mon côté.

– Je n'ai rien fait avec personne depuis notre rupture, lui dis-je.

– Oh ? fait-elle, étonnée. Eh bien moi non plus, et je prends la pilule de toute manière.

Nous nous laissons retomber tous les deux sur le matelas, rassurés. Elle se relève après un petit moment et file à la salle de bains avant de revenir se lover contre moi. Elle s'endort et un sourire naît sur mes lèvres. Je suis serein et heureux comme je ne l'ai plus été depuis une éternité. C'est la dernière chose à laquelle je pense avant de m'endormir à mon tour.

CHAPITRE 41

MANON

25 décembre

Je suis réveillée par les premiers rayons du soleil, ce qui est étrange parce que je ferme toujours les volets. En hiver le jour se lève tard donc je suis debout avant la plupart du temps, mais c'est une vieille habitude. Cela veut dire qu'il est déjà tard. J'ouvre les yeux, mes paupières papillonnent et je finis par tomber sur l'image de Julien encore endormi à côté de moi ; voilà qui m'envoie plein d'images et qui explique que les volets étaient le cadet de mes soucis hier soir. Je souris à l'idée que nous ayons fait l'amour, c'était extraordinaire, bien plus que ça ne l'a jamais été ! Je serais presque tentée de dire que ça valait la peine d'attendre aussi longtemps, même s'il est clair que non.

Oh non !

Je serais incapable d'être encore aussi patiente avant la prochaine fois.

Je profite de ce qu'il est endormi pour le mater sans gêne, il est encore plus beau qu'hier. Le sommeil le rend plus mignon, ses traits sont relâchés, il a l'air serein, comme si rien ne pouvait l'atteindre. Il est sur le ventre, son dos exposé, sa tête sur le côté et son bras droit sous l'oreiller. Je prends plaisir à laisser mon regard parcourir ses muscles : il doit faire encore plus de sport qu'autrefois, ce n'est pas possible. Et puis je remarque les griffures que je lui ai faites hier… *C'est mal d'être satisfaite de lui avoir laissé des marques ?* Je continue mon observation jusqu'au haut de son postérieur galbé et rebondi comme il faut. Je détourne le regard parce que tout ça m'excite à nouveau et j'ai presque envie de le réveiller.

Mon réveil annonce 10 h 30 déjà, ça doit être un record pour moi, bien loin de mes heures habituelles. Il est temps que je descende parce que je commence à avoir faim.

– Tu t'en vas déjà ? me questionne Julien alors que mon poignet plâtré me fait mal parce que je me suis appuyée dessus sans y faire attention.

J'ai sursauté, je pensais qu'il dormait encore.

– Tu es réveillé ?

Il acquiesce.

– C'était fort agréable pour mon *ego* que tu me mates avec tant d'appétit, fanfaronne-t-il.

Je ne réponds rien, à quoi bon le détromper ? Il a raison.

– Allez, viens, remettons ça, me tente-t-il tandis qu'il se rapproche de moi.

– Non, j'ai faim, le repoussé-je.

– Moi aussi, très faim, répond-il alors que je sens son érection contre ma jambe.

– De nourriture !

Il se laisse retomber sur le dos.

– J'avais oublié que les femmes étaient guidées par leur estomac, me provoque-t-il.

– Non ce sont les hommes qui le sont.

– Je croyais qu'on l'était par le sexe ?

– Vous l'êtes par tout, sauf votre cerveau.

– Outch ! feint-il d'être blessé.

Je ris, mais me décide à sortir une bonne fois pour toutes du lit. Je me dirige vers la salle de bains dans l'idée de prendre une douche matinale, mais me rends vite compte que mon plâtre va poser problème. Il me faut un sac pour l'isoler de l'eau… Je réfléchis un petit moment, mais me rends à l'évidence : je n'ai rien qui s'y apparente. Je me tourne vers Julien, lui montre mon poignet et il comprend le souci.

– Je vais aller chercher quelque chose pour le protéger. Et du café, tant que j'y suis, me dit-il, son jean déjà presque enfilé. Il faut que je récupère mon sac à dos avec mes affaires, se met-il à parler pour lui-même.

Il est déjà prêt à sortir mais je l'arrête :

– Euh, tu devrais peut-être attendre deux minutes dis-je, le doigt pointé sur son entrejambe.

– Ah… Hum… Oui.

Un ange passe, mais le problème ne semble pas s'arranger.

– Ça ne risque pas de passer si tu me regardes comme ça ! se plaint-il.

Je suis attablée à la table du petit déjeuner et je peux enfin manger et profiter de mon café. Repousser les avances de Julien n'a pas été une mince affaire, loin de là. D'autant plus que puisque nous avions du café il ne voyait plus l'intérêt de descendre. Il a même fait valoir que comme j'étais blessée il valait mieux que je sois *alitée*… Inutile de préciser que m'adonner au sexe, je le pouvais.

Ben voyons !

Mes parents sont en cuisine, occupés à préparer le dîner de ce soir, Julien prend sa douche et Marie et Mathieu ne sont pas revenus. Je suis donc seule à table avec Antonina et Gabriel, qui, eux aussi, viennent de se réveiller. Ce n'est pas plus mal, je dois m'excuser auprès d'eux de les avoir fait venir pour rien et surtout raconter les derniers événements à ma meilleure amie. Je lui ai dit en deux mots que tout allait bien au final, mais n'ai pas eu l'occasion de lui en exposer plus. Je me sens un peu coupable de m'être éclipsée si vite hier soir.

Je lui relate donc ce qui s'est passé depuis ma rencontre avec Marina ainsi que le fin mot de notre rupture. Je suis d'abord, gênée par la présence de Gabriel, mais après tout, il n'y a rien de secret et le pauvre s'est déplacé pour moi. Je note d'ailleurs dans un coin de ma tête de le questionner sur un dédommagement. Il n'a pas vraiment travaillé, mais tout de même, il s'est déplacé pour et à cause de moi…

– Eh ben, réagit-elle, on ne peut pas dire que tu t'es ennuyée, dis donc ! Tu m'étonnes que tu n'aies pas pris le temps de me tenir au courant.

– Oui, pardon, je…

– Tu n'as pas à t'excuser, me rassure-t-elle. Et puis tu sais bien que rien ne me retenait à Paris. Cependant, moi, je dois des excuses à Gabriel, ajoute-t-elle, tournée vers lui.

Celui-ci sourit, comme si tout ça l'amusait.

– Il semblerait que je sois dans le même cas que toi, rien ne me retenait. Et puis, ça valait la peine si c'était pour rencontrer une belle femme comme toi.

Je m'attends à voir mon amie lever les yeux au ciel, elle qui trouve ce genre de phrase si clichée d'habitude, mais elle rougit. Je la fixe, je n'en reviens pas. Je me mets à les regarder à tour de rôle, mais ne décèle rien de suspect sur leur visage. N'empêche, c'est louche, je soupçonne mon amie de ne pas lui être indifférente !

Julien arrive entre-temps, une tasse de café dans une main, son sac à dos dans l'autre. Il salue

Antonina et Gabriel avant de m'embrasser si tendrement qu'une nuée de papillons s'envole dans mon estomac et me donne envie de retourner dans ma chambre, réflexion faite. Mais j'ai déjà posé un lapin à Antonina, je vais quand même profiter de mon amie !

– On va se balader ? me propose Julien alors qu'il sort ses fameux Pim's de son sac et en croque un.

Je n'ai pas le temps de répondre que ma mère débarque de la cuisine, les cheveux défaits et son tablier ayant connu des jours plus heureux. Elle ouvre la bouche avant que son regard ne tombe sur le paquet que tient Julien, et émet un hoquet d'indignation.

– Est-ce que ce sont des biscuits *industriels* ?

Elle a dit le dernier mot avec tout le dégoût dont elle est capable et je dois retenir un éclat de rire. Ils s'affrontent du regard et Julien décide, à juste titre, que c'est un combat devant lequel il vaut mieux reculer.

– Non, réagit-il, bien sûr que non… ce sont des restes… euh… de tes biscuits, bien sûr et… euh… je les ai mis dans cet emballage pour les protéger en attendant de les manger.

Nous avons à présent tous la tasse devant nos lèvres pour cacher notre hilarité. Cette explication n'a aucun sens. Ma mère lève un sourcil, il est clair qu'elle n'en croit pas un mot, mais elle passe à autre chose, ce qui me laisse pantoise.

– Soit, j'espère que tout le monde reste déjeuner ? J'en ai encore fait beaucoup trop !

Tout le monde acquiesce et rien ne pouvait lui faire plus plaisir.

– Je vais rester pour aider maman, dis-je à Julien.

Cette dernière me regarde comme si j'étais folle et s'exclame qu'il n'en est pas question, tout est presque prêt, de toute manière.

Mais nous sortons du réveillon, nous sommes allés dormir à pas d'heure...

Je la dévisage. Cette femme n'est pas humaine et à presque vingt-cinq ans, je ne m'y suis pas encore faite.

– Et il est presque midi, tu crois que j'attends la dernière minute pour préparer les repas ? termine-t-elle. Non, non, faites ce que vous avez à faire, on passe à table à 14 heures !

Sa réponse ne souffre pas de discussions, d'ailleurs elle repart déjà d'où elle venait avant de se retourner et d'ajouter :

– À l'avenir, Julien, il y a ce qu'on appelle des Tupperware. Et si tu veux des biscuits à l'orange, j'en fais avec de la marmelade... de la *vraie* marmelade.

Elle s'en va pour de bon et nous éclatons de rire. Il me semblait bien qu'elle avait changé de sujet trop vite !

– Elle peut foutre les jetons quand même, lance le concerné tandis que nous décidons d'aller faire un tour dehors.

– J'ai entendu ! crie ma mère depuis la cuisine, ce qui relance notre fou rire.

Nous décidons donc d'aller faire un tour dehors et de montrer le village à Antonina et Gabriel, qui sont arrivés de nuit. Nous nous dirigeons vers nos chambres pour nous habiller plus chaudement, Julien en profite pour tenter à nouveau sa chance, et cette fois je dois lutter contre moi-même pour refuser !

– Nom de Dieu !

Je pouffe, nous avons à peine parcouru dix mètres que c'est déjà la troisième fois que Gabriel est à deux doigts de se casser la figure sur le verglas. Il fait bien froid et les routes sont glissantes, je lui ai conseillé de rester là où il y a de la neige fraîche, mais à chaque fois, trop absorbé par la conversation, il oublie de regarder où il met les pieds.

Je resserre mon écharpe autour de mon cou, les températures ont baissé et je continue à admirer la devanture des maisons devant lesquelles nous passons, toujours aussi émerveillée malgré toutes ces années. Antonina et Gabriel partent de leur côté, soi-disant pour nous laisser en amoureux, je suis sûre que ce sont eux qui veulent un moment à deux.

– Elle est sous son charme, dis-je à mon petit ami.

– Tu crois ?

Il réfléchit à la question, mais hausse les épaules, comme pour dire qu'il en a aucune idée. Nous continuons sur cent mètres et je vois qu'un gros sourire naît sur son visage, je le questionne donc pour savoir ce qui se passe dans sa petite tête.

– Eh bien, c'est puéril, mais au moins, s'ils se mettent ensemble, je sais qu'il ne te tournera pas autour…

Je lève les yeux au ciel de sa bêtise.

– Vous pouvez être d'un machisme, les mecs, je te jure ! De vrais gamins, on marque son territoire, on regarde à celui qui pisse le plus loin… On devrait peut-être vous promener en laisse ?

– Mais !

Il fait une tête choquée et je mets à rire. Julien a toujours été comme ça : il sort des remarques… disons typiquement masculines, mais il ne s'offusque jamais qu'on le lui dise ou qu'on en rigole. S'il a été élevé à l'ancienne, il est assez intelligent pour être progressiste et voir où est le problème dans la société patriarcale.

– Je t'aime, lui dis-je soudain.

– Moi aussi je t'aime Manon, dit-il, étonné que je le lui dise maintenant.

Nous nous remettons en route et arrivons devant le chemin qui mène à notre endroit à nous. Je me demande s'il souhaite y aller. Non pas que je n'en aie pas envie, mais ça prend du temps, un déjeuner nous attend dans moins d'une heure et je ne voudrais pas être celle qui se permet de faire patienter ma mère.

– Tu sais, on n'a pas le temps de monter là-haut, mais je voulais te dire que cet endroit a beau être spécial pour nous, je serai heureux où que l'on soit du moment que tu es avec moi.

Je fonds devant cette déclaration toute simple mais qui en dit tant. Je le regarde et me rends soudain compte de ma joie d'être à nouveau avec lui, il m'a tant manqué cette dernière année. Je prends son bras et suis sur le point de lui répondre, mais je suis coupée dans mon élan par une sensation de froid sur le bout de mon nez. Je ne comprends pas d'emblée, mais Julien lève la tête et je suis le mouvement pour découvrir qu'il neige ! Le dernier détail qui manquait pour rendre ce moment encore plus spécial.

– Même si je l'avais voulu, ça n'aurait pas pu tomber aussi bien !

Nous nous sourions, sans rien ajouter. Il n'y a rien de plus à dire, de toute façon.

Je l'embrasse tendrement et nous nous dirigeons vers la patinoire dans l'idée de boire un vin chaud, puis nous nous mettons en route pour rentrer.

Des journées comme aujourd'hui, j'en vivrais tous les jours sans problème.

ÉPILOGUE

MANON

Un an plus tard

– Tu es sûre que ça va ma chérie ?

Je souris à ma mère. Elle s'inquiète pour moi à la moindre occasion. Pourtant cette fois, je n'ai pas le poignet cassé. Et on dit bien « enceinte, pas malade » ! Le médecin m'a confirmé pas plus tard qu'hier que tout allait bien, le bébé arrivera en pleine santé dans deux mois. Juste le temps de profiter des fêtes et de rentrer à Paris attendre qu'il pointe le bout de son nez. Je ne saurais pas faire beaucoup plus, de toute façon, j'en suis au stade où tout devient un effort, d'ailleurs je suis déjà en congé maternité.

Cette grossesse n'était pas prévue, loin de là. Nous ne nous sommes pas protégés, nous n'en voyions pas l'intérêt étant donné que nous n'avions pas eu d'autres partenaires. Le reste est si commun que ça n'aurait pas dû être une surprise : j'ai oublié quelquefois ma pilule et ça a suffi pour que la nature fasse son œuvre… Lorsque j'ai appris ma grossesse, après avoir eu des doutes quelques jours, nous avons été ivres de joie, c'était une évidence pour nous. Nous avons eu des bas, mais après tout, nous nous connaissons depuis tellement d'années…

– Ma chérie, lui dit mon père qui nous a rejoints, cesse donc de t'inquiéter.

– Oui, je vais essayer.

Nous rions, nous savons tous les deux qu'elle n'y arrivera pas, malgré tous ses efforts ! Elle milite depuis des mois pour que je vienne m'installer ici et qu'elle puisse s'occuper de moi et du bébé.

Julien et moi venons à peine de nous installer pour les vacances de Noël qu'elle m'a déjà demandé vingt fois si je n'avais besoin de rien.

– Il s'agit de mon petit-fils ! C'est normal que je m'inquiète !

– Et moi, je ne compte pas ? la taquiné-je.

Elle ouvre la bouche, prête à protester, lorsque Julien nous rejoint.

– Pourriez-vous s'il vous plaît laisser de l'espace à ma compagne ? C'est important pour elle et le bébé.

Je ris, c'est n'importe quoi. Le médecin nous a dit que j'avais besoin d'être sereine et ne pas souffrir de stress, de surmenage ou de grosses émotions. Évidemment il a pris ça au pied de la lettre. Pour lui ça pourrait me stresser, d'autant que – mon Dieu ! – on me « presse de trop de questions ». Si je lui dis que j'aime ça ou que ce sont des personnes que j'aime ? Eh bien, ça tombe dans la catégorie « Risques de trop fortes émotions ». Et je ne vous parle même pas de bouger, de fournir des efforts, ou de faire la moindre chose par moi-même : il me surveille comme le lait sur le feu. Mon homme est devenu encore plus exaspérant que mes parents, je ne croyais pas ça possible !

Il se penche et m'embrasse tendrement. Je me sens fondre. Notre histoire n'a pas été un long fleuve tranquille, mais cela fait maintenant un an que nous sommes heureux et vivons une vie sans nuages dans notre appartement parisien. Il a résilié son bail, tandis que j'ai laissé notre appartement à Antonina et avons emménagé ensemble, pour notre plus grand bonheur.

Ma mère est une nouvelle fois sur le point de répondre et elle n'en a encore pas l'occasion : la sonnette de l'entrée retentit. J'esquisse un geste pour me lever et y aller, mais évidemment, ils me l'interdisent tous : j'aurais tenté.

C'est ma mère qui s'en charge, pendant que mon père part chercher de quoi boire pour tout le monde et que Julien me masse les épaules, ce qui fait un bien fou. Je me tords le cou, le dos à la porte, impatiente de voir ma meilleure amie arriver.

Peut-être qu'elle, elle me sauvera de ce monde de ouate dans lequel on m'enferme ?

La porte s'ouvre et j'esquisse à nouveau un geste pour me lever.

– Houla, qu'est-ce que tu fais ? me demande-t-elle alors qu'elle rentre dans la salle à manger comme un boomerang. Pas question que tu bouges !

Ah ben non, je ne dois pas compter sur elle.

Elle embrasse en vitesse Julien avant de revenir à moi.

– Alors, comment va le bébé ? Tout se passe bien ?

– Tout va pour le mieux, la coupé-je. À part qu'on m'enferme dans une boîte de satin !

Mon père arrive avec une énorme casserole de ce qui doit être du chocolat chaud, suivi de ma mère qui a les mains prises par deux assiettes de cookies. Ça sent très bon et je compte bien passer ma frustration sur la nourriture ! Un des avantages d'être enceinte, c'est qu'on peut manger comme on veut sans que personne n'ait rien à redire !

Tout le monde s'installe autour de la table et les conversations vont bon train, contents que nous sommes de nous retrouver.

– Au fait, Gabriel ne devait pas venir ? demandé-je à l'assemblée.

– Il ne devrait pas tarder, me répond Antonina. On devait venir ensemble, mais il a été retenu, du coup il a pris le train suivant.

Gabriel est devenu un ami depuis les événements de l'année dernière. On se voit souvent à la capitale quand on a l'occasion de sortir. Julien a cessé de jouer au coq avec lui et ils s'apprécient sincèrement à présent, à tel point qu'il est devenu son meilleur ami. Quant à Jérôme, Julien lui a parlé et a fait des efforts pour lui pardonner ses trahisons. Cela prend du temps, mais je suis convaincue qu'ils arriveront *in fine* à passer au dessus de toute cette histoire.

Antonina, bien qu'elle ne veuille pas l'admettre, a sans aucun doute un faible pour Gabriel, même s'ils ne s'échangent que des messages de temps en temps. Leur relation est allée aussi doucement que la nôtre est allée vite. Mais je vois bien qu'il y a quelque chose entre eux. J'ai dans l'idée de l'aider à sauter le pas et ça sera chose faite dès que le petit pois (enfin plutôt la pastèque, présentement) dans mon ventre aura montré le bout de son nez.

Je ne dis rien, acquiesce et me sers généreusement en biscuits. Il n'y a pas à dire, mes parents sont les meilleurs dans ce domaine et il est difficile d'y résister. Cela fait une bonne heure qu'on est là, Antonina a eu le temps de prendre ses quartiers dans l'une des chambres d'amis et le stock de cookies a déjà bien diminué quand la sonnette retentit à nouveau.

Cette fois, je ne tente même plus de me lever.

Ma mère va l'accueillir et revient dans un éclat de rire. Mais Gabriel arrive… en boitant. Je me demande ce qui lui est arrivé et je ne dois pas être la seule parce que tout le monde semble perplexe.

– Euh… Je suis tombé à la sortie de la gare, explique-t-il. Je n’avais pas vu que les marches étaient verglacées.

Tout le monde rejoint ma mère dans son hilarité. Ça ressemble bien à Gabriel qui n’a jamais su faire avec le froid, la neige ou le verglas, même l’été dernier, il a trouvé le moyen de tomber lors d’une randonnée où se cachait encore une petite plaque de glace.

Il ronchonne, mais n’ajoute rien, il sait qu’il va être taquiné un bon moment sur le sujet.

– Eh bien ! me lance papa, on a intérêt à organiser ton mariage en été si on tient à sa vie.

Tout le monde me regarde, alors que je le fixe. Ça ne devrait pas m’étonner venant de mes parents, c’est bien leur genre de ne pas encore avoir profité de leur petit-fils qu’ils pensent déjà à l’étape suivante. Je ne lui réponds pas et préfère regarder Julien, qui a l’air assez à l’aise avec cette idée. Il me sourit et je fais pareil. Après tout, qu’est-ce qui nous en empêche ? Je l’aime plus qu’aucun mot ne pourrait le dire et je ne serais pas contre l’idée de devenir Mme Jospal…

– Oui, l’été, ça sera très bien, dis-je sans réfléchir.

FIN.

REMERCIEMENTS

Il y a quatre ans, presque jour pour jour, je me mettais à rêver.

En fait, je me lançais un défi, un challenge, une mission : réaliser mon rêve.

Autrement dit, je me donnais les moyens de faire enfin ce que je repoussais depuis un bon moment : écrire un livre et le faire éditer chez Hugo New Romance®.

C'est maintenant chose faite ! La fierté se mélange à la joie ainsi que, il faut bien l'avouer, l'incrédulité. Je suis d'autant plus heureux que ça arrive avec une romance de Noël, ça ne peut qu'être un signe pour le fou de cette fête que je suis. C'est aussi un message et une preuve pour tous ceux d'entre vous qui avez le même rêve que moi : continuez à y croire, ça n'arrive pas qu'aux autres !

Mais il faut du monde pour y arriver, que ce soit pour l'écriture ou la production d'un livre. La liste de ceux que je dois remercier est donc longue, mais nécessaire. Parce que sans eux, vous ne tiendriez pas ce livre entre les mains.

Merci à Carène, sans doute la personne la plus déterminante dans ma réussite : la première à qui j'en ai parlé, à m'avoir encouragé, à avoir répondu à toutes mes questions et à m'avoir bêta-lu. Elle a le cœur sur la main et je ne pouvais que penser à elle pour la Carène de ce roman, quand il m'a fallu de l'inspiration pour une héroïne qui transpire l'amour et la gentillesse. J'espère que ton double de papier te plaît, Carène ! Tu es le genre d'amie qu'on devrait tous avoir dans notre vie, une personne qui m'est chère et que j'espère avoir auprès de moi encore longtemps.

Merci à Marie-Adélaïde, qui, après Carène, est sans doute celle qui croit en moi depuis le plus longtemps. En fait, elle croit sans doute plus en moi que moi-même. Elle n'a pas compté ses heures passées à m'encourager, à me lire, à me conseiller et à me botter les fesses à chaque fois que j'en avais besoin, le tout sans jamais avoir reçu les Schoko-bons qu'elle réclame depuis si longtemps et que je lui aurais promis, même si je n'en ai aucun souvenir ! Ne perds pas espoir Marie, après tout, regarde, je suis devenu auteur, c'est bien que tous les rêves se réalisent un jour !

Merci à Gaëlle et Jérôme. Deux de mes amis les plus proches. S'ils n'ont pas directement participé à ce livre, ils me sont indispensables à chaque fois que je doute et que j'ai besoin qu'on me dise que je vais y arriver. Leur soutien que je sais indéfectible m'est précieux au quotidien. Désolé au second qui m'a inspiré le meilleur ami de Julien… Promis, le vrai est bien plus gentil ! D'ailleurs le personnage était censé l'être aussi, c'est lors du retravail du roman que ça a dérapé. *Oups.*

Merci à Amandine, Émilie et Victoire qui ont bêta-lu ce roman, m'ont donné la force de continuer à le travailler et m'ont convaincu qu'il valait la peine de ne pas être abandonné et d'être soumis aux maisons d'édition.

Merci à toutes celles et ceux parmi mes ami·e·s et abonné·e·s qui ont contribué de près ou de loin à me donner du courage, de la force et de l'espoir lors de l'écriture de ce roman. Tamara, Estelle, Delinda, Valentine, Erika, Alexia, Laura… Mon Dieu, vous êtes trop nombreuses, j'en oublie, c'est certain. J'espère que vous ne m'en tiendrez pas rigueur parce que, vraiment, du fond du cœur, vous avez été d'une grande aide. L'écriture est une activité solitaire, mais sans les copain·ine·s, on ne va pas loin malgré tout.

Une pensée pour toutes les autrices Hugo qui m'ont précédé. Je sais, ça fait corporate, mais ce n'est pas moins sincère pour autant : vous m'avez montré la voie, montré que c'était possible et réalisable, que mon souhait était accessible. Je vous parlais de ce défi que je me lançais il y a quatre ans, c'était le lendemain du FNR 2019. C'est vous voir signer vos livres qui m'a convaincu que moi aussi, j'allais le faire !

Un immense merci à une autre personne déterminante : Lea. Quand on rêve d'être édité, on rêve de pouvoir dire : « J'ai une éditrice »… Eh bien, j'ai une éditrice : Lea. Je ne pourrai jamais te remercier assez, ni te dissocier de mon parcours. Tu as été la première du milieu de l'édition avec qui j'ai été en contact, la première avec qui j'ai parlé aussi. Tu m'as offert un contrat, après m'avoir refusé un premier manuscrit. Je n'oublierai jamais ce refus : c'était le premier qui soit construit que je recevais, rempli d'arguments, d'encouragements et de gentillesse. « Je sens qu'il y a quelque chose et j'aimerais travailler avec vous à l'avenir, même si ça ne sera pas sur celui-ci », ce sont tes mots lors de ce coup de fil. Des mots qui m'ont fait un bien fou : quelqu'un du milieu me disait qu'il y avait du bon, suffisamment pour qu'il ait envie de travailler avec moi un jour. Je ne sais pas si tu en as conscience, mais c'est sûrement ce qui m'a fait m'accrocher à ce rêve par la suite. Je n'oublierai jamais non plus quand tu m'as dit « Oui » : « J'ai une bonne nouvelle pour vous. J'ai lu votre histoire, j'ai aimé et je vais pouvoir vous faire une offre. »

C'est vrai ? C'est un oui ? Un vrai oui de oui ?

Un vrai oui de oui !

Depuis tu m'as accompagné à chaque étape avec la gentillesse et la patience qui te caractérisent. Les mots me manquent à nouveau : merci, merci, merci !

D'autant que cette histoire ne serait pas aussi belle et aboutie sans toi. J'espère que cette collaboration sera longue et nous permettra de publier d'autres livres ensemble.

N'oublions pas le reste des équipes de Hugo ! Je pense notamment à Ariane, la graphiste à qui vous devez la magnifique couverture du livre que vous tenez en main et qui s'est échinée à faire beaucouuuuuuup de versions différentes en suivant les desiderata que j'ai formulés… qui se contredisaient et que je ne comprenais pas moi-même ! Merci à Pauline, directrice commerciale : j'ai été touché qu'elle soit ouverte à la discussion et ne m'impose pas un choix. Merci aussi à Myriam, mon attachée de presse (c'est aussi inimaginable d'écrire ça que : « J'ai une éditrice » ! Moi, Ludo, j'ai une attachée presse… Waouh !), et qui s'efforce chaque jour de faire connaître le livre au plus grand nombre. Merci à Jiji, notre community manager que tout le milieu nous envie. Merci à tous ceux et toutes celles qui œuvrent dans l'ombre sans que je m'en rende compte. Et puis, évidemment, merci à Arthur, parce que… c'est le patron et il est toujours bon de saluer le patron, non ? 😊

Je ne pouvais pas faire l'impasse sur vous, qui tenez ce livre entre les mains. Merci du fond du cœur de m'avoir fait confiance en l'achetant, j'espère ne pas vous avoir déçus. Vous êtes mes premières lectrices et mes premiers lecteurs (arrêtons d'oublier les hommes qui lisent de la romance !) et j'espère qu'une relation longue, durable et complice s'installera entre nous ces prochaines années ! En tout cas, c'est mon vœu le plus cher.

N'hésitez pas, si vous voulez échanger avec moi, me parler du roman ou me donner votre avis, à me rejoindre et à vous abonner à mon Instagram : @ludodeboer.

Enfin, je me devais d'évoquer mon père. Papa, je t'aime plus que les mots ne pourraient le décrire. Tu t'es occupé de moi tout au long de ta vie, seul, avec courage, patience (et Dieu sait qu'il en a fallu !), abnégation et beaucoup d'amour. C'est grâce à toi que je suis l'homme que je suis aujourd'hui et c'est grâce à toi que ce livre existe. Tu m'as tant donné que je ne saurai jamais te rendre ne serait-ce que la moitié : j'espère que la petite fierté que je t'apporte en ayant réussi à écrire une histoire participe au moins un peu à compenser les sacrifices que tu as faits toutes ces années.

Composition et mise en pages
Nord Compo à Villeneuve-d'Ascq